Günter Wendt

Die letzte Sendung lief um zehn

Günter Wendt

Die letzte Sendung lief um zehn

Ein Helgoland-Krimi

edition krimi

Nordseeküsten-Krimi

Wendt, Günter: Die letzte Sendung lief um zehn. Ein Helgoland-Krimi. Hamburg, edition krimi 2022

1. Auflage 2022
ISBN: 978-3-948972-53-0

Dieses Buch ist auch als ePub erhältlich und kann über den Handel oder den Verlag bezogen werden.
ePub-ISBN: 978-3-948972-54-7

Lektorat: Martin Blath, Frankfurt am Main
Satz: DocAlign GmbH, Berlin
Umschlaggestaltung: © Annelie Lamers, edition krimi
Umschlagmotiv: © pixabay.com

Bibliografische Information der Deutschen Nationalbibliothek: Die Deutsche Nationalbibliothek verzeichnet diese Publikation in der Deutschen Nationalbibliografie; detaillierte bibliografische Daten sind im Internet über https://www.dnb.de abrufbar.

Die edition krimi ist ein Imprint der Bedey und Thoms Media GmbH, Hermannstal 119k, 22119 Hamburg.
https://www.bedey-thoms.de

Fährschiff »MS Helgoland«, Donnerstag, 11 Uhr

Das Fährschiff »MS Helgoland« schnitt durch das Wasser der ruhigen Nordsee wie ein Messer durch die Sahnehaube einer »Toten Tante«. Auf der Brücke kämpften der Kapitän Hauke Hansen und seine Crew mit der Müdigkeit. Einige spielten »Stein-Schere-Papier«, andere saßen an einem Tisch und vergnügten sich mit »Schiffe versenken«.

Aus den Lautsprechern dudelte seichte Loungemusik. »Highway to Hell«, gesungen von einer rauchigen Frauenstimme, untermalt mit jazzigem Pianogeklimper. Hansen mochte solche Tage. Stahlblauer Himmel, ruhige See und eine Sicht, wie man sie nur selten auf der Nordsee hat. Alles lief automatisch ab. Der Kurs wurde vom Autopiloten überwacht und je nach Wind und Strömung angepasst. Der Wetterbericht sah für die nächsten Tage ruhiges und sonniges Winterwetter mit fast frühlingshaften Temperaturen voraus. Also optimale Bedingungen für einen Kurzurlaub auf Helgoland im März.

Sein erster Offizier Ove Ohlsen stand mit einem Fernglas in den Händen an den Fenstern der Brücke und murmelte in Richtung seines Chefs: »Käpt'n? Könnten wir vielleicht etwas schneller fahren?« Ihm war langweilig.

»Klar doch!« Hansen erhöhte die Geschwindigkeit. Merkt man gar nicht, dachte er und beschleunigte das Schiff um weitere fünf Knoten. Jetzt fuhren sie mit

Höchstgeschwindigkeit. Der Bug hob sich etwas, wurde aber einen Moment später durch die Stabilisatoren des Schiffes ausgeglichen, sodass die MS Helgoland wieder horizontal im Wasser lag.

Hansen lehnte sich im bequemen Sessel am Pult zurück und dachte an die gute, alte Zeit, als es noch Arbeit bedeutete, ein Schiff durch die Nordsee zu steuern. Heute erledigte alles die Automatik. Manchmal ertappte er sich beim Gedanken, die Stabilisatoren einfach auszuschalten. Durfte er aber nicht. Wir wollen ja nicht, dass dem Gast das Bier überschwappt, sagte sein Chef immer. Wehmütig dachte er an den Gründer der Reederei. Cassen Eils. Ein Urtyp eines Kapitäns, der damals noch mit 80 Jahren eigenhändig seine Fair Lady nach Helgoland gesteuert hatte. Ohne Autopilot, ohne GPS, nur mit Kompass und Seekarte.

Er sah auf die Uhr. Sie hatten noch etwa 30 Minuten bis Helgoland. Dann würden 600 Passagiere im Südhafen der Felseninsel ausgespuckt werden, die mit ihren ratternden Rollkoffern die mittägliche Ruhe der Insel zerstören würden.

»Helgoland«, murmelte der Erste Offizier Ohlsen. Hansen seufzte innerlich und sah seinen Kollegen an. »Nee«, scherzte er und fuhr fort; »Unmöglich, ist DAS Helgoland?« Er nahm einen Schluck aus seinem Kaffeebecher und deutete damit in die Ferne voraus.

»Atlantis?«, fragte Ohlsen und riss seine Augen auf. »Die Antwort liegt irgendwo da draußen!«, deklamierte Hansen mit tiefer Stimme. Beide lachten dröhnend, und einige der im Hintergrund herumdaddelnden Kollegen sahen kurz zu ihnen rüber, schüttelten ihren Kopf. Ohlsen und der Käpt'n waren beide Fans von Science-Fiction-Filmen und -serien. »Die beiden Trekkies« wurden sie unter Kollegen genannt. Bei jeder Gelegenheit ließen sie in Gesprächen untereinander Dialoge einfließen, die man als Insider eben so draufhat. Beliebt waren Sprüche wie »Setzen Sie einen Kurs nach Helgoland! Und dann Warp Zwei!«, oder wenn er über Funk mit dem Hafenmeister reden wollte, sagte Hansen immer: »Einen Kanal zur Zentrale. Auf den Schirm!« Sogar ein »Holodeck« gab es. Das war die Lounge der »Skybar« mit ihren drehbaren Sesseln, die an riesigen Panoramafenstern standen.

Hansen stand auf und reckte sich. »Ich hau mich kurz aufs Ohr«, sagte er und an Ohlsen gerichtet: »Sie haben die Brücke, Ohlsen.«

Während auf der Brücke die Mannschaft die tägliche Routine voll im Griff hatte, versuchten die Angestellten in allen Passagierbereichen, die chaotische Lage unter Kontrolle zu bringen. Die Fahrzeit betrug wie immer etwa 70 Minuten, aber auch wie immer hatte man das Gefühl, dass nur verdurstende und verhungernde Menschen an Bord waren.

Sünje Nommensen hetzte zwischen den Passagieren mit zwei Tabletts schmutzigen Geschirrs und rief ständig »Vorsicht bitte ... Darf ich mal ... Danke sehr!« Warum können moderne Erwachsene nicht knapp über eine Stunde ohne Berge von Pommes mit Schnitzel aushalten? Einen Kaffee oder Tee würde sie ja noch verstehen, aber Kartoffelsalat mit Würstchen um kurz nach 11 Uhr? Hallo? Gab es nichts zum Frühstück zu Hause? Sünje hielt in ihren Gedanken kurz inne, als das Motorengeräusch sich veränderte und das Schiff in Fahrtrichtung sich leicht hob, dann aber wieder normal im Wasser lag. Aha, will Hauke wieder Wasserski fahren? Sie grinste innerlich. Draußen war das Wasser fast spiegelglatt, und wahrscheinlich langweilten sich die Jungs auf der Brücke.

»Meine Damen und Herren, sehr verehrte Fahrgäste …«, meldete sich die schöne Radiostimme des Ersten Offiziers Ohlsen. »Ich hoffe, Sie haben eine angenehme Fahrt zur einzigen deutschen Hochseeinsel Helgoland.« Dann folgten die üblichen Informationen zur Insel, ein bisschen Historisches und die Hinweise auf das »umfangreiche gastronomische Angebot der Reederei«. Ohlsen schloss mit dem Hinweis, dass voraus bereits Helgoland in Sicht kam und sie in etwa 30 Minuten ihr Ziel erreichen würden. Anschließend dudelte wieder leise Loungemusik.

Sünje räumte das Geschirr in die Spülmaschine. Als sie damit fertig war, hörte sie, wie sich ein Passagier laut über »diese lahmarschige Bedienung« beschwerte.

Scheinbar ein Kind. Sie konnte nur einen blonden Haarschopf erkennen. Aber diese tiefe Stimme? Jetzt bewegten sich der Schopf und ein Stuhl, von dem sie nur die Lehne sehen konnte. Das Kind stieg nun auf die Sitzfläche und es erschien der Kopf eines Erwachsenen! Wirres Haar über einem markant männlichen Gesicht. Vollbart. Der Kleinwüchsige grinste über beide Ohren, als er Sünje ansah.

»Entschuldigen Sie bitte, aber könnte ich jetzt mein Bier bekommen, das ich vor 20 Minuten bestellt hatte? Oder muss ich meinen Ausweis vorzeigen?« Weiße Zähne blitzten auf, als er lachte.

»Welche Sorte möchten Sie denn?« Sünje schmolz dahin, als sie in seinen stahlblauen Augen versank.

»Ein Flens hätte ich gerne. Wenn's nichts ausmacht.«

»Klar. Kalt?«

»Eiskalt, bitte.«

»Tschuldigung …«, murmelte Sünje, als sie ihm das Bier gab.

»Ja, ich weiß«, unterbrach er sie und zuckte mit den Schultern. Eine kräftige Pranke griff sich die Flasche, eine andere knallte einen Fünf-Euro-Schein auf die Theke. »Stimmt so«, murmelte er und sprang vom Stuhl. Sünje beugte sich über die Theke und sah ihm hinterher. Klein, aber oho! Jeans, halbhohe Wanderschuhe und darüber eine blaue Daunenjacke. Der Typ setzte sich, nein, berichtigte sie sich, er bestieg einen der drehbaren Sessel, die an den Panoramafenstern standen. Er sah zu ihr herüber und prostete ihr mit der Flasche zu. Etwas verlegen wandte sie sich wieder ihrer Arbeit zu. Um ihn herum war sein Gepäck verteilt. Ein Trecking-Rucksack und zwei große Sporttaschen.

Onne seufzte und genoss das Bier und die absolute Weite der Nordsee. Er freute sich auf seinen neuen Job auf Helgoland. Nachdem das Hotel auf Grienoog vergangenes Jahr im November saisonbedingt in den Winterschlaf ging, war er ganz froh, endlich echten Urlaub machen zu können. Auf der Hallig war es im Sommer zwar ganz nett, aber irgendwann wollte er mal woanders hin. Er konnte es sich leisten, für einige Monate in Schobüll einfach mal herumzuhängen oder für zwei Wochen eine Rundreise in Vietnam zu machen. Als Künstler hatte er erstaunlicherweise gutes Geld mit seinen Werken gemacht. Und seine alte Villa hatte er gut verkaufen können. Nach seiner Scheidung hatte er sich ein kleines Häuschen gekauft und mit viel Liebe instand gesetzt. Ihm ging es optimal, fand er. Und nun der neue Job. Helgoland stand schon länger auf seiner

Liste. Dass es nun geklappt hatte, war für ihn nicht weiter erstaunlich, denn er konnte ziemlich hartnäckig sein. Das Hotel »Rote Kante« hatte vergangenen Herbst einen Rezeptionisten gesucht, der auch für die Bar zuständig sein sollte. In den Wintermonaten auf der Insel kein schwieriger Job. Und er hatte sicher Zeit, das eine oder andere Bild zu malen.

Er lehnte sich zurück und genoss die Aussicht.

Ein Deck tiefer saß ein großer Mann an einem der Tische, die an den futuristisch gestylten Bullaugen der Schiffsaußenwand aufgereiht waren. Kurze schwarze Haare, Dreitagebart. Seine Gore-Tex-Winterjacke hing an einem der Stuhllehnen. Schwarzes Hemd und schwarze Schuhe vervollständigten den düsteren Eindruck. Ein kleiner schwarzer Kaffee stand vor ihm, an dem er nur kurz genippt hatte, daneben lag eine dunkle Sonnenbrille. Alles an diesem Mann war dunkel. Sogar der Blick mit den zusammengekniffenen Augen, mit dem er den sonnigen Vormittag auf der Nordsee betrachtete, kam scheinbar aus einer dunklen Seele.

Hinter ihm tobten Kinder im Gang zwischen den Tischen herum, immer wieder von den Eltern ermahnt, nicht so laut zu sein. Sie stritten sich um einen Tennisball, den der kleine Bursche nicht hergeben wollte. Seine etwa gleichaltrige Schwester kreischte empört, als ihr Bruder den Ball mit einer Armbewegung wegschleuderte. Der Mann in Schwarz zuckte nur einmal kurz, als das Geschoss von seiner Schläfe abprallte und in der Kaffeetasse landete. Sie war eh halb leer, sodass alles trocken blieb. Mit zwei Fingern der rechten Hand nahm er den Ball aus der Tasse und legte ihn in seine linke Handfläche. Er schloss sie zur Faust. Der Ball verschwand komplett in der großen Pranke. Dann konnte man sehen, wie er seine Arm- und Handmuskeln anspannte. Nach genau zwei Sekunden öffnete er die Faust. Der Ball war verschwunden!

Die beiden Kinder rissen ihre Augen auf. Die Eltern hatten den ganzen Vorgang auch gesehen und applaudierten. »Seht mal, Kinder! Ein Zauberer!« rief die Mutter. Der Mann in Schwarz grinste, und seine Augen blitzten, als er die Kinder ansah. Er stand auf und verbeugte sich theatralisch.

Jetzt klatschen auch die Kinder begeistert in ihre Hände und wollten mehr Zaubertricks sehen. »Kannst du meine doofe Schwester verschwinden lassen?«, wollte der Junge wissen. »Aber Jonas! Das sagt man nicht« wies ihn sein Vater zurecht.

Der Mann in Schwarz hatte bis jetzt kein Wort gesagt. Schweigend setzte er sich wieder und nahm einen Schluck Kaffee. Mit einem erschrockenen Gesichtsausdruck stand er auf und nahm den Tennisball, der plötzlich auf der Sitzfläche lag, und warf ihn dem Jungen zu. Mit einem entschuldigenden Achselzucken nahm er Jacke, Sonnenbrille und die leere Tasse, verbeugte sich wieder und ging in Richtung Treppe zum Außendeck.

Er zog sich die Jacke über, setzte die Sonnenbrille auf und stellte sich draußen an die Reling. Helgoland kam jetzt in Sicht. Er sah auf seine Uhr. Pünktlich wie immer, dachte er und zündete sich eine Zigarette an.

Nachdem das Schiff angelegt und sich die Passagiere wie eine große ratternde Lawine in Richtung Unterland verteilt hatten, kehrte Stille ein auf dem modernsten Schiff der »Weißen Flotte«. Reinigungsteams tauchten auf, gingen an Bord und begannen, die »MS Helgoland« von den Hinterlassenschaften der Fahrgäste zu befreien. Müll wurde an Land gebracht, und neue Lebensmittel und Getränke verschwanden im Bauch des Schiffes.

Im Binnenhafen wurden jetzt die Börteboote klargemacht. Es waren nicht mehr so viele wie in den 70er-Jahren. Obwohl zum »Immateriellen Weltkulturerbe« ernannt, waren die Tage dieser traditionellen Passagierbeförderung gezählt. Die meisten Schiffe, die Helgoland ansteuerten, legten seit mehr als 20 Jahren im Hafen an. Nur wenige Gäste ließen sich noch von den auf Reede liegenden Schiffen in ehemals als Fischerboote genutzten Nussschalen zur Insel fahren. Und immer mehr kamen in den vergangenen Jahren vom Festland mit dem Flugzeug zur vorgelagerten Düne.

Onne saß am Südstrand auf einer Bank, hinter sich Pensionen und Hotels, die im Sonnenlicht strahlten. Einige hatten bereits ihre Terrassen geöffnet, auf denen in Decken gehüllte Gäste saßen und sich ihre Hände an einem Pharisäer oder einer »Toten Tante« wärmten. Er selbst hatte sich einen Kaffee besorgt und betrachtete jetzt mit dem warmen Becher in der Hand das Treiben. Es war noch etwas Zeit, bevor er sich bei seinem neuen Arbeitgeber melden musste. Was er sah, gefiel ihm. Und die wärmende Sonne gefiel ihm auch. Und diese tolle Seeluft, die so ganz anders war als die im nordfriesischen Wattenmeer!

Plötzlich fiel ihm ein bekanntes Gesicht auf. Gibt's doch nicht! Larsson? Eindeutig! Aber wieso hat der sich die Haare schwarz gefärbt? Larsson war als leicht exzentrisch bekannt, aber das, was Onne sah, war so schräg, dass er fast lachen musste. Schwarze Hose, schwarze Jacke, alles war schwarz. Er stand auf und rief: »Hey, Larsson!« Keine Reaktion. Einige Menschen drehten sich nach ihm um und winkten zurück. Der Mann in Schwarz ignorierte ihn und schlenderte mit den Händen in den Taschen weiter in Richtung Hummerbuden. Onne rief jetzt lauter: »Larsson! Hallo!«

Jetzt blieb der Mann stehen, sah zu ihm hinüber und nahm seine Sonnenbrille ab. Er hob fragend beide Arme und deutete auf sich. »Meinen Sie mich?«, fragte er. Jetzt war sich Onne nicht mehr so sicher, wen er vor sich hatte. Die Stimme war rau und klang nicht wie sein Freund von der Husumer Kripo. Falsche Augenfarbe, ging es Onne durch den Kopf. Und die Stimme war irgendwie anders.

»Äh, sorry! Hab Sie verwechselt«, entschuldigte er sich. »Kann passieren«, murmelte der Fremde, setzte seine Brille wieder auf und ging zügig weiter.

Hatte Larsson einen Zwillingsbruder? Onne setzte sich und schlürfte nachdenklich am Kaffee. Er nahm sein Smartphone zur Hand und rief Larsson an.

»Moin Larsson, Onne hier! Ich bin gerade auf Helgoland ... Ja ... Sonne satt ... was ich dich fragen wollte ...« Larsson ließ ihn nicht zu Wort kommen! »Kannst du mal eben die Klappe halten? Hast du eigentlich einen Zwilling? Nicht?« Er berichtete seinem Freund in Husum von seiner seltsamen Begegnung mit dem »Mann in Schwarz«.

Larsson hatte keinen Zwillingsbruder. Es kam eben immer wieder vor, dass es irgendwo auf der Welt einen verblüffend ähnlichen Menschen gab. Sie redeten noch ein bisschen übers Wetter und über Nichtigkeiten, die man so am Telefon austauschte. Als sie sich auf norddeutsche Art mit einem »Hol di« und einem »Jo«

verabschiedet hatten, war es Zeit für Onne, sich zu seinem neuen Arbeitsplatz zu begeben.

Das Hotel »Atoll« war ein moderner, riesiger Stahl-Glas-Würfel auf dem Unterland, direkt am alten Zollgebäude. Noch in den 70er-Jahren musste hier jeder Besucher durch den Zoll, der die Insel verlassen wollte. Heute, da man auch direkt vom Schiff auf die Insel konnte, hatte es keine Bedeutung mehr.

Im unteren Bereich des Hotels lagen sowohl die Rezeption als auch das Restaurant. Die Bar war in der obersten Etage des Glaswürfels über einen Fahrstuhl oder die Treppe erreichbar. Die Zimmer lagen alle an der Ostseite in einem langen Gebäude. Jedes mit großen Fenstern und großzügigen Balkonen mit Blick auf die Düne.

Onnes Aufgaben waren überschaubar. Ab 19 Uhr war er verantwortlich für die Bar, in der die Gäste bis Mitternacht Gelegenheit hatten, Getränke und die Aussicht zu genießen.

Da alles bereits per Videokonferenz und E-Mail mit dem Chef des Hotels geregelt war, auch seine Zimmerkarte hatte er per Post bekommen, meldete er sich an der Rezeption, wo man ihn mit einem »Ach! SIE sind der Neue?« begrüßte. Das war er gewohnt. Jeder, der mit ihm telefonierte, ahnte nicht, wer sich hinter der tiefen Reibeisenstimme verbarg. Selbst Videokonferenzen gaben auch nur das Gesicht und den Oberkörper preis.

Viele waren überrascht, wenn sie ihm begegneten, reagierten aber nie ablehnend, was Onne auf seinen proportionalen Körperbau zurückführte. Außerdem gehörte er mit einer Größe von 150 Zentimetern eher zu den größeren der Kleinwüchsigen. Das verschaffte ihm einige Vorteile gegenüber anderen Menschen mit Kleinwuchs im Alltag. Kleidung war fast kein Problem, und nur bei Barhockern hatte er manchmal Probleme.

»Aha. Dann kommen Sie mal mit.« Die junge Frau von der Rezeption führte ihn zu einem Büro, das einen super Blick auf die Düne hatte. Jetzt herrschte Hochbetrieb auf dem Wasser. Das kleine Fährboot zur Düne war gerade auf dem Weg zurück zur Hauptinsel und musste einem Börteboot ausweichen, das, voll besetzt mit Touristen, den Anleger ansteuerte.

»Aha, Sie sind also Herr Onne! Schön, dass wir uns noch sehen. Herzlich willkommen auf Helgoland!«, meldete sich eine männliche Stimme hinter ihm. Onne drehte sich um und sagte: »Onne genügt.« Er reichte dem Chef Ütersen seine Hand. Ütersen war etwa 40 Jahre alt und gekleidet, als ob er gerade vom Golfplatz käme. Krauses blondes Haar, wie vom Wind zerzaust, über einem sommersprossigen Gesicht, blaue Augen.

»Ich muss jetzt zur Düne rüber, einen wichtigen Geschäftspartner treffen.« Ütersen deutete auf die Düne. »Aber meine Vertreterin Frau Steensen ist jederzeit für Ihre Probleme zuständig.« Er sah auf seine Uhr. »Sie können sich immer bei ihr melden, falls Sie Fragen haben. Jetzt muss ich aber …« Er lächelte kurz zum Abschied, verließ das Büro und verschwand im Fahrstuhl.

Onne nahm seine Taschen und suchte sein Zimmer. Es lag im Angestelltenbereich des Erdgeschosses. Ein helles, weißes Zimmer mit einfacher Einrichtung. Nur das Nötigste. »Basic«, wie es oft bezeichnet wurde. Ein Bett, ein Schrank und eine Sitzgruppe mit Designer-Möbeln und Stühlen, denen man erst auf dem zweiten Anblick ansah, dass es Stühle waren. An der Wand gegenüber dem Bett ein Flachbildschirm.

Keine »intelligente« Dusche mit Sprachsteuerung, sondern eine, über die man die volle Kontrolle hatte. Seine Gedanken gingen zurück zur Hallig Grienoog, wo er zusammen mit seinem neuen Freund, Hauptkommissar Kollerup, ermitteln durfte. Dort hatte jedes Bad eine sprachgesteuerte Dusche, mit der man sogar kurze Dialoge führen konnte.

An der Wand über dem Bett ein Luftbild der Felseninsel mit Düne.

Vor seinem Fenster standen niedrige Büsche, die jetzt im März die Aussicht auf die Promenade kaum behinderten, aber auch den Blick ins Zimmer erlaubten. Und wenn schon, dachte Onne. Er räumte seine Sachen in den Schrank, zog seine »Dienstkleidung« an, die erstaunlicherweise die richtige Größe hatte, und begab sich zu seinem Arbeitsplatz.

Helgoland-Oberland, Donnerstag, 11:30 Uhr

In der Pension »Knieper« war Hochbetrieb. Die neuen Gäste standen an der Theke der Rezeption Schlange. Die Besitzerin Käthe Rickels, seit 50 Jahren im Geschäft, hatte aber alles im Griff. Sie kannte ihr Metier und nahm sich für jeden Gast Zeit. Geduldig erklärte sie, wo das Zimmer zu finden war, und beantwortete jede Frage. Sie kannte alle Fragen, die immer gestellt wurden. Auch dem großen, ganz in Schwarz gekleideten Herren, der jetzt vor ihr stand, erklärte sie geduldig Frühstückszeiten, wo die Zimmer lagen und die Attraktionen Helgolands. Komischer Kauz, aber sehr ansehnlich, dachte sie bewundernd, als der Mann wortlos die Handvoll Infozettel, zwei Broschüren, einen Plan von Helgoland sowie seinen Zimmerschlüssel entgegennahm und sich mit einem Lächeln auf den Weg zu seinem Zimmer im ersten Stock machte. Hach, seufzte sie ihm innerlich hinterher, wenn ich nur 30 Jahre jünger wäre …

Ein ungeduldiges Hüsteln ließ sie wieder in die Realität zurückkehren. Mit einem freundlichen Gesichtsausdruck entschuldigte sie sich. »Tine!«, rief sie nach hinten ins Büro. Dort saß ihre Enkelin und erledigte den täglichen Papierkram.

»Kannst du mal eben kommen und weitermachen?«

»Klar, ähm …«, der Enkelin fiel noch rechtzeitig ein, dass ihre Oma es nicht gerne hatte, als solche bezeichnet zu werden, und setze neu an: »Aber ja doch, Käthe!« In der Frage war Frau Rickels sehr eigen. Mit ihren 71 Jahren war sie absolut keine Oma! Sie sah sportlich aus, färbte sich nicht die kurzen grauen Haare und wenn, dann nur, um das Grau hervorzuheben. Und, das fand sie selbst seltsam, sie trug nie einen einzigen Kleidungsfetzen in der seniorengerechten Farbe »hellbeige«. Also sagte sie sich, dass »Oma« absolut unpassend war. Nur ihr vor zehn Jahren verstorbener Mann durfte das. Das war etwas völlig anderes.

Als Tina sie abgelöst hatte, musste sie unbedingt ihrer Nachbarin bei einem Kaffee erzählen, welchen geheimnisvollen Gast sie hatte. Zwei Wochen wollte er bleiben.

Schade, ihre Nachbarin war scheinbar nicht zu Hause. Unschlüssig stand sie vor der Tür in der schmalen Gasse, in der vereinzelt Touristen schlenderten. Ungewöhnlich, dass kein Zettel an der Tür befestigt war, fand Käthe. Sonst hing immer ein Schild am Türgriff mit der Aufschrift »Bin gleich wieder da« oder »Bin mal eben einkaufen«.

Wird da vielleicht etwas passiert sein? Jetzt klopfte sie energisch und laut an die Holztür. Nichts rührte sich. Sie seufzte enttäuscht und ging zwei Querstraßen weiter zum Palm Café, wo sie sich auf die Außenterrasse in die Sonne setzte.

Hier hatte man einen schönen Blick über den kleinen Nordosthafen zur Düne hinüber. Und die Sonne war hier sehr angenehm. Trotzdem sie März hatten, war es fast windstill und überhaupt nicht kalt.

Malte, der Besitzer des Cafés, kam an ihren Tisch.

»Na, Käthe? Kaffee? Wie immer mit Schuss?«

»Ja, aber nicht so laut«, erwiderte sie trocken. Das alte Spiel zwischen ihnen. »Und bitte nicht wieder mit der Schrotknarre!«

Malte lachte und »schoss« mit dem Zeigefinger auf sie.

Ihr Handy meldete sich. Tina war dran. »Hey, ich hab wohl gesehen, wie du den Typen angeschaut hast!« Ohne Vorwarnung. Käthe war es gewohnt, dass ihre Enkelin so mit ihr redete. Das durfte sie auch, schließlich waren sie gemeinsame Besitzerinnen der Pension. Und wer weiß, vielleicht würde Tina irgendwann alles übernehmen.

Sie lachte ins Telefon: »Ja kann man denn nicht mal ein kleines Geheimnis haben?«

»Klar doch«, kam die schnippische Antwort.

»Ist was?«, wollte Käthe wissen.

»Ja also ...«, Tina zögerte.

»Nu mal raus damit!«

»Ja also, dieser Typ in Schwarz ist scheinbar ein Zauberer!«

»Wie Zauberer?«

»Ich war eben in seinem Zimmer ...«

»Tina!«, unterbrach Käthe sie empört.

»Lass mich doch mal ausreden! Ich war also in seinem Zimmer und habe ihm Handtücher gebracht! Mensch, was denkst du denn, was ich da wollte?«

»Und wie kommst du darauf, dass er Zauberer ist?«

»Weil der so komische Seile hat.«

»Seile?«

»Ja, so Seile für Seiltricks.«

»Vielleicht will er auf Helgoland Seilhüpfen ...«

»Käthe!« Jetzt unterbrach Tina.

»Warum ist jemand Zauberer, nur weil er Seile dabei hat?«

»Naja, er hat nicht nur Seile dabei. Auch so komische Spielkarten, die alle gleich sind und viele Tücher und so Kram. Zaubererkram eben!«

»Sieh mal einer an!«

Tina triumphierte: »Ja, sieh mal an! Bitte sehr!«

Flughafen Hamburg-Fuhlsbüttel, Donnerstag, 11 Uhr

Gut gelaunt bestieg ein Mann mit einem Aktenkoffer auf dem Hamburger Flughafen seinen Privatjet. Rune Reimers, ein 60-jähriger Millionär, freute sich auf das Treffen auf Helgoland. Als er die kurze Treppe zu dem Flugzeug hochging, sah er auf seine Uhr. Passt ja, dachte er. Er würde gerade rechtzeitig auf der Insel eintreffen, wenn die MS Helgoland auch anlegen würde. Er hatte in den nächsten Tagen einiges auf der Felseninsel zu regeln. Der Steward begrüßte ihn, nahm ihm den Aktenkoffer ab und verstaute ihn über den Sitzen. Im Cockpit saß sein Pilot und nickte ihm kurz zu, als Reimers ihn mit einem gut gelaunten »Morgen, Fiete!« begrüßte. Sie kannten sich schon viele Jahre. Reimers schätzte seine professionelle Art und hielt ihn für den besten Piloten, den man bekommen konnte. Als Kind und Jugendlicher litt er unter Flugangst, trotzdem seine Eltern ihn ständig auf ihren Reisen mitschleppten. Dann bekam er immer irgendein Medikament, das ihn schläfrig machte.

Erst als er sich selbst einen Jet und einen eigenen Piloten leisten konnte, verflog seine Angst. Und das war jetzt auch bereits einige Jahrzehnte her. Er mochte diese kleinen schnellen Jets. Genauso wie seine kleine schnelle Privatjacht. Große Flugzeuge und große Schiffe waren nicht sein Ding.

Sie rollten jetzt auf die Startbahn und hoben kurz danach ab. Kaum in der Luft und die Reisehöhe erreicht, bekam Reimers wie immer seinen Scotch vom Steward gereicht, wenn er sich auf einem Flug entspannen wollte. Vorbereiten musste er sich nicht auf das lange geplante Treffen auf Helgoland. So hatte er Zeit, den kurzen Flug zu genießen. So wie das Wetter heute aussah, konnten sie mit einer Flugzeit von etwa 15 Minuten rechnen. Er hatte die Politiker auf der Insel lange genug durch Telefonate und Videokonferenzen bearbeitet. Heute würde er Nägel mit Köpfen machen und den ersten Schritt zur Verwirklichung seines Traumes zurücklegen.

Er nippte an seinem Drink, zündete sich eine Havanna an und lehnte sich zurück. Das Leben war schön, ging es ihm durch den Kopf.

20 Minuten später landeten sie auf der Helgoländer Nebeninsel, Düne genannt. Ganz in der Nähe standen kleine moderne Gebäude mit flachen Dächern, die ihn an einen Supermarkt erinnerten. Große Glasflächen, hinter denen sich wenige Menschen befanden. Als Reimers ausstieg, landete gerade eine kleine Sportmaschine hinter ihm. Er mochte diesen kleinen Sandhaufen, wie er die Nebeninsel spöttisch nannte, weil sie ihn an eine Südseeinsel erinnerte, auf der er vor Jahren Urlaub gemacht hatte. Gerade mal so groß, dass eine Startbahn Platz hatte. Aber er fand, dass die Helgoländer was daraus gemacht hatten. Wenn er an die 70er-Jahre dachte, musste er sich innerlich schütteln. Diese Häuser damals! Die reinste Gartenkolonie! Jetzt standen seit einigen Jahren helle, luftige Häuschen auf der Düne, die einigen Komfort zu bieten hatten. Gut, etwas teurer in der Miete für Gäste, aber schließlich leben wir im zweiten Jahrzehnt des 21. Jahrhunderts und nicht mehr in den 50ern des 20. Jahrhunderts.

Durch eine der großen Glasflächen winkte ihm ein Typ zu. Billige Golfklamotten und eine Daunenjacke in einem Neongrün, das in den Augen weh tat. Ütersen vom Hotel. Prima, freute sich Reimers, dann kann es ja losgehen. An diesem sonnigen, glasklaren Märzmorgen waren nur wenige Touristen auf der Helgoländer Düne unterwegs. Bepackt mit ihren wetterfesten Gore-Tex-Rucksäcken, die über wetterfesten Gore-Tex-Jacken getragen wurden, und Kameras um den Hals, die mit ihren Objektiven protzen, stolperten sie zwischen den herumliegenden Robben und Seehunden herum. Als Reimers mit Ütersen in Richtung des Anlegers der Dünenfähre ging, kamen sie an den neuen Ferienhäusern vorbei. Helle, nach skandinavischer Art gebaute Häuser, die außen mit Holz verkleidet waren. Für exakt die Zielgruppe gebaut, die sich Reimers wünschte. Touristen mit Geld und Zeit. Nichts für diese Klientel, die sich noch in den 90ern hier herumgetrieben hatte. Reimers schnaufte verächtlich, als er an den Charme einer heruntergekommenen Gartenkolonie dachte, die hier bis vor einigen Jahren noch vorherrschte. Sogar mit Gemeinschaftsdusche! Er musste sich beherrschen, nicht vor Ekel zu erschaudern.

Die ganze Zeit plapperte Ütersen und scharwenzelte wie ein Hündchen um ihn herum. Der Millionär hörte nur scheinbar aufmerksam zu und nickte zwischendurch. Es war ihm egal, was Ütersen sagte. Schließlich wurde der Hotelier von ihm dafür bezahlt, dass man ihn mit dem Kleinkram in Ruhe ließ, und letztendlich musste Ütersen das machen, was verlangt wurde.

Mit einer Handbewegung verschaffte er sich Ruhe und blieb stehen. »Wie läuft es denn mit unserem Projekt?«, wollte Reimers wissen und sah sich vorsichtig nach Mithörern um.

»Es gibt da ein kleines Problem. Unser Mann …« Reimers unterbrach ihn. »Kümmern Sie sich verdammt noch mal darum! Demnächst steht das nächste Bürgerbegehren an und bis dahin will ich die ganze Insel auf meiner Seite wissen! Klar?«

»Klar, Herr Reimers. Aber es ist eher ein Problem, um das Sie sich persönlich kümmern müssen. Sie verstehen?«

Reimers winkte ab. »Wenn es um meine Tochter geht, kann ich auch nichts machen. Lassen Sie sich etwas einfallen.«

Ütersen gab auf. »Natürlich, Herr Reimers.«

»Und, Ütersen …«, der Millionär deutete auf die Häuser, die hier besonders schön in der tief stehenden Märzsonne aussahen, »nehmen Sie sich ein Beispiel. Genau so sieht die Zukunft aus.«

Zwei Männer, offensichtlich Einheimische, die anhand der üblichen Helgoländer Alltagskleidung, Strickmütze, leichte Windjacke und halbhohe Winterstiefel zu erkennen waren, kamen vorbei, blieben stehen und grüßten die beiden. »Moin, Ütersen! Na? Wieder hohen Besuch?« Neugierige Blicke streiften Reimers. Helgoländer waren oft sehr direkt. Meistens schweigsam gegenüber Fremden, untereinander allerdings wurde kein Blatt vor den Mund genommen. Ütersen galt als »Helgoländer«, weil seine Vorfahren bereits auf Helgoland lebten.

Reimers selbst war zuletzt als Kind in den 60er-Jahren mit seinen Eltern hier gewesen. Somit kannte ihn niemand von den hier Lebenden persönlich. Sein Name war allerdings bekannt. Vor 13 Jahren war er in aller

Munde, als er das Projekt »Vereinte Insel« ins Leben gerufen hatte, um beide Teile miteinander zu verbinden. Es wäre ihm auch egal gewesen, hätte ihn jemand erkannt. Ütersen erwiderte mit Blick auf den Millionär: »Nur ein Geschäftsfreund. Er ist Gast im Hotel.«

»Naja Ütersen, dann wollen wir mal nicht stören«, sagte einer der beiden, hob grüßend einen Zeigefinger, und die beiden schlurften weiter durch den Sand der Düne.

Nach der kurzen, schweigsamen Überfahrt mit der Dünenfähre fuhren sie mit einem kleinen offenen Elektrofahrzeug zum Hotel.

Auf der Promenade am Südhafen kamen immer mehr Tagesgäste und auch solche an, die einige Zeit hierbleiben wollten. Sie kamen nur langsam voran, weil sie immer wieder Menschen ausweichen mussten, die scheinbar noch nie Elektrofahrzeuge gesehen hatten. Alles auf der Insel wurde damit abgewickelt - Gepäcktransport, Post und Lieferungen für die Läden. Mittags und abends war immer Rushhour auf Helgoland. Gäste kamen und gingen, Waren und Müll wurden transportiert. Man konnte die Uhr danach stellen.

Zu Fuß wären wir schneller gewesen, dachte Reimers. Nach zehn Minuten hielten sie am Haupteingang des Hotels »Atoll«. Ein Angestellter spurtete zu ihnen und nahm das Gepäck. »Moin, Herr Reimers. Ich hoffe, Sie hatten einen guten Flug. Ihr Koffer wird dann aufs Zimmer gebracht. Ich mach das schon.« Und weg war er auch schon.

Ohne die lästige Prozedur an der Rezeption begab sich Reimers auf sein Zimmer, während Ütersen alles für das heutige Treffen in der Hotelbar mit den Leuten der Initiative »Vereinte Insel« arrangierte.

Helgoland-Düne, Donnerstag, 12 Uhr

Faxe Farmsen wurde vom Geräusch eines landenden Jets geweckt. Er wälzte sich zum Wecker herum. Meine Güte, stöhnte er. Gerade mal Mittag! Nützt ja nichts. Er schwang sich aus dem Bett und warf sich aus dem Stand auf seine Arme. Zehn Liegestützen, wie immer nach dem Aufstehen. Danach ging er ins Bad und sah sich im Spiegel an. Mann, Faxe. Du wirst auch nicht jünger! Nach dem Zähneputzen, und was ein etwa 40-jähriger Mann sonst noch im Bad zu tun hatte, trank er einen Kaffee und schaltete das Radio ein. Natürlich »Felsenfunk«. Er war Chef und Moderator des privaten Helgoländer Radiosenders, der nur im Internet zu empfangen war. Gerade lief seichter Pop der 80er-Jahre, »Sweet Dreams«. Musik seiner Kindheit. Er biss in einen trockenen Toast, schlürfte Kaffee und ging seinen Tagesplan durch. Sein Dienst würde erst um 18 Uhr beginnen, aber vorher hatte er einen vollen Plan. Bürokram erledigen, Werbekunden anrufen und Redaktionskonferenz. Nach dem Frühstück ging er auf die Veranda, die jetzt von der Mittagssonne erwärmt wurde, und zündete sich eine Zigarette an. Er mochte es nicht, wenn im Haus geraucht wurde. Er hatte gerne frische Luft. Ein Widerspruch für viele Nichtraucher, wenn ein Raucher vor die Tür ging, um »frische Luft« zu schnappen und sich einen Glimmstängel anzündete.

Das juckte ihn nicht. Vielmehr interessierte er sich gerade für das Wetter auf der Düne. Sein Häuschen stand am Rande der Ferienhaussiedlung. Eines von vielen neuen, nach skandinavischem Vorbild erbauten Holzhäusern. Alle in leuchtenden Farben lackiert, in Holzoptik gehalten, sowie mit einer großzügigen Veranda. Er mochte diesen Stil und auch den Komfort, den sie boten. Gebaut mit Fertigbauteilen aus Beton, gut isoliert und außen mit Kunststoffpaneelen in Holzoptik verkleidet. Täuschend echt. Auf etwa 70 Quadratmetern hatte er alles, was man braucht. Und er wohnte umsonst hier. Bezahlte alles der stinkreiche Reimers.

Sie lernten sich vor fünf Jahren kennen. Zu der Zeit war Faxe arbeitslos und wohnte in Hamburg zusammen mit zwei Freunden in einer Wohngemeinschaft. Glücklicherweise hatte er dank einer Erbschaft etwas Geld auf der Bank, das allerdings auch absehbar zur Neige ging. Er bekam den Tipp, einen gewissen Reimers anzurufen, weil der »etwas Großes« plane und Faxe mit seinem Wissen und seinen Fähigkeiten für Reimers ganz sicher interessant sein würde.

Farmsen rief dort also an, und zwei Wochen später fand er sich auf der Helgoländer Düne wieder, in diesem wunderschönen Haus.

Auf dem Oberland der Insel stampfte er im darauffolgenden Jahr aus dem Nichts einen Internet-Radiosender mit zehn Mitarbeitern aus dem Boden.

Über Gewinn oder Verluste musste er sich als Geschäftsführer keine Gedanken machen. Natürlich wurde erwartet, dass der Sender sich in der Öffentlichkeit als seriös, bürgernah und kompetent ausgab, und es durfte niemals nach außen dringen, was wirklich der Zweck des Felsenfunks war.

Faxe drückte den Rest der Zigarette im Aschenbecher aus, nahm sein Smartphone zur Hand und rief im Sender an.

Claas Horn meldete sich.

»Moin, Faxe!«, begrüßte ihn sein alter Freund aus Hamburger Zeiten und heutiger Mitarbeiter.

»Moin, Claas. Was Besonderes?«, wollte er wissen.

»Nö, Rosi, auf dem Festland hatte wohl einen Aussetzer. Da war was mit der Glasfaserverbindung, aber nichts Schlimmes. Läuft alles.«

Faxe wusste, dass er sich auf seinen Stellvertreter verlassen konnte. Seine täglichen Anrufe waren nur Routine.

Netzprobleme kamen schon mal vor, wenn einer seiner Mitarbeiter auf dem Festland gerade eine Livesendung hatte. Prinzipiell wurden die Sendungen vorproduziert und die Dateien der Sendungen Tage vorher rübergeschickt, um sie ins Programm einzubinden. Es gab aber auch Ausnahmen, um den Hörern eine gewisse Aktualität zu vermitteln. Ansonsten ging es im Sendebetrieb um Quote und Werbung. Und natürlich um »den Auftrag«, von dem nur er und Claas wussten. Natürlich fiel es manchmal auf, wenn einer der beiden im Sendebetrieb Bemerkungen machte, die das Projekt »Vereinte Insel« in schönen Farben erschienen ließen. Meistens im Zusammenhang mit der in den vergangenen Jahren immer größer werdenden Tagestouristenschwemme. Das war seit den 80er-Jahren immer wieder Thema, als die Helgoländer erkannten, dass die Abhängigkeit vom Tagesgeschäft des Tourismus größer wurde. In Jahren, wo es nicht so gut lief, mussten Geschäfte schließen, die sich auf den zollfreien Einkauf spezialisiert hatten. Hinzu kam, dass die Hotels und Pensionen kaum modernisiert hatten. Viele hatten noch die Ausstattung und den Komfort der 70er-Jahre. Damit konnte man keine Leute mehr anlocken.

Helgoland musste also auf Gäste setzen, die mehr als zwei Tage hier verbringen wollten. Das hatte auch die Gemeindevertretung erkannt. Aber es war Helgoland. Da läuft alles langsamer, dachte sich Farmsen.

Also entschied sich Faxe, das Vorhaben zu unterstützen. Er hatte einen unbefristeten Vertrag bekommen, ein üppiges Gehalt und lebte auf der Insel ganz gut.

Faxe hörte sich noch den Tratsch aus dem Sender an, mit dem ihn Claas jetzt fütterte, und verabschiedete sich bis zum späten Nachmittag. Jetzt wurde ihm doch kalt, trotz der Sonne, er ging ins Haus. So bekam er nicht mit, wie Reimers und Ütersen nur fünf Meter entfernt vorbeigingen.

Helgoland-Oberland, Kneipe »Sandlöper«, Donnerstag, 15 Uhr

Um diese Tageszeit war nicht viel los in der Kneipe »Sandlöper« auf dem Oberland. Drei Tagestouristen, die scheinbar etwas völlig anderes erwartet hatten als so eine kleine, dunkle, nach Tabak stinkende Kneipe, bestellten gerade Pharisäer. Es gab nur den Tresen mit Barhockern und drei kleine Tische an Fenstern, die durch ihre vergilbten Gardinen nicht viel Tageslicht hineinließen. Im hinteren Teil stand ein Poolbillardtisch. Stumm saßen die drei an einem Tisch und nippten an ihren Getränken, die ihnen der Wirt in windschiefen Tassen serviert hatte. Max Morlock, seit 30 Jahren Besitzer der Kneipe, hatte das Lokal von seinem Vater übernommen. Bis heute hatte er nichts verändert. Dieselbe Einrichtung, die Musikbox mit genau der Musik der 70er-Jahre des letzten Jahrhunderts, die schon sein Vater gemocht hatte. Nur die Biermarke war eine andere als damals. Aber immer noch war sie die Stammkneipe der Börteboot-Fahrer, die hier ihr Feierabendbier tranken, sich über »die neuen Zeiten« aufregten und immer einen oder zwei Kümmelschnäpse über den Durst tranken.

Die drei Touristen, junge Burschen aus Bayern, tranken schweigend ihre alkoholisierten Kaffees mit Sahnehaube. »Wenn ihr wollt, dürft ihr rauchen!«, rief Max vom Billardtisch herüber, als er die Acht versenkt hatte und fügte hinzu: »Ist ja eine Raucherkneipe.«

»Passt scho.«, murmelte einer der Gäste. Seltsame Leute, dachte Max und ging zur Musikbox. Er drückte wie immer den Knopf »A« und den Knopf »Sieben« auf der uralten, mit Schallplatten befüllten Anlage. Die senkrecht verlaufende Palette mit den Singles drehte sich, stoppte an der gewählten Stelle, und die Platte senkte auf den drehenden Teller. Der Arm des Tonkopfes fiel auf den Anfang der Rille. Knisternd erwachte »Gimme shelter« von den Stones zum Leben. »Herr Wirt! Zahlen bitte!«, kam es aus der bayrischen Ecke. Über die voll aufgedrehte Musik erwiderte Max mit gewohnt kräftiger Stimme: »15 Euro!« Er sah nicht hin, ob wirklich mindestens 15 Euro auf dem Tisch lagen, als die drei sich grußlos verabschiedeten.

Als die Rolling Stones endlich mit ihrer Bitte nach Schutz und Unterschlupf fertig waren, versenkte Max die letzte Kugel am Billardtisch. Er ging zum Tisch, wo die Touristen gesessen hatten, und strich den 20-Euro-Schein von der Platte, als die Tür geöffnet wurde. »Moin Max! Na? Wie isses?« Arne Bull, einer der Börteboot-Fahrer, setzte sich auf einen Barhocker, warf Tabakbeutel und Zigarettenpapier vor sich hin und begann sich einen Glimmstängel zu drehen.

»Muss«, erwiderte Max.

»Bier?«, fragte er Arne.

»Jo. Kalt!«

»Wetter?«, wollte Max wissen.

»Sonne, windstill. Nich so kalt", antwortete Arne und riss ein Streichholz über die raue Oberfläche des Tresens. Mit der hell aufflackernden Flamme zündete er seine Selbstgedrehte an, inhalierte tief, stieß den Rauch aus und sagte: »Faxe hat mich heute Morgen angerufen.«

»Faxe?«, fragte Max.

»Faxe«, bestätigte Arne und nickte kurz.

»Was wollte der?« Morlock setzte sich und stellte Arnes Bier vor ihm ab.

»Er will schnacken.«

»Worüber?«

»Hat er nich gesagt.«

»Wann?«

Arne sah auf die Uhr an der Wand und sagte: »Gleich. Um vier Uhr«

Max wunderte sich nicht über diese Neuigkeit. Unter den beiden verfeindeten Gruppen der Gegner und Befürworter des Projektes »Vereinte Insel« war es kein Geheimnis, von wem der Sender »Felsenfunk« finanziert wurde. Der Moderator und Geschäftsführer war bekannt für seine Radiosendungen, in denen er versteckte und offene Worte für das Projekt zum Besten gab. In letzter Zeit allerdings fielen seine Beiträge eher moderat aus, und das Thema wurde zunehmend gemieden. Da schien also etwas in Bewegung gekommen zu sein, sagte sich Max Morlock, Sprecher der Projektgegner. Seitdem das Thema vor Jahren nach einem Bürgerentscheid ad acta gelegt werden musste, kehrte einigermaßen Ruhe ein. Nur hatte niemand damit gerechnet, dass nach Ablauf einer zweijährigen Frist, in der dieser Entscheid bindend war, das Projekt erneut aufgegriffen würde.

Vor einigen Jahren kam dann »Der Felsenfunk« nach Helgoland und richtete sich in einem Gebäude auf dem Oberland ein.

Die Tür ging auf, und Faxe Farmsen betrat die Kneipe. Gleichzeitig klingelte das Telefon neben der Theke an der Wand.

Helgoland-Unterland, Restaurant im Hotel »Atoll«, Donnerstag, 14 Uhr

Onne bereitete sich an der Bar im Restaurant auf die ersten Gäste vor.

Die meisten Tagestouristen verliefen sich eher nicht hierher, außer im Sommer, wenn die Terrasse draußen geöffnet war, und Eis, Kaffee und Kuchen reißenden Absatz fanden. Aber jetzt, in den Wintermonaten, war das Mittagsgeschäft eher ruhig. Ideale Arbeitsbedingungen, fand Onne.

Die ersten Gäste kamen gerade herein und setzten sich an einen Tisch. Einer des Trios war sein Chef, die anderen beiden waren ihm unbekannt. Ein langhaariger, sportlicher Typ mit rötlichen Haaren und neben ihm ein offensichtliches Alphatier. Gekleidet, wie man sich einen Geschäftsmann so vorstellt. Dunkelblauer Anzug, hellblaues Hemd mit passender Krawatte. Bequeme und teure Schuhe. Business-Look, sagt man wohl, dachte Onne. Dass er der Kopf dieser Gruppe war, sah man deutlich, weil beide ihn ansahen und an seinen Lippen hingen, sobald er etwas sagte und eifrig jeden seiner Sätze mit einem Kopfnicken bestätigten.

Jetzt betraten zwei Paare den Raum und gingen zielstrebig zu ihnen. Sie begrüßten sich gegenseitig. Der Business-Mann deutete auf die Tür zum Konferenzraum, dessen Doppeltür offenstand, aber durch einen Absperrgurt, wie man ihn von Flughäfen kannte, vor unbefugtem Zutritt gesichert war. Ütersen führte sie dann mit einer unterwürfigen Geste hinein und sicherte den Eingang wieder mit dem Gurt.

Onne konnte gut erkennen, dass sie dort an dem langen Tisch Platz nahmen. Seltsamer Haufen, sagte er sich. Eine Bedienung kam und nahm ihre Bestellungen auf.

Finn, der Kollege, der die Getränkewünsche einen Moment später bei ihm aufgab, beugte sich vor und flüsterte geheimnisvoll: »Weißt du, wer das ist?«

Onne wusste es natürlich nicht und sagte es auch. »Das ist der Reimers!«, hauchte der Kollege hinter vorgehaltener Hand. Onne fand es ziemlich albern, wie sich Finn verhielt. Er zuckte mit den Schultern, als er am Zapfhahn stand und die bestellten Biere fertigmachte. »Na! Das ist der Reimers, der Insel und Düne verbinden will.« Als Onne immer noch nicht reagierte, setzt er ungeduldig hinzu: »Ach, du weißt doch, der Hamburger Millionär, dessen Projekt vor zehn Jahren gescheitert ist!«

»Ach ja?«

»Ja! Jetzt will er wohl wieder neu ansetzen.«

»Ach …«

Der Kollege schien jeden Moment zu platzen. »Reimers, Ütersen, Farmsen und die Unterstützer Prigge und Hansen mit ihren Frauen. Sag mal … du weißt aber auch nichts, was hier so los ist …, erzähl ich dir gleich. Jetzt erst mal die Getränke.« Und schon schoss Finn wieder in Richtung Konferenzraum. »So!«, hörte Onne ihn munter rufen, als der den Raum betrat. Dann hatte Onne zu tun und achtete nicht mehr auf das, was dort geschah.

Konferenzraum

Ütersen erhob sich und sagte: »Meine Damen und Herren, ich eröffne hiermit offiziell die Sitzung der Initiative »Vereinte Insel«.« Er hob sein Glas und prostete den anderen zu, die es ihm gleichtaten. »Nach vielen Jahren sehen wir uns jetzt endlich wieder, weil wir«, er sah Reimers direkt an und fuhr fort »entschieden haben, den Kampf wieder aufzunehmen. Die Zeichen stehen gut. Seit einiger Zeit haben wir Dank unseres Gönners«, und er sah wieder Reimers direkt an, »ein Sprachrohr im Internet, das inzwischen so populär ist, dass wir sicher sind, dieses Mal unsere beiden getrennten Helgoländer Teile endgültig vereinen können.« Ütersen hob sein Glas und prostete allen Anwesenden zu. Er setzte sich, und Reimers ergriff das Wort. »Danke, Ütersen. Ich muss ja wohl nicht besonders betonen, wie wichtig das Projekt ist. Für die Insel, für die Bewohner und für unsere Zukunft. Wir müssen jetzt wieder kämpfen. Aber«, er fügte eine Kunstpause ein, in der er jedem in die Augen blickte, und fuhr fort »dieses Mal haben wir einen Vorteil, einen Trumpf in der Hand. Außerdem können wir auf unsere Arbeit aufbauen, die wir beim letzten Bürgerentscheid geleistet hatten. Nur knapp unterlagen wir denen, die in der Vergangenheit leben. Jetzt sind wir stärker! Ich weiß, dass wir jetzt«, er hob seine Stimme, »gewinnen werden!«

Indem er sich zurücklehnte, signalisierte er, dass er fertig war.

Ütersen sah Farmsen an und sagte: »Frank. Willst du was loswerden?«

»Klar«, antwortete Faxe und fuhr fort, »Der Felsenfunk hat sich in den letzten Jahren stark weiterentwickelt. So haben wir auf dem Festland jetzt mehrere angestellte Redakteure, die im Wechsel nach meinen Vorgaben arbeiten. Und dann natürlich der Zuwachs der Werbekunden, nicht zu vergessen!« Er öffnete sein Notizbuch und las die Zahlen ab, die eindeutig belegten, dass es bei den Zuhörern einen Zuwachs gegeben hatte. Er schloss mit den Worten: »Wenn das so weitergeht, haben wir locker gewonnen.«

Jetzt meldete sich Jens Prigge zu Wort: »Also unter den Börteboot-Besitzern sieht es nicht so rosig aus. Da müssen wir noch Überzeugungsarbeit leisten. Meine Frau«, er wies auf seine bessere Hälfte, »streut fleißig Gerüchte in den sozialen Medien. Aber es braucht eben seine Zeit. Positiv ist, dass wir den Status eines Weltkulturerbes bekommen haben. Immateriell, aber immerhin.«

»Finde ich absolut toll, was ihr erreicht habt!«, schaltete sich Ove Hansen, ebenfalls einer der Börteboot-Besitzer, ein. »Besonders die Tour mit den Booten nach Berlin. Darauf trinken wir!«, rief Ove. Vor zwei Jahren waren Börteboote, werbewirksam begleitet über Hamburg, durch die Elbe und den Kanälen, bis zur Spree in Berlin geschippert. Dort gab es eine kleine Demo. Als Erfolg hefteten sie sich dann das Prädikat »Immaterielles Weltkulturerbe« an die Brust. Hintergrund, was nur Eingeweihte wussten, war, durch diese Aktion den Zusammenhalt untereinander zu stärken. So konnten die Mitglieder und Unterstützer von »Vereinte Insel« geschickt und verdeckt innerhalb der Börteboot-Fahrer für das Projekt werben.

Die Anwesenden klopften sich noch eine halbe Stunde gegenseitig verbal auf die Schulter, und als alles gesagt war, verabredete man, sich in einer Woche erneut zu treffen, um eine öffentliche Veranstaltung vorzubereiten.

Farmsen atmete auf, als er das Hotel verließ. Vor der Tür stieß er mit einem schwarz gekleideten Mann zusammen, der gerade das Foyer betreten wollte. Faxe entschuldigte sich zerstreut, und beide gingen ihrer Wege. Fast wäre er über einen Plakatständer gefallen, der auf dem kleinen Platz vor dem Eingang stand. »Black Magic« wurde angekündigt. Heute Abend, Beginn 21 Uhr. Dass er jetzt etwas in seiner Jackentasche hatte, das vorher dort noch nicht war, bemerkte er nicht.

Helgoland-Oberland, Donnerstag, 16 Uhr

Faxe beachtete den Zusammenprall nicht weiter und ging zum Fahrstuhl zum Oberland. Er hätte auch die Treppe nehmen können, aber dort war es ihm zu voll. Außerdem kannte er den Kontrolleur schon länger, der dann andere Gäste abwies, weil er wusste, dass Faxe gerne alleine im Fahrstuhl war.

Oben angekommen, schritt er zügig aus. Vorbei am »Sandlöper«. Er nahm einige Abkürzungen und erreichte das flache Gebäude des Senders, das auf einer Wiese lag und mit einem hohen Zaum gesichert war. Der »Rock-Shop« neben dem eingezäunten Areal war jetzt geöffnet und bereits gut besucht. Hier konnte man den ganzen Merchandising-Kram des Senders kaufen. Vom Aufkleber fürs Auto, über Schlüsselanhänger und Flaschenöffner bis hin zu Sweatshirts und Basecapes. Die ganze Palette, die Faxe und seine Kollegen sich zur Eröffnung des Senders ausgedacht hatten, bis hin zu einer eigenen Biermarke, die sich »Red Rock« nannte.

Im Sommer lief das Geschäft so gut, dass der Nachschub kaum bewältigt werden konnte.

Faxe sah kurz ins Geschäft und begrüßte Anke und Walter, die beide gut gelaunt die Kunden bedienten, mit einem zu einem V geformten Zeige- und Mittelfinger. Es war voll, es war laut. Und natürlich lief die Musik des Senders.

Im Büro erwartete ihn ein bisschen Schreibtischarbeit. Nichts Aufregendes. Tagesgeschäft, wie immer. Er schloss die Tür, setze sich an den Schreibtisch und zog sein privates Smartphone aus der Gürteltasche wie ein Revolverheld.

Dann wählte er eine Nummer und wartete. »Sandlöper«, knurrte eine kratzige Männerstimme.

»Faxe hier«, meldete sich Farmsen knapp.

»Faxe … ach.« Max schien abzuwarten.

»Ja. Können wir uns mal diskret treffen?«

»Diskret?«

»Ja, diskret. Muss ja nicht jeder sehen.«

»Was ist denn los? Zahlt Reimers dir nicht mehr genug?« Max schien misstrauisch zu sein.

»Am Telefon ist das nicht so gut. Heute Abend? Am Bunkereingang?«

»Mann, du klingst ja wie ein Spion!« Max lachte dröhnend.

»Ich meine es ernst! Und …«. Max unterbrach ihn: »… keine Polizei? Alleine?« Er schien sich zu amüsieren.

»Max! Es ist mir Ernst!« Faxe war jetzt sauer.

»Ja, is ja gut. 8 Uhr heute Abend am Bunkereingang. Alles klar.«

Wortlos beendete Faxe das Gespräch. Mann! Er schlug auf die Tischplatte. Manchmal verstand er die Einheimischen nicht, auch wenn er bereits einige Jahre auf der Insel lebte.

Er wandte sich wieder seiner Arbeit zu. Dienstpläne, Sendepläne und Studiopläne abgleichen. Der übliche Mist eben, dachte er sich.

Zwischendurch ging er vor die Tür und trank einen Kaffee und rauchte eine Zigarette. Draußen traf er den einen oder anderen Bekannten, wechselte ein paar Worte mit ihnen. Helgoländer Small Talk.

»Na, wie geiht di dat?«

»Och, muss ja!«

»Na, solange der Glimmstängel noch schmeckt!«

»Man hat ja sonst nix.«

»Jo.«

»Muss denn mal wieder. Hol di!«

»Jo. Hol di«

Ab 18 Uhr hatte er heute Livesendung. Nichts Besonderes. Viel Musik und wenig Text. Die Musik wurde von der Software ausgesucht. Die Liste dazu hatte er sich ausdrucken lassen und warf einen Blick darauf, als er seinen Kaffee auf der Bank trank, um sich entsprechende Zwischenmoderationen auszudenken. Das meiste kam eh spontan zwischen den Titeln. Darin hatte er im Laufe der Jahre eine Routine entwickelt. Das Schema war simpel. Zwei Titel und dann zehn Sekunden irgendwas, das passte.

Zwischendurch einmal Nachrichten von der Insel. Das hatte auch ein Redakteur bereits erledigt. Er las sich alles durch, änderte einige Stellen und das war es auch schon.

Im Studio 2 gab es keine Sitzgelegenheiten. Viele Monitore, ein Stehpult und zwei Mikros, die von der Decke hingen. Und das Touchscreen-Mischpult. Er prüfte sein Equipment. Als alles zu seiner Zufriedenheit eingestellt und vorbereitet war, schaltete er die Studiolautsprecher an. Es lief gerade eine Vorproduktion vom Festland. »Rockland History« hieß die Sendung seiner Kollegin aus Hannover. Mit Musik der 60er-Jahre und Interviews von Menschen »auf der Straße«. Dazu konnten Hörer anrufen und ihre Meinung abgeben. War natürlich alles nicht echt, sondern die »Anrufer« und die Leute »auf der Straße« waren Freunde und Bekannte der Mitarbeiter. Alles wirkte trotzdem locker, leicht und authentisch. Faxe war zufrieden.

Natürlich riefen auch echte Helgoländer an. Sonst würde es auffallen, dass es nur Festländer waren. Die wurden dann sendefertig geschnitten und zwischendurch eingestreut.

In letzter Zeit war der Anteil der Helgoländer Anrufer gestiegen, weil es sich herumgesprochen hatte, dass man hier »seine Meinung« sagen konnte.

Faxe holte sich noch einen Kaffee und dann war er auch schon auf Sendung.

Es lief das Intro zur Sendung. Jeff Beck mit »Beck's Bolero«. Er zog die Lautstärke nach einer Minute runter und moderierte »auf Rampe«: »Hallo, liebe Hörer von Felsenfunk. Hier ist wieder euer Faxe und ich begleite euch durch eine Stunde mit euren Wunschhits der 70er-Jahre.« Wieder hoch mit der Lautstärke. Als Jeff fertig war, ließ er die nächsten beiden Musiktitel durchlaufen. »Green River« von Creedence Clearwater Revival und danach Steve Millers »Rock'n'me«.

Als der letzte Titel ausklang, sagte er munter: «Moin vom Felsen, euer Felsenfunk! Eure Wünsche sind uns Befehl! Heute war ein schöner Frühlingstag! Wie gewohnt, hier auf der schönsten Insel Deutschlands NUR Sonne, blauer Himmel und …«, dabei zog er den nächsten Titel hoch und ACDC polterte aus den Lautsprechern. Über die Glockenschläge einer Kirchturmuhr moderierte er weiter: »Ab 12 Uhr heute Mittag tobte wieder mal die Hölle auf unserer Insel! Hunderte – ach, Tausende – fielen über unsere Insel her! Wohin soll das noch führen! Vielleicht in die Hölle!« Genau passend zum Titel »Highway to Hell«, sagte er sich und grinste.

Und so lief die nächste Stunde ab. Zwei Titel, Sprüche klopfen, die nächste Musik.

Helgoland-Oberland, Kneipe »Sandlöper«, Donnerstag, 16 Uhr

Der Neuankömmling war nicht Farmsen. Ging ja auch schlecht, wenn Max gerade mit ihm telefonierte. Er sah ihm aber verdammt ähnlich.

»Faxe … ach.« Max war erstaunt. Farmsen! Er machte eine abfällige Handbewegung und deutete auf sein Telefon. Arne am Tresen war jetzt neugierig und beugte sich rüber.

Wollte der sich doch »diskret« treffen! Gibt's doch wohl nicht!

»Diskret?«, fragte er leicht belustigt. Er wusste schon, was der wollte.

»Was ist denn los? Zahlt Reimers dir nicht mehr genug?« Und jetzt will er sich auch noch heimlich treffen, lachte er sich innerlich kaputt. Am Bunker. Max konnte nicht mehr! Arne lachte lautlos mit und schlug sich auf den Schenkel.

»Mann, du klingst ja wie ein Spion!« Max lachte dröhnend.

»Max! Es ist mir Ernst!« schnauzte Farmsen so laut, dass es sogar Arne hören konnte.

»Ja, is ja gut. 8 Uhr heute Abend am Bunkereingang. Alles klar.« Holla! Was war denn das?

Er sah Arne mit großen Augen an. Arne kratzte sich am Kopf und murmelte: «Na, da wird wohl was im Gange sein.«

»Hab ich auch gemerkt. Aber was?« Ratlos hob Max beide Arme.

»Also ich hab gehört, dass der Reimers heute angekommen ist. Vielleicht läuft da wieder was?«, dachte Arne laut.

»Wir sollten unsre Jungs zusammenrufen«, entschied Max.

Er sah auf die Uhr. Kurz nach drei Uhr. Kurz entschlossen zückte er wieder das Handy und tätigte einen Anruf.

»Heute Abend ... Ja ... Alle, ja! Wann? Halb Neun? Okay ... Tschüss.«

An Arne gewandt, erklärte er: »Vorher ist ja das geheimnisvolle Treffen mit Faxe.« Er verabredete mit Arne, dass der um 7 Uhr hier aushelfen solle, solange er sich mit Farmsen treffen würde.

Helgoland-Oberland, Eingang zur Bunkeranlage, 20 Uhr

Max stand frierend am Eingang zum Bunker. Es war sehr kalt und sehr dunkel. Verdammt! Wo bleibt der denn? Warum zum Henker hier oben und nicht unten?

Nach dem relativ warmen Märztag mit viel Sonne und fast frühlingshaften Temperaturen stürzte das Thermometer auf Minusgrade. Auch der Wind frischte auf und blies eiskalt aus nördlicher Richtung. Da er kaum Windschutz hier am Rande des Friedhofes hatte, ging der eisige Hauch durch sämtliche Knochen.

Er hörte Schritte. Im Schein der wenigen Laternen tauchte eine dunkle Gestalt auf. Sein typischer Gang und seine Kleidung, vor allem seine Strickmütze mit dem Aufnäher des »Felsenfunks« verrieten ihn. Faxe Farmsen.

Max löste sich aus dem Schatten eines Hauses, er wollte den Mann ja nicht erschrecken, und hob grüßend eine Hand.

»Lass uns mal ein paar Schritte gehen, Max.« Faxe ging an ihm vorbei, ohne sich umzusehen. Morlock fluchte leise und ergab sich in sein Schicksal. Er folgte ihm an den Klippen entlang bis zu den Kleingärten. OK, Faxe schien darauf bedacht zu sein, nicht erkannt zu werden. Na, meinetwegen, grinste Max innerlich. Erst an der Treppe, die runter zum Nordstrand führte, blieb Faxe stehen. Eine einsame Lampe auf einem einsamen Lampenmast gab nur spärliches Licht. Unter der Lampe eine Bank. Faxe setze sich auf die eine Seite und Max auf die andere. »Rauchen?«, fragte Faxe und bot ihm eine Schachtel an. Max nahm wortlos die Packung und zündete sich eine an. Als beide stumm vor sich hin qualmten, ein Beobachter hätte nur zwei Männer auf einer Bank gesehen, die rauchend in die Dunkelheit starrten, sagte Faxe leise: »Ihr habt recht.«

Max antwortete nicht, wartete ab, ob da noch was kam.

»Das Projekt von Reimers ist scheiße«, setzte Faxe nach einigen Sekunden hinzu.

»Ach ...«, Max war jetzt vorsichtig.

»Ja«, fuhr Farmsen fort, »macht alles kaputt. Was sind die Auswirkungen? Ein Niemandsland. Eine Enklave für Millionäre. Eingezäunt, überwacht und abgeriegelt. So ein Helgoland will ich nicht.«

»Ach ...«, Max war immer noch vorsichtig. Konnte man ihm trauen?

Morlock drehte sich um und sah Faxe in die Augen. »Wie kommt es, dass du jetzt so denkst?«

Faxe seufzte und sagte: »Reimers hatte vor zehn Jahren noch andere Pläne gehabt. Da sollte es nur diesen Jachthafen geben, ein Hotel und einen Aussichtsturm. Jetzt will er auch noch eine Ferienhaussiedlung mit Privatstrand anlegen. Im Westen und Osten hohe Zäune, Überwachungskameras und überwachte Zugänge. Das soll so was wie ein Ghetto für Reiche werden.« Er warf seinen Zigarettenstummel in die Tiefe des Unterlandes, das etwa 50 Meter unter ihnen lag.

Max dachte nach. Wenn Farmsen jetzt die Seiten wechseln würde, hatten sie als Gegner schon vor dem neuen Bürgerentscheid bereits gewonnen.

Faxe dagegen hing seinen eigenen Gedanken nach: Leicht hatte er sich diese Entscheidung nicht gemacht. Viel stand auf dem Spiel. Seine Zukunft. Die war bereits scheinbar gescheitert, als Jule, Reimers Tochter, mit ihm Schluss gemacht hatte. Lange Jahre waren sie ein Paar. Jule Reimers war auf der Düne als Parkrangerin tätig und in einem Verein aktiv, der die Düne zum Naturschutzgebiet erklären lassen wollte. Auch waren die Pläne ihres Vaters immer ein Streitthema zwischen ihnen gewesen. Eines Tages zog sie aus und ging aufs Festland.

Sein Umdenken kam nicht von jetzt auf gleich. Er hatte viele lange Sommernächte an diesem Problem herumgedacht.

Seit Dezember letzten Jahres war seine Entscheidung gefallen. Seine neue Wahlheimat wäre für immer zerstört.

Faxe sah zu Max hinüber und bot ihm seine Hand an. »Ich meine es ehrlich und sehr ernst. Wir müssen Reimers stoppen.«

Das gab Max den letzten Schubs, und er schlug ein. Irgendwie waren beide von dieser Situation angerührt und räusperten sich.

»Und nun?« Max sah ihn an.

»Und nun mache ich meinen Job weiter im Sender.« Faxe zuckte mit den Schultern und fügte hinzu: »Aber, ich werde meine Moderationen etwas anpassen.« Er grinste. »Ich weiß auch schon, wie.«

»Und was ist mit deinen Kollegen?«, wollte Max wissen. »Meinst du nicht, dass die misstrauisch werden?«

Faxe winkte ab. »Claas ist ein alter Kumpel und war noch nie von Reimers überzeugt. Der hat nur mitgemacht, um mir einen Gefallen zu tun.«

»Also gut«, Max stand auf und steckte fröstelnd die Hände in die Taschen. Faxe erhob sich ebenfalls. »Wir sollten unser Gespräch für uns behalten, Max. Wenn das rauskommt, bin ich geliefert und werde wohl keine Sendung mehr machen können.«

»Klar«, erwiderte Max und setzte hinzu: »Mal sehen, wohin das führt.« Sie gaben sich zum Abschied noch einmal die Hände. Faxe nahm die Treppe zum Unterland und Max schlenderte auf dem Weg durch die Gartenkolonie zurück.

Hotel »Atoll«, Donnerstag, 20 Uhr

In einem Zimmer des Hotels »Atoll« saß ein komplett in Schwarz gekleideter Mann am Schreibtisch. Vor ihm lag ein Tablet, das das Gesicht des Mannes im nur von der Schreibtischlampe beleuchteten Raum in weißes Licht tauchte. Konzentriert wischte und tippte er auf dem Screen des Gerätes.

Und dann plötzlich laut und deutlich: »Ihr habt recht.« Die Stimme von Farmsen. Der Mann grinste und hörte weiter zu.

»Das Projekt von Reimers ist scheiße«, setzte Faxe nach einigen Sekunden hinzu.

»Ach …«, eine andere Stimme. Wer war das? Mit wem trifft Farmsen sich da? Der Mann in Schwarz kniff die Augen zusammen und dachte nach. Reimers hatte gesagt, dass er Faxe im Verdacht habe, nicht mehr so ganz auf seiner Seite zu sein. Vielleicht jemand von der Gegenseite? Während er dem Gespräch lauschte, sah er seine Notizen durch. Aha! Der muss es sein! Max Morlock, Wortführer der Gegner des Projektes.

Er folgte aufmerksam dem Gespräch, machte sich keine Notizen, weil das Gerät alles aufnahm. Er nickte, als das Treffen der beiden mit den Sätzen beendet wurde, die die Identität des Gesprächspartners offenlegte: »Wir sollten unser Gespräch für uns behalten, Max. Wenn das rauskommt, bin ich geliefert und werde wohl keine Sendung mehr machen können.«

Dann die Stimme von Morlock: »Mal sehen, wohin, das führt.«

Ein Rascheln folgte und Schritte, scheinbar auf einer Treppe. Der Mann in Schwarz beendete die Aufnahme des Geräts, schaltete es ab und trug es zum Zimmertresor, wo er es einschloss.

Dann bereitete er sich auf den heutigen Auftritt vor.

Eine halbe Stunde später betrat der »Mann in Schwarz« die kleine Bühne im Restaurant und begrüßte seine Gäste mit einem kleinen Kartentrick, der zwar Erstaunen, aber keinen sonderlich lauten Beifall hervorrief. Aber das kannte er schon. Er steigerte die Schwierigkeit und bat jetzt einen Zuschauer auf die Bühne. Als erstes überzeugte er den »Freiwilligen« davon, dass es ein völlig normales Kartespiel war. Das bestätigte dieser.

Der Mann in Schwarz mischte die Spielkarten, fächerte sie auf und bat den Zuschauer, eine aus seiner Hand zu ziehen. Jeder erwartete, dass diese wieder in den Stapel zurückgeschoben werden sollte. Stattdessen sagte er dem Zuschauer, dass er die Karte sich ansehen, sich merken und behalten dürfe. »Am besten stecken Sie sie ein!« riet er seinem Kandidaten, was dieser auch tat. »Haben Sie die Karte noch?«, wurde der Kandidat gefragt, als dieser die Karte scheinbar sicher in der Tasche verstaut hatte. Der Mann nickte unsicher, klopfte dabei auf seine Hosentasche. »Zeigen Sie mal!«, forderte er den Zuschauer auf. Der zog die Karte etwas verlegen hervor und hielt sie mit beiden Händen verdeckt dem Magier hin. Der Magier nahm nun mit beiden Händen die Hände des Kandidaten, in denen die Karte war, und sagte eindringlich: »Fest drücken, dass Ihnen niemand die Karte nehmen kann! Achten Sie auf die Karte! Haben Sie sich die Karte gemerkt?« Der Kandidat setzte einen verbissenen und konzentrierten Blick auf, presste seine Hände aufeinander und nickte.

Der Magier holte sich jetzt eine junge Frau auf die Bühne. Ob sie mal eben das Kartenspiel halten könne, fragte er sie und übergab ihr die Karten. Kichernd und unsicher nahm sie die in Empfang. »Ich ziehe jetzt eine Karte!«, rief der Magier. Langsam wurden die Zuschauer ungeduldig und einige tuschelten untereinander, leichte Unruhe kam auf. Die vorher angespannte Aufmerksamkeit nahm etwas ab. Der Mann in Schwarz zog jetzt eine Karte und hielt sie der jungen Frau vors Gesicht und fragte sie, welche Karte er hier habe. »Pik Sieben …«, hauchte sie. Der Mann aus dem Publikum schaute irritiert zu ihnen und presste sichtbar stärker seine Hände um seine Karte. »Haben Sie Ihre noch?« rief er dem Mann zu. Der antwortete: »Ja, sicher!«

»Sehen Sie nach!« Theatralisch wies er auf die Hände des Kandidaten. Der öffnete seine Hände, und ein Konfettiregen rieselte zu Boden. Erstauntes Raunen im Publikum. Der Magier hob die Karte, die er in der Hand hatte, hoch, sodass sie jeder sehen konnte.

»War das Ihre Karte?«, wollte er jetzt mit einem siegessicheren Lächeln wissen.

»Nein. Meine war die Karo Acht!« Der Kandidat triumphierte und freute sich wie Schneekönig, den Magier hereingelegt zu haben.

»Ach, meine Schuld … warten Sie …«, entschuldigte sich der Mann in Schwarz. »Sie haben ja Ihre noch in der Tasche.«

Der Kandidat griff in die Tasche, in der er seine Karte gesteckt hatte, und bekam große Augen. Er zog einen Zettel hervor, der mehrmals gefaltet war. »Lesen Sie was draufsteht!« wies ihn der Magier an. Der Mann las also vor: »Ihre Karte klebt unter Ihrem linken Schuh. Aber wie …?«

»Heben Sie mal den linken Schuh«, sagte der Magier. Als der Kandidat ihn hob, klebte eine Karo Acht an der Sohle.

Das Publikum tobte. Den Rest des Abends hatte der Magier die volle Aufmerksamkeit der Zuschauer.

Helgoland-Oberland, Pension »Knieper«, Freitag, 5 Uhr

Käthe Rickels stand an diesem Morgen sehr früh auf. Früher als sonst. Ab 7 Uhr sollte es Frühstück für die Gäste geben. Wie immer. Es war bereits am Vorabend alles vorbereitet, und es mussten nur der Kaffee zubereitet, die Brötchen aufgewärmt und die Eier gekocht werden. In der Hauptsaison half dann, neben ihrer Enkelin, eine Nachbarin aus. Kein Grund also, um 5 Uhr auszustehen. Sie war aber sehr unruhig eingeschlafen und fand kaum Schlaf. Dieser Mann in Schwarz brachte etwas in ihr zum Schwingen. Irgendeine Erinnerung wollte in ihr hochkommen.

Als sie alles vorbereitet hatte, ging sie vor die Tür und zündete sich eine ihrer seltenen Zigaretten an. Das brauchte sie jetzt. Stockfinstere Nacht und eiskalt. Hinter ihr stach der rotierende Lichtbalken des Leuchtturms in die Nacht.

Dann fiel es ihr ein! Sie kannte diesen Mann. Die Ähnlichkeit war frappierend und auch verstörend. Mensch dachte sie sich. Gibt's doch nicht …

Das sollte ich sofort Tine erzählen, wen wir als Gast haben! Hastig drückte sie die Zigarette aus und ging in die Küche, wo Tine schon am Herd herumwerkelte.

»Moin.« Ohne sich umzuwenden, sagte Tine über die Schulter: »Kaffee muss gekauft werden.«

»Moin Tine.« Käthe setzte sich an den Küchentisch und beobachtete ihre Enkelin. »Ich weiß jetzt Bescheid«, setze sie nach einer kurzen Pause hinzu.

»Was weißt du jetzt?« Tine schreckte die gekochten Eier am Spülbecken ab, stellte den Topf ab. Sie sah ihre Großmutter an, während sie sich die Hände am Handtuch abtrocknete.

»Ich weiß jetzt, an wen mich der Mann in Schwarz erinnert.«

Tine verdrehte die Augen und sagte: »Der Mann in Schwarz hat einen Namen.« Sie machte mit ihren Fingern in der Luft bei »Mann in Schwarz« die Zeichen der Anführungsstriche.

»Ach, Tine. Fritz Maier! Ich bitte dich! So ein Mann in dem Alter heißt maximal Dieter, Günter oder Johannes. Fritz …«, dabei verdrehte sie ihre Augen und ließ den Satz in der Luft hängen.

Käthe schenkte sich einen Kaffee ein aus der Kanne, die auf dem Tisch stand. Tine wartete sichtlich ungeduldig mit verschränkten Armen am Herd gelehnt, dass ihre Oma endlich auf den Punkt kam. Die nahm offensichtlich ihren Mut zusammen, als sie die Tasse auf dem Tisch abgestellt hatte.

»Ich denke, dass das der Sohn eines Mannes ist, mit dem ich in den 60er-Jahren hier auf Helgoland zusammen war. Diese Ähnlichkeit im Benehmen, diese Stimme, das Gesicht … alles sagt mir, dass das …«

Tine unterbrach sie: »… in den 60er-Jahren warst du doch verheiratet! Und mein Vater ist dein Sohn!«

»Ja … aber dein Vater ist der Sohn eines anderen Mannes. Den ich dann später geheiratet habe.«

»Die wilden Sechziger … was?« Tine zwinkerte ihr zu.

»So wild war es auch nicht, hier auf Helgoland.« Käthe winkte ab.

»Also dieser Fritz ist der Sohn eines Lovers der Sechzigerjahre.«

»Da bin ich jetzt sehr sicher.«

»Dann frag doch mal deine alten Freundinnen hier.«

»Wollte ich ja«. Käthe winkte ab und fuhr fort: »Gestern wollte ich zur Nachbarin. War aber nicht da. Muss ich nachher mal probieren, nach der Frühstückszeit.«

Es wurde jetzt Zeit, sich um die Gäste zu kümmern. Tine klatschte in die Hände und sagte: »Halt du dich heute Morgen mal zurück. Ich mache das schon. Du gehst jetzt und besuchst deine Bekannte.«

»Ist wohl besser so. Meine Nervosität macht mich ganz fertig«, seufzte Käthe.

Also rief sie ihre Freundin Erika Wendler an. Jetzt war es sieben durch, und so wie sie stand Erika auch früh auf.

»Moin, Erika. Kann ich mal eben rüberkommen? Ja? Gut. Bis gleich.«

Als sie fünf Minuten später in der kleinen Küche ihrer Freundin mit einem Tee am Tisch saß, fragte sie: »Sag mal Erika ... kannst du dich noch an Björn Nansen erinnern?« Die unterbrach ihre Vorbereitungen fürs Frühstück und setzte sich zu Käthe. Erika war im selben Alter wie sie, und sie waren seit ihrer Kindheit Freundinnen. »Björn ...«, überlegte sie laut. »Ja. Dieser mit dem dunklen Lockenkopf? Der dich immer geärgert hat? Der Sohn vom Nansen, der das Café unten hatte?«

»Ja, genau der.«

»Ja, also ...« Erika dachte nach, dann lachte sie auf. »Sag mal ... du hattest doch was mit dem! Kurz nach deiner Konfirmation. Wie alt warst du da? 16? Ein tolles Paar seid ihr gewesen!«

Käthe seufzte. »Ja, waren wir. Aber dann zogen sie nach Pinneberg.«

»Da warst du sehr traurig. Weiß ich noch.« Erika tätschelte Käthes Arm.

»Naja … aber dann kam Björn nach der Bundeswehr zurück. Ende 60er-Jahre.«

»Richtig!«, rief Erika und fuhr fort, »und dann habt ihr euch immer heimlich getroffen. Schließlich seid ihr damals noch nicht volljährig gewesen. Aber«, sie stupste Käthe an, »alle wussten, was ihr so gemacht habt.«

»Ja.« Käthe war es ein bisschen peinlich. »Und dann ist er wieder weg. Für immer. Ohne ein Wort!«

»Alle haben sich damals gewundert, warum der so plötzlich weg war. Naja, und?« Erika sah ihre Freundin erwartungsvoll an.

»In meiner Pension gibt's einen Gast, der sieht dem Björn so was von ähnlich! Da bin ich richtig bammelig geworden!«

»Sag bloß!« Die Freundin war sichtlich von den Socken.

»Nur der Name passt nicht.« Käthe nahm einen Schluck des inzwischen kalt gewordenen Tees.

»Wie heißt der denn?«, wollte Erika wissen.

»Maier, mit ai. Fritz Maier aus Hamburg. Das Zimmer telefonisch reserviert und auch schon bezahlt. Alles korrekt gelaufen. Hab ja seinen Ausweis gesehen.«

Ihre Freundin stand auf und kam einige Minuten später mit einem uralten Fotoalbum zurück. Sie schlug es auf und deutete auf ein erstaunlich gut erhaltenes Foto einer Schulklasse.

»Hier.«

Auf der Schwarz-Weiß-Aufnahme waren 20 Kinder etwa im Alter zwischen acht und zehn Jahren zu sehen. Einige schnitten Grimassen, andere grinsten, und viele sahen sehr ernst in die Kamera. Im Hintergrund der

Nordstrand und die Treppe zum Oberland. Offensichtlich Sommer. Und ganz vorne in der Gruppe erkannte Käthe »ihren« Björn. Dunkler Lockenkopf und sein typisches schiefes Lachen.

»Genau!«, rief sie. »Das ist er!«

»Dann müsste dein Gast sein Sohn sein«, warf Erika ein.

»Tja. Und nun?« Käthe war ratlos.

»Lass mal. Ich mach das schon.« beruhigte ihre Freundin sie.

»Wie denn?«, wollte Käthe wissen.

»Naja, der war doch gestern Abend im ›Atoll‹. Da hatte der seinen Auftritt als Black Magic. Ich habe einen Verwandten im Hotel, der dort arbeitet. Den werde ich mal fragen, was der über den herausfindet.«

Helgoland-Unterland, Börteboot-Anleger, Freitag, 9 Uhr

Zwei Männer mit Strickmützen und Winterjacken saßen an einem Tisch vor der Traditionskneipe »Bunter Seehund« und blinzelten in die aufgehende Sonne. Es war eiskalt. Aber das schien den beiden nichts auszumachen. Es war eines ihrer Morgenrituale, und selbst ihre Frauen konnten sie nicht davon überzeugen, dass es in ihrem Alter doch wohl besser wäre, zusammen in der warmen Küche den Kaffee zu trinken. Seit 40 Jahren saßen sie jeden Tag kurz nach Sonnenaufgang, zu jeder Jahreszeit und bei jedem Wetter, hier und begannen den Tag mit ihrem Kaffee. Manchmal kamen andere Börteboot-Fahrer vorbei und setzten sich kurz zu ihnen. Dann »schnackten« sie ein bisschen, rauchten schweigend eine Zigarette zusammen, um dann mit einem »Na denn!« ihre Boote klarzumachen. Small Talk auf Helgoländer Art.

Die beiden hatten jeder einen großen Becher heißen Kaffee vor sich stehen, die wie kleine Vulkane Dampfwolken in die Morgenluft ausstießen. Jens Prigge nahm einen Schluck und stellte den Becher mit einem »Jo, so ist das« wieder ab.

»Das kannst du wohl sagen!«, erwiderte sein Kumpel Ove Hansen. Beide hatten einen ziemlichen Kater heute Morgen. Sehr gesprächig waren sie nicht.

Gestern Abend hatten sie eine Sitzung hier im Bunten Seehund mit allen, die für das Projekt des Hamburger Millionärs waren.

Als Ove dann auch noch die Vorteile aufzählte: Mehr Schiffe, mehr Fahrten mit dem Börteboot und dadurch mehr Einnahmen, ging die Stimmung an die Decke. Eine neue Zukunft! Natürlich waren alle sofort Feuer und Flamme! »Ja, es wird dann mehr Geldsäcke auf der Insel geben!«, hatte Hansen über den allgemeinen Trubel gerufen, und hinzugefügt: »Und wir werden alle davon profitieren! Mehr Geld!«

So ging das dann bis um 2 Uhr morgens.

Ove zündete sich mit seinem alten Benzinfeuerzeug eine Zigarette an. Aus dem Handgelenk heraus ließ er den Deckel aufschnappen, und als die fette Flamme die Spitze des Glimmstängels schon fast schwarz geräuchert hatte, ließ er es mit einer eleganten Handbewegung wieder zuschnappen.

Jens sah ihn leicht angeekelt an.

»Hast du keine Angst, dass dir das Ding mal in der Hose explodiert? Naja, viel Schaden entsteht da nicht mehr, oder?« Er lachte dröhnend. Beide kannten sich seit ihrer Kindheit. Auf Helgoland Mitte der 60er geboren, ihre Väter auch Helgoländer.

Als damals die ersten traditionellen Boote nach dem Krieg wieder zum Einsatz kamen, gehörten ihre Väter zu den ersten Börteboot-Fahrern. Anfang der 80er-Jahre waren beide als Jugendliche mit auf den Booten und halfen dabei, die Touristen von den Schiffen zur Insel zu bringen. Sie waren seitdem dicke Freunde, und sie führten die Tradition der Familien fort.

Beide fanden eine Frau auf der Insel, heirateten und bekamen Kinder. Die waren auch schon erwachsen und teilweise auf das Festland gezogen. Nur Oves Sohn lebte noch auf der Insel und betrieb die Kneipe, vor der sie jetzt saßen, mit seiner Partnerin.

»Wo nix is, kann nix passieren«, grummelte Ove.

»Jo«, bestätigte Jens.

Oves Sohn Jan steckte den Kopf zur Tür heraus und fragte: »Noch Kaffee?«

»Willst du uns abfüllen? Oder was? Nee … wir ham noch«, winkte Jens ab und warf spielerisch einen Bierdeckel nach ihm.

Jens verdrehte empört die Augen und schloss die Tür mit einem spöttischen »Alte Leute … Arschkalt is das …!«

Jetzt wurde die Sonne, je höher sie kam, tatsächlich wärmer.

»Klimawandel … finde ich gut«, murmelte Ove und schloss die Augen genussvoll.

»Och … kann man so und so sehen.« Jens dachte dabei an die zunehmenden Stürme. Wärmeres Klima war gut für den Tourismus, keine Frage. Wenn es allerdings zu mehr Stürmen kam, wollten weniger Menschen die zwei Stunden Fahrzeit auf kabbeliger See auf sich nehmen. Und in der stürmischen See vor Helgoland war dann das Ausbooten schwieriger. Es kam dann nicht selten vor, dass die Schiffe vor dem Südstrand an der Landungsbrücke Anker warfen. Dann mussten die Touristen lächerliche 20 Meter zum Anleger gebracht werden.

Er seufzte und stand auf.

»Treib mal nich so«, protestierte sein Freund. Ove griff demonstrativ zum Becher und schlürfte laut und langsam seinen Kaffee. Jens sah auf seine Uhr. Halb zehn durch. Sie hatten auflaufendes Wasser, gerade richtig zum Ausbooten, wenn die Schiffe um halb eins kamen.

Jetzt erhob sich Ove ächzend und murmelte: »Sklaventreiber!«

Das war ihr Ritual.

Gemeinsam gingen sie zum Anleger der Börteboote, wo sie von den bereits fleißigen Kollegen begrüßt wurden. Jeder machte sein Boot klar, putzte und wischte, damit die Touristen sich keinen schmutzigen Po holten.

Wehmütig dachte Ove an die Zeiten, als sein Vater noch gelebt hatte. 30 Boote hat es damals gegeben. Unvorstellbar, wenn man den traurigen Rest von heute sich ansah. Sieben Boote lagen hier nur noch. Alle anderen abgewrackt oder verkauft. Er blickte zur Westkaje, wo die »MS Helgoland« immer festmachte. In guten Zeiten kamen mit dem Schiff aus Helgoland täglich 600 Menschen, manchmal auch nur 400. Aber immer noch viel mehr als mit den kleinen Pötten aus Büsum oder Bremerhaven. Das war für die Besitzer der Traditionsboote wie ein heftiger Nadelstich in ihr Helgoländer Herz, wenn auch die Schnellfähren aus Hamburg oder anderen Küstenstädten hier festmachten.

Seufzend machte er sich ans Werk. Er fühlte sich in solchen Momenten wie ein Dinosaurier, der nach dem Einschlag des Kometen sein Ende kommen sah. Aber mit dem Projekt, ging es ihm durch den Kopf, gab es eine Zukunft für die Börteboote.

9:30 Uhr

Während am Börteboot-Anleger die Tagesroutine Einzug hielt, schlenderte unbemerkt von Ove und Jens ein komplett in Schwarz gekleideter Mann auf dem »Invasorenpfad« am Bunten Seehund vorbei Richtung Oberland. Auf seinem Kopf thronte eine schwarze Strickmütze mit einem leuchtend gelben »Moin!«-Schriftzug. Der Mann wirkte wie ein Neuankömmling, der sich aufmerksam und interessiert umsah. Ab und zu blieb er stehen und hielt sein Smartphone in Armlänge vor sich und machte Fotos. Scheinbar ein Tourist, der eine oder mehrere Nächte auf Helgoland gebucht hatte. Sein Weg führte am Leuchtturm vorbei, wo er sich besonders lange und aufmerksam umsah. Auch das Haus, in dem der Verein untergebracht war, der sich für den Erhalt der Börteboote einsetzte, schien seine Aufmerksamkeit auf sich zu ziehen. Er setzte sich auf einer der dort stehenden Bänke und rauchte eine Zigarette. Viel war heute an diesem sonnigen, aber kalten Morgen nicht los hier oben. Nur eine Frau mit einem weißen Pudel war auf dem Klippenrandweg unterwegs. Es war ein totenstiller Morgen. Nur einige Möwen krächzten weiter hinten am Lummenfelsen, und ganz leise rauschte die Nordsee gegen den roten Felsen. Plötzlich wurde diese morgendliche Stille von einem startenden Flugzeug auf der Düne zerrissen. Seufzend stand der Mann auf und dachte sich, dass es sich hier sicher gut leben ließ. Eine kleine Robinsoninsel in der Nordsee.

Dann machte er sich auf den Weg zum Unterland. Dabei nahm er die Treppe am Nordstrand. Während er langsam abwärts schritt, blieb er auf einer Plattform stehen und untersuchte mit seinen Augen die Felswand. Außenstehende sahen einen Mann, der scheinbar nach Luft schnappte, mit beiden Händen am Geländer.

Onne, 10 Uhr

Onne war kein Frühaufsteher. Absolut nicht. Darum war er ziemlich genervt, als er von einem startenden Flugzeug geweckt wurde. Aber, warum zur Hölle … er brauchte eine Sekunde, bis ihm klar wurde, wo er sich befand. Helgoland, Düne und Flugplatz.

Er sah auf den Wecker. Gerade mal zehn Uhr! Sein Dienst würde heute erst um 13 Uhr beginnen, und er hätte gerne noch etwas länger schlafen können. Seufzend schwang er sich aus dem Bett und rieb sich die Augen. War eine lange Nacht gestern. Ein guter Job, nicht sehr anstrengend, und die Kollegen waren in Ordnung.

Nach der Dusche machte er sich für die Arbeit fertig. Sein Zimmer war sogar mit einer Kaffeemaschine ausgestattet, was er mit Freude zur Kenntnis nahm. Onne schaltete sie Maschine ein und wählte »Kaffee doppelt, kräftige Stärke«. Kurz nach dem Aufstehen genau das Richtige. Er musste an seinen Freund Kollerup denken. Hauptkommissar Kollerup, berichtigte er sich, von der Husumer Kripo. Ein absoluter Feind der modernen Kaffeemaschinen. In gewisser Weise hatte er recht, wenn er darauf bestand, dass Espressobohnen absolut nichts in solchen Maschinen verloren hatten. Kolle konnte stundenlange Referate über Kaffeebohnen, Röst- und Mahlgrad, sowie Arabica oder Rubusta-Bohnen halten.

Onne war es ziemlich egal. Hauptsache er macht wach. Er musste grinsen, wenn er daran dachte, wie viele Liter Kaffee in der Mordkommission durchliefen. Da war es schon klar, dass zwei Liter Espresso den härtesten Magen zu schaffen machen.

Als Onne den Fahrstuhl im Erdgeschoss verließ, den heißen Kaffeebecher in der Hand, stieß er fast mit einem Kollegen zusammen. »Holla! Wohin so eilig?«, rief er ihm hinterher, der war aber bereits hinter einer Ecke verschwunden. Kopfschüttelnd begab Onne sich ins Restaurant, wo er zielstrebig auf die Küche zusteuerte. Morgens um diese Zeit war es dort nicht so hektisch wie mittags oder abends, und er konnte in Ruhe im Mitarbeiterbereich sein Frühstück einnehmen. Hier in der Küche arbeiteten zurzeit drei Kollegen, die sich um das Büffet kümmern mussten, Tische abräumen und neu eindecken sowie frisches Rührei zubereiten. Mit einem kräftigen »Moin, Onne!« wurde er vom Chefkoch begrüßt, zu dem er bereits eine gute Beziehung hatte. »Moin, Freddie. Na, wie ist es?« Er setzte sich an den Tisch und schon hatte er Rührei, Toast und Butter vor sich stehen. Onne grinste. Sei immer freundlich zum Koch! Dann hast du es gut. Freddie setzte sich ihm gegenüber.

»Sag mal ...«, er blickte sich verschwörerisch um und beugte sich vor, obwohl jeder, der sich gerade in der Küche befand, alles sehen und hören konnte. Onne tat interessiert und beugte sich kauend vor.

»Hast du kapiert, wie der Trick gestern mit der Spielkarte funktioniert?«

»Jo.« Onne nickte gönnerhaft und schluckte das Rührei.

»Ja ... und wie?« Freddie klaute sich ein Stück Toast und wedelte ungeduldig damit herum.

»Ganz einfach.«

»Ja, wie? Ganz einfach?«

»Die Karte lag bereits auf dem Boden. Sie war präpariert. Alles andere war Ablenkung.«

»Ach was! Nee, so einfach ist das nicht!« widersprach Freddie.

»Doch, das war aber so.« Onne erklärte ihm, dass solche Illusionisten nicht zauberten, sondern Illusionen verkauften. Viel Ablenkung, viel Geschick und viel Üben. Ablenkung war dabei wichtig.

»Alle haben die junge Dame angesehen und den Mann, der krampfhaft seine Karten festhielt, und so bekam niemand mit, dass der Magier längst die Karte geschickt auf den Boden fallen gelassen hatte.«

»Ja, aber die echte Karte hatte doch keinen Klebstoff oder so auf der Rückseite!«

»Richtig. Aber die, die der Magier zu Boden fallen ließ.« Onne genoss die Vorstellung und badete sich in Freddies Ungläubigkeit.

»Und woher, Mister Schlau, sollte der Magier wissen, welche Karte der Zuschauer ziehen würde?«

»Weil, Mister Freddie, das alles vorbereitet war. Der Zauberer«, Onne hob seine Stimme, »hatte die Karten so gemischt, dass der Mann nur diese eine Karte ziehen konnte.«

»Ach.« Freddie war nicht überzeugt.

»Reine Geschicklichkeit. Kann jeder mit ein bisschen Übung. Und wenn man eine Karte krampfhaft festhält, weil man ihm eingeschärft hat, höllisch darauf aufzupassen, kannst du alles mit dem machen. Vor allem, wenn man ihm immer wieder sagt, er solle die Karte festhalten.«

»Ja, aber die Karte verwandelte sich in Konfetti!«

»Dann hatte der Mann keine Karte, sondern Konfetti in den Händen!«, rief Onne und warf seine Hände in die Luft. Er konnte es nicht fassen, dass Freddie so leichtgläubig sein konnte. Der stand jetzt nachdenklich auf. Leise vor sich hin brummelnd, widmete er sich seinen Küchenpflichten. Augenzwinkernd deutete er vom Herd mit einem Kochlöffel auf Onne, als ob er ihm sagen wollte: »Ich weiß, dass du mich reinlegst!«

»Plopp!« Onne erschoss mit einem Revolver aus Daumen und Zeigefinger den Koch, der sich theatralisch den Bauch hielt und zusammenbrach. Beide lachten herzhaft.

Nach dem Frühstück ging er kurz vor die Tür. Frühlingshaft warm war es in der Sonne. Fast windstill. Bald würden die ersten Schiffe kommen. Im Börteboot-Hafen legten die Fahrer letzte Hand an ihre traditionellen Fischerboote, die für das Ausbooten genutzt wurden. Helgoland war bereit.

Von der Düne fuhr gerade die kleine Dünenfähre ab, einen weißen Streifen aufgeschäumtes Wasser hinterlassend.

Düne

Faxe bestieg gerade die kleine Fähre zur Insel, als sein Handy klingelte. Er hatte schlecht geschlafen. Seine Gedanken hatten ständig um Reimers, das Projekt und die Rolle, die er dabei spielte, gekreist. War gut möglich, dass seine Tage als Radiomacher gezählt waren, wenn Reimers von seinem Plan erfahren würde. »Wer stört?« blaffte er ins Phone, ohne vorher darauf zu achten wer anrief. Er warf seinen Rucksack auf den Sitz. Niemand antwortete. Lediglich undefinierbare Geräusche waren zu hören. Klang nach einem Radio, in dem gerade Nachrichten liefen. Dann eine bekannte Stimme: »Faxe? Hier ist Helgo. Bei uns wurde letzte Nacht eingebrochen.« Helgo Stöwer war der Techniker des Senders. »Wie bitte? Eingebrochen?« Faxes Laune sank noch tiefer. »Ja, hier in der Sendeautomation hat sich jemand zu schaffen gemacht. Ich habe auch schon Hinrichsen angerufen.« Hinrichsen war der Polizeichef von Helgoland.

»Was geklaut oder kaputt?«, fragte Faxe knapp. Das fehlte noch, wenn der Sendebetrieb gestört wurde.

»Nein. Nur die Tür zum Serverraum aufgebrochen. Ich war aber noch nicht drinnen.«

»Ja, gut.« Faxe dachte nach. Sie hatten zwar noch einen parallel laufenden Server auf dem Unterland, der in einem Nebenraum ihres kleineren Shops untergebracht war, der war aber nur für den wirklichen Notfall gedacht. Und sie hatten dann keine Möglichkeit, Livesendungen zu bringen. Das ging nur aus den Studios im großen Gebäude auf dem Oberland.

Der Tag fing ja gut an, seufzte Faxe und sagte seinem Kollegen: »Also gut. Ich bin gleich da. Sitze noch auf der Dünenfähre. Und Helgo …«

»… ja, ich weiß, nichts anfassen. Klar Chef.«

Farmsen versuchte zu entspannen. Zu viel ging ihm aber im Kopf herum, als dass er wirklich ruhiger wurde. Seltsam fand er, dass dieser Einbruch gerade jetzt stattgefunden hatte. Erst seit einigen Tagen war er zu dem Schluss gekommen, dass er seine Prioritäten ändern musste. Bisher hatte er das Geld gesehen, das er durch Reimers verdient hat. Auch ging dadurch seine Beziehung zu Reimers Tochter in die Brüche. Und er hatte den Entschluss gefasst, das Projekt heimlich zu sabotieren. Der einzige, dem er seinen Entschluss mitgeteilt hatte, war Morlock, der Sprecher der Projektgegner. Oder hatte er sich vorher schon verdächtig gemacht? Hatte Reimers eine Ahnung? Vielleicht hing das auch mit seiner Ex-Freundin zusammen.

Er seufzte wieder, stand auf und verließ das kleine Fährboot. Eilig ging er am Hotel »Atoll« vorbei. Draußen am klaren Horizont sah man bereits die ersten Schiffe mit ihrer Gästefracht auf die Insel zusteuern. Auf der Veranda im Außenbereich des Hotels wurden bereits die Tische vorbereitet und an einem erkannte er eine Frau. Erika Wendler saß mit einem Angestellten, den Faxe nur flüchtig kannte, an einem der Tische und unterhielt sich mit ihm. Als er vorbeikam, grüßte er winkend, und sie rief ein »Moin, Faxe!« herüber. Dabei übersah er, dass ein Mann in Schwarz im Weg stand. Sie stießen zusammen und beide entschuldigten sich mit einem »Sorry«.

Halt! Faxe blieb stehen. Das war doch der »Magic Man«, den er auf dem Plakat gesehen hatte. Und jetzt erinnerte er sich, dass er gestern auch mit dem … panisch fasste er in seine Jackentaschen und klopfte seine Hose ab. Nein. Nichts gestohlen. Auch nichts Neues hinzugekommen. Sieht man immer in Filmen: Ein »Rempeln« und schon hatte man unbemerkt ein Abhörgerät oder Ähnliches in der Tasche.

Der Mann in Schwarz verschwand unbemerkt in einer Straße, wo er scheinbar interessiert die Hausfassaden der Reihenhäuser aus den 60er-Jahren betrachtete. Von der Holzverkleidung einiger Fassaden blätterte seit Jahren die Farbe ab und die Häuser vermittelten den Eindruck einer Nachkriegs-Notunterkunft. Einige waren liebevoll restauriert und an anderen Stellen durch neue Mehrfamilienhäuser ersetzt worden.

Hierhin verliefen sich selten Touristen, was den Anwohnern ganz recht war. Der Mann in Schwarz bog in eine der »Urlauber-Highways« ein, die jetzt kurz vor Ankunft der »Weißen Flotte« noch vor sich hindösten. Er setzte sich in den Außenbereich eines Cafés, das trotz der Jahreszeit bereits seine Tische und Stühle vor der Tür hatte. Es war nicht direkt kalt, dennoch hatten viele Café-Betreiber warme Decken ausliegen. Er bestellte einen Kaffee und wartete ab. Niemand beachtete ihn. Hat ja super geklappt, freute er sich. Er ließ den Kaffee unberührt stehen, legte Geld auf die Untertasse und verließ das Café.

Er zog ein Klapphandy hervor und wählte eine Nummer. »Reimers«, meldete sich eine bekannte Stimme. »Ich«, antwortete der Mann in Schwarz.

Es dauerte drei Sekunden, bis er eine Antwort bekam.

»Und?«

»Läuft«, sagte er knapp. Dann unterbrachen beide den wortkargen Dialog. Er öffnete die Rückseite des Gerätes, entnahm die SIM-Karte, löste mit einer schnellen Handbewegung Ober- und Unterteil des Telefons und warf die Reste des nun unbrauchbaren Gerätes in einen öffentlichen Mülleimer.

Helgoland-Oberland, Studiogebäude, Freitag, 11:45 Uhr

Faxe war entsetzt: Die Tür des Serverraums war brachial aufgebrochen! Mit einer Gewalt, die ganz sicher Geräusche verursacht haben muss. Er stieß sie mit dem Fuß auf und blickte vorsichtig in den Raum. Sah alles normal aus.

»Was ist mit der Kamera?« Faxe sah Helgo an.

Der zuckte mit den Schultern. »Abgebaut.«

Farmsen brauchte einen Moment, um die Information zu verarbeiten. Aufregen nützt nichts, dachte er. »Warum?«, fragte er.

»Wir stellen doch gerade auf das neue System um und dazu müssen wir jede Cam einzeln …« »Das weiß ich.« unterbrach ihn sein Chef.

Helgo druckste herum: »Ja, also gestern dachten wir es passiert schon nichts. Ist ja noch nie … naja, und heute Morgen wollten wir die anbauen …« Er ließ den Satz hilflos in der Luft hängen.

»Warten wir ab, was die Polizei sagt.« Faxe holte sich einen Kaffee und ging vor die Tür. »Ach, und Helgo …« er drehte sich um. »Ich hoffe doch, dass das System der anderen Cams online war?«

»Ja, Chef.« Helgo war sichtlich froh, wenigstens eine gute Nachricht zu verkünden. »Haben wir auch schon auf einem Stick gesichert.«

Hinrichsen, »Der Inselbulle« genannt, kam dann auch schon mit seinem kleinen E-Fahrzeug angesaust. Da einige Wege zu schmal waren, nahm er für die letzten 200 Meter die Abkürzung über die Grünfläche. Er durfte das, sagte er immer. Auf Blaulicht und Signalhorn verzichtete er bei diesem Einsatz. Am Laden hielt er an, was sofort neugierige Blicke auf sich zog.

Seit knapp 30 Jahren war PHK Kurt Hinrichsen von der Wasserschutzpolizei auf Helgoland Leiter der Dienststelle. Und er hatte auf Deutschlands einziger Hochseeinsel schon einiges erlebt. Da war ein kleiner Einbruch ohne großen Sachschaden nicht ganz so eilig. »Moin, Faxe!« rief er hinüber, als er ausstieg und seine Hose hochzog. Kurt war 40 Jahre alt und hatte einen kleinen Bauchansatz, der seine Hose ständig rutschen ließ. Er klemmte seine weiße Mütze unter dem Arm und grüßte im Vorbeigehen Anke, die gerade den Postkartenständer vor der Tür aufstellte. Er setzte sich mit einem Seufzen zu Farmsen. »Und? Geht's gut?« fragte er Faxe. Auch er zündete sich eine Zigarette an. Nach einer Weile sagte Farmsen: »Muss.« Er hatte sich an die knappe Art der Helgoländer inzwischen angepasst.

»Was weggekommen?«, wollte Kurt wissen.

»Nö. Soweit ich es sehen konnte.«

Jetzt kamen zwei Kollegen der Inselpolizei mit ihren Diensträdern. Vorschriftsmäßig mit Fahrradhelm und Handschuhen. PM Inken Maier und POM Peter Meyer, auch Meier Eins und Meier Zwo genannt. Sie hatten große Gepäcktaschen bei sich, in denen alles, war was man zur Spurensicherung auf der Insel benötigt, verstaut war.

Wie zwei Cowboys, die sich ihre Satteltaschen auf die Schulter geworfen hatten, kamen sie grinsend angestakst. Beide hatten kurz geschnittene blonde Haare, und sie könnten Geschwister sein. »Na? Moin, Faxe!« riefen sie im Chor und tippten grüßend an ihre Stirn.

»Ich zeig's euch«, sagte Farmsen knapp und ging mit den drei Polizisten im Schlepptau ins Gebäude.

»Ihr könnt euch hier breitmachen«, Faxe wies auf die geräumige Küche des Senders.

»Kaffee?«, fragte er in die Runde. Drei Daumen gingen hoch.

Kurz darauf hatte jeder einen Becher in der Hand. Helgo kam jetzt auch, und als Meier Eins und Zwo ihrer Arbeit nachgingen, wurde er von Kurt befragt, der alles auf einem kleinen digitalen Recorder aufnahm.

Helgo hatte morgens, als er seinen Dienst um kurz vor 11 Uhr antrat, die aufgebrochene Tür zum Serverraum entdeckt. An diesem Tag wollte er die letzte neue Kamera im Foyer montieren, die exakt diese Tür überwachen sollte. Ansonsten war das neue System in Betrieb. Am Abend zuvor hatte er wie immer, wenn er das Gebäude als letzter verließ, am Codeschloss des Haupteinganges die Warnanlage des Gebäudes aktiviert und die Tür per Code gesichert. Die gesamte Sicherungstechnik war auf dem neuesten Stand. Am Haupteingang waren keine Beschädigungen zu erkennen, und Helgo hatte heute wie immer den Code eingegeben, bevor er ins Gebäude gehen konnte.

»Und das neue System ist besser als das alte?«, wollte Hinrichsen wissen.

»Ja. Absolut!« rief der Praktikant begeistert. Und er erklärte: »Alle Kameras sind über Bluetooth mit dem Server verbunden und der ist mit dem Ersatzserver auf dem Unterland übers Internet verbunden. Alle Kameras sind mit Bewegungsmeldern ausgestattet. Innerhalb von Millisekunden sind die aktiv und senden die Bilder. Und alles kann man über Smartphone mit einer App jederzeit und überall auf der Insel überwachen!«

Kurt unterbrach den Redeschwall: »Kann man die Anlage auch über die App manipulieren? Ich meine …« er hob die Arme und fuhr fort »Wir wissen alle, was übers Internet machbar ist, und dass jede Soft- …« Jetzt unterbrach Helge: »Niemals! Dreifach gesichert! Da muss man schon ein Superprofi sein und selbst dann …«, er hob einen Zeigefinger, »muss man ja noch das Hauptschloss am Haupteingang überwinden.«

»Mag ja sein.«, wandte Kurt ein. »Und das Schloss ist wie alt?«

»Och, Das ist erst zwei Jahre alt. Und es ist noch nie was passiert! Da muss jemand den Code gehabt haben! An der Tür ist nichts beschädigt.«

»Sonst ist dir nichts aufgefallen?« Der Inselbulle sah ihn scharf an.

»Nö.« Helgo schüttelte den Kopf.

Meier Eins und Zwo kamen mit ihren weißen Overalls heraus. »Spuren sind gesichert. Gab nicht viele«, sagte der männliche Part des Duos.

»Keine Fingerabdrücke. Auch an den Studiotüren nicht. Aber wir haben das hier gefunden.« Inken hielt eine Zippertüte in die Höhe. Darin befand sich eine Spielkarte. Karo Acht.

»Sonst nichts. Lag halb unter einem Computer geschoben. Auch keine Spuren zu finden. Jetzt sehen wir uns mal die Daten der Überwachungskamera an.« Helgo gab ihm den USB-Stick, den er aus seiner Hosentasche zog.

»Wir können es uns im Besprechungsraum ansehen«, sagte Faxe und fügte hinzu, »da ist mehr Platz.«

Sie schlossen den Stick dort an einem Laptop an, und alle starrten gespannt auf den Monitor. Oben im Bild war die Zeit zu sehen, und unten war der Schirm in zwei Quadrate aufgeteilt, die die Ansichten der drei Kameras zeigten. »Warum nur zwei?«, wollte Kurt wissen. »Weil die Kamera, die die Tür des Serverraumes überwachen sollte, noch nicht installiert war«, sagte Faxe und sah dabei Helgo vorwurfsvoll an. Zu sehen waren der Eingangsbereich von außen und das Foyer mit Blick auf die Eingangstür.

»Wollen mal sehen, was wir haben«, murmelte Meier Eins und startete das Video. Es begann um genau 12 Uhr mittags am Vortag. Leute kamen und gingen. »Wenn dir was auffällt, sofort melden, Faxe«, bat Kurt.

»Bis jetzt alles Bekannte. Die Frau, die gerade das Gebäude verlässt, ist unsere Reinigungskraft. Helga Hansen. Die kommt morgens und abends. Abends zum Saubermachen und morgens bringt sie, was wir in der Kaffeeküche benötigen.«

Dann kamen und gingen die Moderatoren. Um 20 Uhr kam Helga wieder und ging zwei Stunden später. Die letzte Person, die das Gebäude verließ, war Faxe. Es war jetzt Mitternacht.

»Lass mal schneller laufen«, sagte Kurt zu Meier Eins. In den nächsten drei Stunden bewegte sich nichts. Nur eine schwarze Katze streunte im beleuchteten Eingangsbereich herum. Dann wurde sie scheinbar von etwas vertrieben. Ein Schatten huschte vorbei. »Langsam!«, rief Hinrichsen. Das Bild stoppte und lief in Echtzeit weiter. Ein schwarz gekleideter Mann mit schwarzer Kopfhaube. Offensichtlich eine Strickmütze, mit herausgeschnittenen Augenlöchern. Schwarze Handschuhe. An der Außentür hantierte er am Schloss herum und huschte ins Innere des Gebäudes. Dann verschwand er aus dem Blickfeld. Nach 30 Minuten erschien er wieder und verließ das Haus.

Hinrichsen sah Faxe an und fragte: »Kann ich den Stick mitnehmen?« »Klar. Nur zu. Aber viel sieht man ja nicht. Das kann jeder sein. Einheimischer oder Urlauber.« Faxe hatte schon mit der Angelegenheit abgeschlossen und ging bereits gedanklich die nächsten Schritte durch. Fotos machen, Polizeibericht abwarten und dann mit der Versicherung herumstreiten.

Der Polizeichef wandte sich an seine Kollegen: »Gut, Leute. Alles einpacken. Abmarsch!« Ächzend erhob er sich und versprach Faxe, ihm das Protokoll und auch die Fotos von den Schäden, so schnell es ging, zukommen zu lassen.

Als die Polizisten fort waren, gab er Helge den Auftrag, die Tür zunächst provisorisch so zu reparieren, dass kein Unbefugter in den Serverraum kommen konnte. »Von mir aus ein einfaches Vorhängeschloss. Ich muss mich jetzt um den Bürokram kümmern.« Allerdings musste er jetzt erst mal eine Zigarette haben.

Draußen hatten sich inzwischen einige Neugierige eingefunden. Gäste und natürlich auch Einheimische. So eine Sensation ging auf der Insel schnell herum. Ein Einbruch! Endlich mal was los, Mensch!

Auch einige Börteboot-Fahrer waren darunter, die gerade nichts zu tun hatten, weil sie erst am späten Nachmittag wieder einen Einsatz haben würden. »Hey, Faxe! Was is los?« rief jemand. Faxe erkannte Jens Prigge, neben ihm stand Ove Hansen. Er ging zu den beiden, und sofort war ihnen die Aufmerksamkeit der Umstehenden sicher. Er zündete sich die Zigarette an und gesellte sich zu den beiden. »Moin. Nichts Besonderes. Serverraum aufgebrochen. Nichts geklaut oder kaputt.«

»Das waren bestimmt die von den anderen«, ereiferte sich Jens.

»Ja, frag doch mal, wo der Morlock gestern Nacht war«, hakte Ove nach.

»Was soll denn das bringen?«, wies Faxe sie zurecht und fügte hinzu: »Dann hätte ich als unser Gegner eher die Studios sabotiert. Oder jedenfalls so einen Schaden angerichtet, dass wir nichts mehr hätten senden können. Aber auch das wäre sinnlos, weil wir andere Möglichkeiten haben zu senden.«

Die Umstehenden fingen an untereinander zu tuscheln, während sie sich zerstreuten. Wieder Gesprächsstoff auf Helgoland!

»Ich denke eher, dass das eine Art Warnung war. So etwas wie Seht her! Wir können auch anders!« Faxe zog nachdenklich am Glimmstängel. »Wisst ihr, was seltsam dabei ist?« fragte er die beiden. Die zuckten nur mit den Schultern. Farmsen beugte sich etwas vor und redete jetzt so leise, dass keiner der Neugierigen etwas mitbekam: »Es lag eine Spielkarte unter einem Server. Die Karo Acht. Und es gab keine Spuren. Keine Fingerabdrücke.«

Die beiden zuckten mit den Schultern, sahen ihn fragend an.

»Fällt euch nichts zu einer Karo Acht ein?« Wieder sahen sie ihn fragend an. »Mir auch nicht. Aber es ist doch schon seltsam. Nichts fehlt, eine Tür eingetreten und keine Spuren. Nur die Karo Acht.«

»Bist du eigentlich sicher, dass nichts fehlt? Vielleicht irgendeine Kleinigkeit? Oder ihr habt ein Geschenk bekommen?« Jens hatte schon viele Krimis gelesen und im Fernsehen gesehen. Meist waren es Kleinigkeiten, die den Täter überführten. Offensichtlich machte ihm das Spekulieren Spaß. Er setzte diesen nachdenklichen Gesichtsausdruck auf, den er immer in den Krimis gesehen hatte. Dabei tippte er mit dem Zeigefinger der rechten Hand an seine Nasenspitze.

»Ich muss nachher mal genauer hinsehen.« Faxe gab ihm innerlich recht. Wenn nichts fehlt, wurde vielleicht irgendwas hinterlegt, abgelegt und versteckt. Er verabschiedete sich mit einem Kopfnicken. Schließlich hatte er einen Job hier auf Helgoland.

In seinem Büro rief er als erstes Reimers an und berichtete ihm vom Einbruch. Erstaunlich ruhig nahm der es auf. Nur ein »Aha« oder ein »Ach so« kam aus Hamburg. Faxe berichtete auch, dass nichts fehlen würde und der Sendebetrieb normal weitergehen konnte. Nachdem sie die nächsten Schritte abgesprochen hatten, wie sie mit der Versicherung verfahren sollten und andere Dinge die zu beachten waren, beendete Reimers das Gespräch. »Okay. Danke, dass Sie mich angerufen haben. Halten Sie mich auf dem Laufenden.« Und schon hatte Reimers aufgelegt.

Faxe trommelte nervös mit den Fingern auf der Tischplatte und erhob sich dann mit einem Ruck. In einem der Studios sah er durch die Glasscheibe Claas Horn, der gerade seine Sendung vorbereitete. Im Foyer war das aktuelle Programm zu hören. Farmsen sah sich im anderen Studio um. Nichts Auffälliges. Alles war an seinem Platz. Auch in den anderen Räumen sah er nichts Besonderes.

Er öffnete sogar den Putzmittelschrank in der Küche. Helgas Heiligtum. Sauger, Besen, Feudel und Eimer. Alles ordentlich verstaut, und die wenigen Putzmittel standen in Reih und Glied.

Er sah sich noch einmal den Serverraum an.

Könnte es ja sein, dass ihm etwas auffallen würde. Er reckte sich in dem kleinen Raum, um seine angespannten Muskeln zu lockern. Dabei fiel sein Blick auf die Decke. Lampe, Rauchmelder … Halt! Rauchmelder? Hastig ging er wieder in sein Büro und sah zur Decke. Ein hochmoderner CO-Melder, der ans Stromnetz angeschlossen war und permanent mithilfe einer kleinen Pumpe den Kohlenmonoxid-Gehalt überprüfte.

Im Serverraum stieg er auf eine kleine Leiter, die er sich aus Helgas Schrank geholt hatte, und sah sich den Rauchmelder an. Hier hätte das gleiche Gerät angebaut sein müssen wie überall. Dieses hier war ein billiger Rauchmelder aus einem Baumarkt.

Zehn Minuten später war Hinrichs mit seinen Kollegen wieder da. Ratlos blickten sie zur Decke. Hinrichs nahm mit grimmigem Gesichtsausdruck einen Zigarillo in den Mund, zündete ihn an. Er zog kräftig und blies eine dicke Rauchwolke in Richtung des Feuermelders. Sofort knallte ihnen das nervige und durchdringende auf- und abschwellende Pfeifen um die Ohren. Hinrichsen zog sich ein Paar Vinylhandschuhe an, stieg auf die Leiter, öffnete den Deckel und riss die Batterie heraus.

»Hallo! Was haben wir denn da!« rief er und zeigte den Anwesenden von oben herab einen kleinen Würfel, nicht größer als eine Batterie, mit einem kurzen Draht. Vorsichtig stieg er die Leiter hinunter. Der Inselbulle mochte keine Leitern, weil er als Kind von einer gestürzt war. Unten angekommen, legte er alles auf einen kleinen Beistelltisch ab, sodass alle es sich genau ansehen konnten. »So, wie ich mich auskenne, ist das ein Abhörgerät, das vielleicht jetzt den Täter … Hallo? Wir kriegen Sie so oder so!« rief er jetzt und grinste. Meier Zwo verdrehte seine Augen, zog ein kleines Etui hervor und öffnete es. Jede Menge kleines Werkzeug. Kleine

Zange, Schraubenzieher und anderes Werkzeug. Zügig wurde das Abhörgerät zerlegt und außer Betrieb gesetzt. Meier Zwo nahm die Zange und kniff ein Kabel durch.

»Jetzt ist er taub.«

»Was ich nicht verstehe, ist ...« Hinrichsen versuchte sich sichtlich zu konzentrieren und fuhr fort: »Warum versteckt jemand so ein Abhörgerät im Serverraum? Ich meine ...« und er deutete vielsagend im Raum herum »... Was gibt's hier abzuhören?« Alle Anwesenden sahen sich ratlos an.

»Los Leute. Abmarsch.«

Alles wurde eingetütet, das Polizisten-Trio zog wieder ab.

Onne, 15 Uhr

Kaffeezeit. Trotzdem es erst März war, hatten Onne und sein Kollege Finn alle Hände voll zu tun, die seltsamsten Wünsche der Gäste zu erfüllen. Jemand wollte ein Bier mit einem Schuss Rum, ein anderer eine Tote Tante, aber ohne Alkohol und ohne Sahne.

Es war laut Kalender noch Winter, und niemand hatte damit gerechnet, dass der März in diesem Jahr mit so einem Wetter überraschen würde. Normalerweise war es immer etwas windig, ungemütlich nasskalt, und nur wenige besuchten Helgoland zu dieser Zeit. Onne hatte sich bei seiner Bewerbung gedacht, dass es ein leichter Einstieg werden würde. Er hatte zwar als Student etwas Erfahrung hinter einer Theke sammeln können, und er kannte jeden Longdrink und Cocktail auswendig, aber einige Tage Einarbeitung wären hilfreich gewesen. Dank seines hilfsbereiten Kollegen fand er sich dennoch ganz gut zurecht. Jetzt standen er und sein Finn etwas abseits im Außenbereich und rauchten eine Zigarette. Finn erzählte gerade »das Neueste« von der Insel. Onne hatte noch nicht viel Gelegenheit gehabt, die Insel zu erkunden. Die meiste Zeit arbeitete er, oder er schlief. Finn war gerade dabei, ihm den neuesten Klatsch zu berichten, den er von seiner Bekannten erfahren hatte. Der Mann in Schwarz hatte sich als Fritz Maier in der Pension Knieper ein Zimmer gemietet. Drei Wochen wollte er bleiben. Und seine Bekannte schwor Stein und Bein, dass dieser Mann in Wirklichkeit der Sohn eines Björn Nansen sein musste.

Onne konnte dazu nichts sagen, außer: »Naja, ich hatte ihn auch mit einem Bekannten vom Festland verwechselt. War aber nicht so. Kann mal vorkommen.«

»Nee, da ist meine Bekannte sehr sicher. Sie hat mir heute Morgen ein Bild in einem alten Fotoalbum gezeigt. Der sieht dem wie aus dem Gesicht geschnitten ähnlich.«

»Dieser Mann, der bei uns die nächsten Wochen auftritt, ist ja wirklich etwas seltsam«, sinnierte Onne und ergänzte anerkennend: »Aber er versteht sein Handwerk.«

»Naja …« Finn drückte die Zigarette aus. »Morgen ist unser freier Tag. Da könnte ich dir mal die Insel zeigen.« Onne freute sich, dass er schon jetzt Gelegenheit haben würde, etwas von seiner neuen Heimat zu sehen. Er hatte einmal in der Woche frei und wollte sich eher langsam an die Insel herantasten. Einiges hatte er ja bereits mitbekommen durch Gespräche mit Kollegen oder Wortfetzen, wenn sich Einheimische unterhalten hatten. Eine Privatführung sozusagen war natürlich super.

Ein uniformierter Mann setzte sich. Ein Polizist der Inselpolizei. Wie Onne heute erfahren hatte, hat die Wasserschutzpolizei auf der Insel die Aufgabe, für Recht und Ordnung zu sorgen. Finn begab sich zum neuen Gast und begrüßte den Polizisten.

»Moin, Kurt!«

»Moin, Finn! Großer Kaffee, wie immer.«

»Kommt, Kurt.«

Onne sah sich den Polizisten genauer an, während er an die Bartheke zurückging und Gläser polierte. Etwas übergewichtig, das Alter schwer zu schätzen. Finn kam herein und hantierte an der Kaffeemaschine herum.

»Hinrichsen« sagte Onnes Kollege, während er mit professioneller Schnelligkeit herumwerkelte. »Schon länger hier der Inselbulle. Ganz in Ordnung.«

»Viel hat der sicher nicht zu tun. Was passiert schon auf Helgoland?«

»Das schwerste Verbrechen war vor vielen Jahren ein Schmuckdiebstahl. War allerdings schnell aufgeklärt. Soweit ich weiß, noch am Tag des Diebstahls«, sagte Finn, als die Maschine röchelnd eine braune Suppe in einen Kaffeebecher ausspie.

»Wenn du willst, kannst du ihm den Kaffee bringen.« bot Finn gönnerhaft an und sagte augenzwinkernd: »Außerdem kannst du ihn gleich mal ausquetschen. Da soll es einen Einbruch gegeben haben. Oben im Sender.«

Onne schnappte sich wortlos den Kaffee. Als er am Tisch des Polizisten stand, sah der ihn nur kurz an und paffte weiter sein Zigarillo.

»Jo«, knurrte Hinrichsen.

Onne stellte den Kaffee ab.

»Moin, ich bin Onne. Neu auf der Insel. Wir haben einen gemeinsamen Bekannten bei der Husumer Kripo.«

»Jo. Weiß ich doch schon.« antwortete Hinrichsen und paffte unbeeindruckt weiter.

»Wie …« Onne war platt.

»Hat er mir gesagt, dass ein …«, der Polizist musterte ihn von oben bis unten und fuhr fort »Freund … auf die Insel kommt.«

Onne hatte natürlich Kontakt zu Kolle, sie gingen ab und zu ein Bier trinken. Beim letzten Treffen hatte er angedeutet, dass er Lust hätte, mal auf Helgoland zu arbeiten. Kolle hielt ihn für komplett durchgeknallt, im Winter auf der Insel zu arbeiten.

Offensichtlich war die Buschtrommel der Polizei an der Küste genauso schnell und laut wie die der Helgoländer Bewohner.

»Stehe ich jetzt unter Beobachtung?« Onne zwinkerte dem Polizisten zu.

Kurt winkte ab. »Kolle erzählt viel, wenn der Tag lang ist.«

»Jo.«

»Er hat nur gesagt, dass ich ein bisschen aufpassen soll. Kannst mich Kurt nennen.« Er streckte seine Hand aus, die Onne annahm.

»Onne.«

»Setz dich.« Kurt wies auf den zweiten Stuhl und Onne setzte sich.

Kurt beugte sich vor. »Kolle sagte mir, dass du ihm damals sehr geholfen hast«, raunte er. »Halb so wild.« Onne winkte ab.

»Du könntest mir auch … inoffiziell etwas helfen.« Kurt bekam einen geplanten Hustenanfall, damit das Geflüster nicht so auffiel.

»Um was geht's?« Onne war gespannt.

»Du erfährst es sowieso morgen aus dem Inselboten.« Er drückte seinen Zigarillo im Aschenbecher aus und fuhr fort: »Im Sender oben auf dem Oberland wurde eingebrochen. Nichts geklaut. Aber im Serverraum wurde eine Abhörwanze gefunden. Wir prüfen gerade, um was für eine Wanze es sich handelt.«

»Nichts gestohlen? Nur die Wanze?«

»Nur die Wanze.«

»Wer hat ein Interesse, eine Wanze zu installieren? Und was soll das?«

»Eben.« Kurt nickte.

»Ich kann mich mal vorsichtig umhören« bot Onne an, schränkte aber ein: »Aber ich kann nichts versprechen. Bin ja gerade mal einen Tag hier.«

»Du wirst es schon schaffen. Kolle sagte mir, dass auf dich Verlass sei.« Kurt stand jetzt auf, legte Geld auf den Tisch und verabschiedete sich mit einem »Bis denn«.

Helgoland-Unterland, Börteboot-Anleger, Freitag, 17 Uhr

Jens Prigge und Arne Bull standen sich mit geballten Fäusten gegenüber. Unter den wenigen Börteboot-Besitzern, die es noch gab, war das Klima schon lange nicht gerade das Beste. Eine kurze Bemerkung von Arne ließ das Thema allerdings wieder explodieren. Gerade als Jens sein Boot festgemacht und für den nächsten Tag vorbereitet hatte, legte Arne direkt neben ihm an. Dabei touchierte er mit seinem Heck den Bug des Kollegen. Jens, der bereits oben auf der Pier stand, kommentierte das mit einem »Pass auf, du Depp.« Arne machte sein Boot seelenruhig fest, stieg die Leiter an der Kaimauer hoch und stellte sich vor Jens.

»Was ist los?«

»Du Depp sollst aufpassen, dass du mein Boot nicht beschädigst!«

Arne ballte eine Hand zur Faust und hob sie leicht an. »Sag das noch mal!«

»Was soll ich sagen?« Jens spuckte ins Wasser.

»Der Depp bist du!« provozierte Arne.

»Aber ich kann wenigstens mit dem Boot umgehen. Aber was will man von einem Deppen anderes erwarten.« Jens sah Arne verächtlich in die Augen.

Inzwischen hatten sich andere Fahrer eingefunden, um den Streit zu beobachten. Deutlich konnte man zwei Gruppen unterscheiden. Ein Teil stand hinter Jens und ein anderer Teil hinter seinem Kontrahenten. Nicht weit entfernt, am Bunten Seehund, bemerkte Ove den kleinen Menschenauflauf an der Kaimauer. Oha, dachte er, hat sich Jens wieder hinreißen lassen? Seit einigen Jahren kam es immer wieder zu Streitereien unter den Kollegen. Bisher hatte eine gewisse Professionalität allerdings verhindert, dass ein Streit mehr als nur in einen lauten Wortwechsel gipfelte. Jetzt sah es offensichtlich anders aus. Er ließ seinen Kaffee stehen und schlenderte zum »Kampfplatz«.

Als er näherkam, warfen sich beide Gruppen gegenseitig Beleidigungen zu.

»Was wollt ihr denn? Ihr Luschen!« Höhnisches Lachen war die Antwort der anderen. »Wir wollen unsere Ruhe!«

»Ihr habt doch eh keine Zukunft!« Ihr seid doch käuflich! Ihr Verräter!« rief Arne jetzt.

Jens entgegnete: »DU weißt doch gar nicht, wie Zukunft geschrieben wird! Ihr lebt doch in der Vergangenheit!«

»Ihr seid Verräter!« Arnes Stimme überschlug sich.

»Was sind wir? Fahrräder?« fragte Jens. Jemand aus der Gruppe, die hinter Jens stand, lachte über seine lustige Frage.

»Pass auf, du!« Arne und seine Leute gingen einen Schritt auf die anderen zu. Die antworteten mit einem bösen Knurren.

Eine Frau kam jetzt aus einem der nahe gelegenen Häuser und stellte sich zwischen die verfeindeten Männer. Sie stemmte ihre Hände in die Hüften und sagte ganz leise: »Männer. Wollt ihr Streit mit mir?«

»Hilde! Geh da weg!« Arne fuchtelte mit der Hand zur Seite. Hilde, eine resolute Frau in den »besten Jahren«, kräftig gebaut und bekannt dafür, dass sie schon mal ordentlich zulangen konnte. Hilde war Arnes Frau. Und der Arme hatte wenig zu lachen zu Hause.

Jetzt nahm sie ihren Mann mit einem Finger ins Visier und sagte: »Du gehst jetzt nach Hause! Und ihr«, sie wandte sich mit dem erhobenen Finger an Arnes Freunde, »seht zu, dass ihr Land gewinnt. Meine Güte! Kinder!«

»Aber Hilde ...« Arne wurde von seiner Frau unterbrochen »... ab nach Hause!« Langsam zerstreuten sich die Männer.

»Ja! Geh zu Mutti!« Die kleine Gruppe hinter Jens wurde jetzt mutig. Hilde drehte sich zu ihnen um, und das Gelächter erstarb augenblicklich. »Habt ihr kein Zuhause!«

»Äh, Hilde ... die sind angefa ...« Ein böser Blick brachte ihn zum Schweigen.

Einige Männer sahen auf ihre Uhren. »Oha! Schon bald sieben!«

»Äh ... ja ... dann gehen wir mal.«

»Tja, dann ...«

Ove, der sich das alles angesehen hatte, musste grinsen.

»Also Ove, ich schwöre dir!« Jens hob beide Arme und fuhr fort: »Der Idiot Arne hat mein Boot absichtlich angefahren! Der wollte mich provozieren.« Ove winkte ab und sagte: »Hat er dann ja auch geschafft.« Er winkte seinem Kumpel und deutete mit dem Daumen auf den Bunten Seehund. »Komm ... wir trinken einen, essen etwas und alles wird gut.«

Jetzt war es auf dem Unterland im Schatten des Felsens schon fast dunkel, während im Westen die Sonne einen spektakulären Untergang hinlegte.

Als die beiden den Gastraum betraten, hatten sie die bizarre Szene schon fast vergessen. Ihre Frauen saßen schon an einem der Tische und winkten ihnen zu. Scheinbar hatten sie nicht mitbekommen, was eben draußen passiert war. Im Hintergrund lief Shanty-Musik.

»Atoll«, 19 Uhr

Der Mann in Schwarz saß im Restaurant des »Atolls« und blickte durch die Glasfassade auf die von der Abendsonne beleuchtete Düne. Hell und bunt leuchteten die neuen Holzhäuser der Siedlung drüben im Licht der untergehenden Sonne. Das Essen auf dem Teller hatte er kaum berührt. Seehecht mit Gemüse. Jetzt wurden seine Gedanken vom Kellner unterbrochen.

»Stimmt etwas mit dem Essen nicht?«

»Wie?« Er schien von weit weg in die Realität zurückzukommen.

»Alles gut mit Ihrem Seehecht?«

»Ja … ja, alles gut«, murmelte er.

»Ich kann Ihnen auch etwas anderes bringen, wenn es Ihnen nicht schmeckt.« Der Kellner ließ nicht locker. Finn, war auf seinem Namensschild zu lesen. Der Mann in Schwarz seufzte. »Bringen Sie mir eine Currywurst.«

»Äh … haben wir leider nicht …« Finn dachte kurz nach und sagte: »Ich schaue mal, was unser Koch da machen kann.«

Zehn Minuten später kam er mit einem Teller zurück, auf dem eine Currywurst lag und eine Portion Pommes Frites.

Zum ersten Mal lächelte der Mann in Schwarz. »Das Bier nehmen Sie bitte mit und bringen mir eine Cola.« Finn lächelte zurück und schoss mit einem »Kommt sofort!« zur Theke.

Zwei Tische weiter saßen unbemerkt von dem geheimnisvollen Mann in Schwarz Käthe Rickels und Erika Wendler. Sie wollten sich heute Abend die Show ansehen und vorher noch eine Kleinigkeit essen. Allerdings saßen sie so, dass sie den Mann nicht sehen konnten, um den sich ihr Gespräch drehte.

»Also Finn sagte mir, dass dieser Fritz«, dabei verdrehte sie ihre Augen mit einem spöttischen Gesichtsausdruck und fuhr fort »jeden Abend um 22 Uhr eine Show hier hat.« Dabei wies sie auf den jetzt offenen Bereich des Konferenzraumes, wo eine Bühne aufgebaut worden war. Das war auch der Grund, warum sie hier saßen und sich ein gutes Essen gönnten. Während draußen die Sonne einen filmreifen Untergang inszenierte, wurde ihr erster Gang des »Felsenmenüs« gebracht. Die Getränke servierte ein interessant aussehender Barkeeper. »Moin, die Damen! Wer bekommt den Rotwein?« Ein kleinwüchsiger, bärtiger Mann mit einer angenehmen Baritonstimme. Erika fand ihn auf Anhieb sympathisch.

»Der Rotwein ist für mich«, sagte sie lächelnd.

»Bitte sehr, die Dame.« Elegant platzierte Onne die Karaffe und das Glas auf dem Tisch. Käthe bekam ihr Bier. Dann schenkte er den Rotwein ein. Mit einem »Wünsche guten Appetit!« und einer leichten Verbeugung ging er wieder zur Theke.

Es kamen jetzt vier Gäste, die offensichtlich als Gruppe unterwegs waren. Den alteingessenen Helgoländern waren sie bekannt. Faxe Farmsen mit seinem Kollegen Claas Horn, zwei der Helgoländer Polizisten in Zivil, auch als Meier Eins und Meier Zwo bekannt. Einige im Restaurant begannen miteinander zu tuscheln und blickten heimlich hinüber, als dem Quartett ein Tisch an der Bühne gegeben wurde. Auch der Mann in Schwarz wurde der leichten Aufregung im Raum gewahr. Neugierig wie alle anderen sah er hinüber und wandte sich dann ausdruckslos wieder seiner Currywurst zu.

Als die vier saßen, kehrte wieder Ruhe ein im Restaurant.

Faxe war sehr gespannt auf die Vorstellung und unterhielt sich mit seinem Kollegen Claas über den Mann in Schwarz.

Polizisten Peter und Inken tauschten Tratsch aus der Polizeistation aus. Sie waren gute Freunde, auch wenn sie ständig als Paar wahrgenommen wurden. Das hatte natürlich Getuschel zur Folge, wenn sich zwei Menschen so ähnlich waren und nach außen hin vertraut mit sich umgingen. »Erst gestern wieder!« Peter verdrehte die Augen und fuhr fort: »Die Koslowski aus der Telefonzentrale … die nervt mich ständig mit der Frage, wann wir denn endlich heiraten würden. Sie hätte das perfekte Hochzeitsgeschenk für uns.«

»Och … steuerlich wäre das für uns beide ein Vorteil«, wandte Inken ein, hob die Hand und winkte dem Kellner. Peter schlug theatralisch eine Hand vors Gesicht und murmelte: »Lieber nicht. Das gäbe Tote.« Spielerisch schlug Inken ihrem Kollegen die Speisenkarte auf den Kopf. »Hey!«, protestierte Peter und fügte hinzu: »Schwere Körperverletzung! Holt die Polizei!«

Sie unterbrachen ihre Kabbelei, als der Kellner kam und die Bestellungen aufnahm.

»Hey, Faxe! Hallo Leute!«

Käthe Rickels hatte sie auf ihren Gang zur Toilette bemerkt. Sie klopfte auf den Tisch, um nicht jedem die Hand zu geben. Auf Helgoland gibt man sich nie die Hand. Schließlich sieht man sich fast ständig. Ein vielstimmiges »Moin!« kam als Antwort.

Käthe wandte sich um und wollte gerade ihren Gang fortsetzen, als sie ihren Gast Fritz Maier einige Tische weiter an der Glasfront sah. Schnell blickte sie in eine andere Richtung und schritt zügig weiter.

15 Minuten später, als sie wieder an ihrem Tisch saß, war der Mann verschwunden.

»Hast du gesehen?«, fragte sie aufgeregt ihre Freundin.

»Nein. Was denn?«

»Na … der Fritz war dort drüben an dem Tisch da am Fenster! Aber jetzt ist er fort!« Käthe deutete auf den Tisch.

»So? Hab ich nicht gesehen.« Ihre Freundin drehte sich in die angegebene Richtung und zuckte mit den Schultern. Für Erika war der Fall nicht so wichtig. Sie beschäftigte sich gerade mit ihrem Essen.

»Und außerdem …«, sie schluckte und fuhr fort, »muss er ja gleich auftreten.«

»Ach, ich bin so aufgeregt!« Käthe nahm einen großen Schluck Bier. »Ich gehe mal vor die Tür. Eine Zigarette rauchen.«

Vor der Tür war es jetzt empfindlich kalt. Die Sonne war ganz verschwunden und über ihr kreiste im Dunst der Lichtbalken des Leuchtturms. Auf der einsamen Promenade streunte eine schwarze Katze. Als vom »Bunten Seehund« Musik heranwehte, dachte sie: Na, da scheint es ja wieder hoch herzugehen. Sie mochte diese altmodischen Gaststätten viel lieber als solche Stahl-Glas-Hotels wie das »Atoll«. Sie erinnerte sich an ihre Jugend auf der Insel und an die Ferien auf der Düne. Und an ihre wilde Zeit der 70er-Jahre. Ihre Eltern betrieben damals zwei gut gehende kleine Hotels. Sie hatte noch einen älteren Bruder, der damals mit ihr zusammen aushalf. Der war, fiel ihr ein, mit Björn Nansen befreundet. So hatten sie sich kennengelernt. Sie und Björn. Sie seufzte, als sie an die vielen ewig langen Sommerabende am Nordstrand dachte. Sie und Björn. Dann war er eines Tages fort. Ohne ein Wort war er weg. »Aufs Festland.«, hatte man ihr gesagt.

Und jetzt war sein Sohn zurück?

Sie drückte ihre Zigarette aus, als plötzlich eine bekannte Stimme hinter ihr sagte: »Du hast es also bemerkt?«

Sie fuhr herum und sah Björns Sohn direkt an. Alles fiel von ihren Schultern. Die Anspannung, die Angst und die Wut, die sie auch heute noch hatte, wenn sie an das Verschwinden ihres Freundes dachte. Tränen kullerten aus ihren Augen.

»Er hat mir von dir erzählt, Käthe.«

Nur mühsam kam die einzige Frage über ihre zitternden Lippen, die jetzt wichtig war: »Warum? Warum hat der Scheißkerl mich verlassen!«

»Er hatte Krebs und wollte es dir nicht zumuten, ihn sterben zu sehen. Mein Vater hat noch zehn Jahre gelebt. Er war ein zäher Bursche. Fünf Jahre, bevor er starb, wurde ich geboren.«

Helgoland-Oberland, Studiogebäude, Freitag, 22 Uhr

Es war eine der seltenen windstillen Nächte im März auf der Hochseeinsel. Eine schwarze Katze schlich durch die Kleingartenanlage auf dem Oberland im leise rieselnden Schnee. Dicht an einer niedrigen Buchsbaumhecke kauerte sie sich nieder und wartete. Sie war eine erfahrene Jägerin. Sie kannte ihr Revier. Ein Rascheln ließ ihre Ohren zucken. Sie blieb ruhig. Sie wartete. Eine Maus wagte sich tatsächlich aus ihrem Versteck. Hastig huschte der Nager zu einem Komposthaufen, von dem vor Tagen ein halb vergammelter Apfel gefallen war. Die Katze sprang. Ein kurzes Fiepen und das feline Nachtmahl war gerettet.

»Hallo, liebe Hörer von Felsenfunk«, säuselte Faxe zwischen zwei Musiktiteln. »Hier ist euer Faxe Farmsen, der euch durch die Nacht bringen wird. Es schneit auf Helgoland. Wer uns jetzt vom Festland zuhört: Tja, Pech gehabt. Deutschlands einzige Hochseeinsel zeigt sich wieder einmal von ihrer schönen Seite.« Er zog einen Regler auf dem Touchscreen des Monitors auf und »Whole lotta love« erklang. Nach etwa zwei Minuten zog er den Regler nach unten, und er flüsterte fast, als er sagte: »Danke, dass ihr wieder dabei seid. Wo immer ihr mich hört. Eine Stunde Night Ranger bis 23 Uhr.« Und wieder füllte der Sound von Led Zeppelin das Studio. Aus dem Studiofenster hatte er tagsüber einen wunderschönen Blick zur Düne hinüber. Jetzt allerdings war es zappenduster und man sah, von den Außenscheinwerfern angestrahlt, die zu Boden torkelnden, fetten Schneeflocken. Faxe scrollte die Titelliste der heutigen Sendung durch. Er nickte dabei zustimmend. Helgo, der für die Musik verantwortliche Praktikant, kannte seinen Musikgeschmack. Die Reihenfolge hatte die Software entschieden. Alles nach Beats per minute sortiert. So war der Bruch nicht ganz so heftig zwischen den Musiktiteln.

Als »Jump into the fire« von Nilsson lief, verließ er das Studio und schlenderte zum Foyer. Er beeilte sich nicht sonderlich. Er liebte diese Nachtstunden. Draußen unter dem Vordach des Eingangs zum Sender zündete er sich einen Joint an. War eh niemand sonst im Sender. Er war der letzte für diesen Tag. Nach ihm lief die Sendeautomatik, mit Musik und kurzen Werbeeinblendungen. Der Schnee fiel jetzt fast senkrecht in dicken Flocken und legte sich wie eine Sahnehaube auf Hecken und Sträucher. Hinter ihm schleuderte der Leuchtturm Lichtschwerter durch die Nacht. Er dachte an Jule Reimers. War nicht ganz einfach gewesen, ihre Beziehung, die im Sommer letztes Jahr endete. Seitdem er ihr gesagt hatte, dass er die Robben ein wenig lästig fand, wenn die am Strand herumlagen und er seine Joggingroute deshalb ändern musste, hatte es häufig Streit gegeben. Manchmal kann das Leben ziemlich kompliziert sein, ging es ihm bedauernd durch den Kopf, als er dem Rauch nachblickte, der erst aufstieg, dann zu Boden fiel, wo er langsam in Richtung Klippenrand zog, der knapp zehn Meter vom Studio entfernt durch einen Zaun gesichert war.

Als er wieder im Studio saß, lief gerade »Too Rolling Stoned« von Robin Trower. Er musste grinsen, als er dachte: Passt ja gerade. So hatte er knapp sieben Minuten Zeit. Gab eh nicht viel zu moderieren. In dieser Jahreszeit ist immer »Tote Hose« auf Helgoland. Kino noch geschlossen und auch sonst kaum was los. Er war jetzt seit knapp fünf Jahren hier und mochte anfangs diese Ruhe. Aber irgendwann im vergangenen Jahr dachte er an eine Urlaubsreise nach Island, und er verglich diese beiden ungleichen Inseln. Auf beiden ist im Sommer Hochbetrieb. Auf beiden ist im Winter absolut nichts los. Nur, dass Island selbst im Winter mehr zu bieten hat. Und dort gibt es eine echte Musikszene, in der sich etwas bewegt und neues entsteht. Hier kam man über eine eigene Coverband nicht hinaus, die auch schnell der Vergangenheit angehörte. Ansonsten besuchten Helgoland, wenn man Glück hatte, sich mehr oder weniger auf dem absteigenden Ast befindende Rockmusiker.

Jugendliche sahen zu, dass sie auf dem Festland schnell einen Job bekamen. Für die, die hierblieben, winkten ein Vollzeit-Saisonjob von April bis Oktober und im Winter Gelegenheitsarbeiten. Viele resignierten, fanden sich damit ab und integrierten sich in die Helgoländer Gesellschaft. Mit den Wölfen heulen oder sterben, hieß es dann. Faxe selbst hatte es bereits selbst erfahren, dass man hier nicht aus der Reihe tanzen durfte. Man musste sich komplett anpassen in seinem Verhalten, seinen Ansichten und Lebensgewohnheiten. Dass er es sich leisten konnte, mehr oder weniger heimlich einen Joint zu rauchen, lag an seiner Beliebtheit, die er sich hart erarbeitet hatte. Er galt als kauziger, aber bodenständiger Künstler. »Nicht von hier, aber ganz in Ordnung«, sagte man hinter seinem Rücken. Wenn er redete, hatte er immer ein leichtes Lächeln im Gesicht. Besonders die Damen der Insel mochten ihn und natürlich die weiblichen Touristen, wenn er auf einem der Börteboote den coolen Seebären spielte. Mit seinen knapp 43 Jahren war er noch gut im Training. Täglich ging er morgens auf die Düne, um zwei Runden zu joggen, und anschließend stemmte er herumliegende Felsen auf dem Unterland. Bei jedem Wetter. Faxe war Mitglied in dem Verein, der sich um die Bunkeranlagen kümmerte, und seit kurzer Zeit führte er auch Touristen am Nachmittag durch das Bunkersystem, das im letzten Weltkrieg Zuflucht der Insulaner gewesen war. Schnell hatte er nämlich nach seiner Ankunft gelernt, wo es notwendig war, Mitglied zu werden. So trat er auch vor zwei Monaten der Initiative »Die Düne gehört uns!« bei. Fand er nur logisch, denn er musste sich anpassen. Friss mit der Meute oder stirb.

Gerade noch rechtzeitig glitten seine Gedanken zurück in die Gegenwart, als sich der letzte Titel dem Ende zuneigte.

»Moin, hier ist Faxe Farmsen, euer Ranger der Nacht«, schaltete er sich in den ausklingenden Song ein. Als die ersten Klänge von Pink Floyds »One of these days« durch die Studiolautsprecher wehten, verließ er das Studio mit einem letzten Blick auf die Monitore der Senderautomation, der Songliste mit den nächsten Musiktiteln und den der Überwachungskameras. Faxe verließ das Studio, durchquerte den kurzen Flur und kontrollierte die Räume des Senders. Eingangsbereich, Küche, WC, Besprechungszimmer, Serverraum und zwei kleine Büros für die gerade anwesenden Redakteure. Faxe kontrollierte Fenster, Heizkörper und ob die elektrischen Geräte ausgeschaltet waren. Für jede Tür musste er seine Chipkarte durch ein Lesegerät ziehen. Auf einer Liste, die im Foyer am schwarzen Brett aushing, bestätigte er anschließend mit seiner Unterschrift den Rundgang. Das Gebäude war nicht sehr groß. Ehemals ein Ladengeschäft, hatte man es kurz vor ihrem Einzug ihren Bedürfnissen angepasst. Da es keine Sendemasten oder ähnliches gab, es war ja schließlich Internetradio, war auch das Grundstück nicht sehr groß. Eine schmale Grünfläche umgab das Haus, alles von einem zwei Meter hohen Metallzaun geschützt.

Draußen hatte der Schneefall etwas nachgelassen. Der weiße Belag auf dem Oberland der Insel ließ die Nacht nicht ganz so schwarz erscheinen.

Auf einem der Monitore im Studio, der die Ansichten aller Kameras zeigte, erschien im Eingangsbereich eine schwarze Katze, die majestätisch vorbeitrottete. Aus dem Stand heraus sprang sie auf den Zaun und verschwand auf der anderen Seite in einem Gebüsch.

Er sah auf die Studiouhr. Er langweilte sich jetzt und wollte endlich nach Hause in seine Wohnung auf dem Oberland. Zur Düne fuhr jetzt niemand mehr. Er wohnte nicht weit vom Sender. Ist ja eh alles nicht so weit hier, dachte er. Er ging in die Küche, machte sich einen Tee und balancierte mit der Tasse in der Hand ins Studio. Er zog den Mikrofonregler hoch und sagte über das Gitarrensolo von Pete Townshend hinweg: »Tja, Leute. Werdet nicht wieder verrückt. Ändert nichts. Cool bleiben und Gitarre spielen. Oder?«

Bei der nächsten Instrumentalstrecke zog er das Mikro wieder hoch und säuselte: »Nee. War nur Spaß.

Wenn ihr wirklich etwas verändern wollt, dann reißt euren Hintern hoch. Unterschreibt zum Beispiel die Petition der Helgoländer Initiative ...«, er wurde unterbrochen. Hinter ihm klapperte etwas. Er drehte sich instinktiv um. Während Roger seinen Urschrei hinausbrüllte, klatschte es einmal kurz wie ein ploppender Sektkorken und Faxe war tot.

Eine schwarz gekleidete Gestalt setzte sich auf den nun frei gewordenen Stuhl und löschte routiniert die aufgezeichneten Daten der Überwachungskameras. Zwar blinkte die rote Leiste auf dem Monitor, die anzeigte, dass das Mikrofon offen war, aber das schien den Mörder nicht zu interessieren. Ein Handy klingelte. Die Gestalt hielt inne. Wartete. Als es weiter klingelte, zückte die Person ein Smartphone.

»Wer stört, verdammt nochmal!« Während die Gestalt zuhörte, fuhren ihre Finger über die Tastatur des Rechners. Datei für Datei wurde gelöscht.

Als die letzte Datei verschwand, stöhnte der Mörder auf. »Ich hab' dir doch gesagt, dass ich das im Griff habe!«, brüllte der Killer mit hoher Stimme ungehalten. »Was meinst du wohl, was ich gerade mache!« Dann unterbrach er das Gespräch mit einer ärgerlichen Geste.

»Ach, was soll's«, murmelte er und schlug mit der Faust auf den Monitor ein, riss an den Kabeln und warf ihn gegen die Studiowand. Während der ganzen Zeit lief das Programm weiter. Mit offenem Mikro. Irgendwo in Australien wunderte sich ein deutscher Auswanderer über das ungewöhnliche Hörspiel des Helgoländer Senders. Fand er etwas übertrieben.

Auf der Insel am anderen Ende der Welt seilte sich inzwischen eine Gestalt ab, die sich dafür verfluchte, heute Abend sich für dunkle Kleidung entschieden zu haben. Toll! Schwarz auf weißem Schnee! Dann kann ich ja sofort eine Rundumleuchte auf dem Kopf tragen, fluchte die ganz in Schwarz gekleidete Gestalt innerlich. Zügig und routiniert ließ sie sich zu Boden gleiten. Kaum berührten die Füße den Boden, wurde das Seil mit einem Ruck gelöst. Als die 50 Meter Seil herunterkamen, brachte sie sich rechtzeitig in Sicherheit. Die Gestalt wickelte es auf, hängte es sich um die Schultern und verschwand lautlos als schwarzer Schatten im jetzt wieder dichter werdenden Schneefall.

Langsam füllten die Flocken ihre Spuren und nach zwei Stunden waren sie verschwunden. Nichts deute mehr darauf hin, dass sich hier jemand aufgehalten hatte. Nur die schwarze Katze hockte oben am Klippenrand und sinnierte darüber, warum ein Zweibeiner an einem Seil diesen Abstieg wagte.

Kurz nach Mitternacht zog eine Warmfront von der Biskaya kommend zur Nordsee. Tauwetter setzte ein. Eine warme Brise ließ die Temperaturen auf fünf Grad Celsius über den Gefrierpunkt steigen.

Helgoland-Oberland, Sonnabend, 5 Uhr

Claas Horn, Moderator der Sendung Moin um sechs Uhr, betrat um 5 Uhr das Gebäude. Aus kleinen Deckenlautsprechern war die gerade laufende Sendung zu hören.

Da er wie jeden Morgen seiner Routine folgend als erstes in der Küche sich einen starken Kaffee machte, fiel ihm auf, dass die Tür zum Studio 1 nur angelehnt war. Schulterzuckend ging er darüber hinweg. Da hat Faxe wohl wieder vergessen, die Tür zu verschließen. Kam schon mal vor bei Faxe. In solchen Dingen war er nicht der sorgfältigste. Auch hier in der Küche sah man, dass der Herr Farmsen wieder mal den Wasserkocher nicht entleert hatte. Claas fand es total ekelhaft, wenn sich Kalkränder absetzten. Auch war die Teedose nicht verschlossen und stand ohne Deckel auf der Anrichte. Er seufzte und machte die Prüttkanne fertig. Dann füllte er den Wasserkocher mit frischem Wasser und schaltete ihn an.

Er öffnete den Kühlschrank und nahm sich einen seiner Sahnejoghurts. Dick und fett mit einem Textmarker geschrieben stand »CLAAS SEINER!« darauf, wie auf allen anderen Joghurtbechern.

Als der Kaffee fertig war und er sich mit einer großen Tasse, auch mit »Claas SEINE!« beschriftet, zum Studio begab, war die Welt schon wieder in Ordnung. Angie von den Stones tropfte aus den Lautsprechern, als er mit einem Fuß die Tür aufdrückte. Ach du Scheiße!, er blieb stehen. Wie sieht das hier denn aus! Ein Monitor lag zertrümmert an einer Wand, herausgerissene Kabel lagen auf dem Boden. Das Intro zu »Bad to the bone« erfüllte das Studio, als er Faxe auf dem Boden liegen sah. Er ließ seine Tasse fallen, die auf der strapazierfähigen Auslegeware mit einem dumpfen Schlag zerplatzte. Er stürzte zu seinem Kollegen, fasste, wie er es gelernt hatte an die Halsschlagader. Kein Puls. Eiskalter Körper. Bleich. Er wollte den Unterkiefer aufklappen um eine Beatmung durchzuführen. Steif. Ging nicht. Er hockte sich hin. Faxe ist tot, dachte er perplex. Probeweise nahm er ein Handgelenk zwischen Zeigefinger und Daumen. Er konnte den Arm nicht heben. Langsam stand er auf und bemerkte erst jetzt das viele Blut, das er wegen des dunkelgrauen Bodenbelages im ersten Schreck übersehen hatte. Auf der Stirn, exakt in der Mitte zwischen den weit aufgerissenen Augen, prangte ein schwarzes Loch. Der Hinterkopf des Toten lag in einer Blutlache.

Ganz langsam stand Claas auf und nahm sein Handy und rief die Helgoländer Polizeistelle an.

Im Foyer lief er fast Helga um, als diese kreidebleich aus Studio 1 taumelte.

»Nein, Helga. Heute wird nicht geputzt«, murmelte er mit zusammengebissen Zähnen. Er nahm sie an den Schultern und lenkte die sprachlose Putzfrau vor die Tür. Inzwischen war auch Helgolands ranghöchster Polizist eingetroffen. Mit einem ernsten Nicken begrüßte er die beiden vor der Tür.

»Moin, Claas.«

»Moin, Kurt, Studio 1.« Claas Horn deutete mit dem Daumen ins Gebäude.

Der Dienststellenleiter Kurt Hinrichsen kam nach zehn Minuten wieder heraus, zündete sich eine Zigarette an, nachdem er seinen Kollegen die nötigen Anweisungen per Telefon durchgegeben hatte.

»Erzähl' mal«, forderte er Claas auf.

Horn berichtete, wie er den Toten vorgefunden hatte.

»Scheiße.« Kurt fluchte selten, aber wenn, dann war es ernst. Helga bekam immer noch keinen Ton heraus. Er rauchte, dachte nach.

»Angenommen, er wurde um zehn ermordet. Dann käme das mit der ausgeprägten Totenstarre hin. Plus minus eine Stunde.« Der Polizist drückte seine Zigarette im Aschenbecher aus. Er fluchte noch einmal ausgiebig, bevor er Claas fragte: »Wer hatte vor ihm Dienst?«

»Holger Harmsen.«

»Was ist mit dem Sendebetrieb?«, wollte Horn wissen. »Könnt ihr von woanders senden?«

»Ein zweiter Server steht unten auf dem Unterland.«

»Also ja?«

»Ich müsste noch mal rein.« Claas deutete hinein und fuhr an die Putzfrau gewandt fort: »Helga pack mal mit an.« Mit einem Wink gab er der Frau, der die Tränen hinunterliefen, zu verstehen, dass sie ihm helfen müsse.

»Ich komme mit«, sagte Kurt. In der Zwischenzeit waren auch Meier Eins und Meier Zwo angekommen, die am Zaun und am Eingang des Gebäudes ein Flatterband anbrachten. Anschließend sperrten sie den Weg am Klippenrand ab und bezogen Posten im Foyer des Senders. Unterdessen lief das Programm weiter, sodass die Beamten das Vergnügen hatten, die ganze Zeit mit den »schönsten Rockballaden der Insel« berieselt zu werden.

Kurt kam mit Claas und Helga aus dem Gebäude. Als leitender Beamter gab er letzte Instruktionen. Sie sollten sich auf keinen Fall vom Fleck rühren und einfach auf die Husumer Mordkommission warten. Er sah auf seine Uhr und sagte: »Die müssten in knapp zwei Stunden hier sein.«

»Das volle Programm, Chef?«, wollte Meier Eins wissen.

»Das volle Programm«, bestätigte Hinrichsen.

»Wer kommt denn?«, wollte Meier Zwo wissen.

»Kollerup und die TSB mit Carstensen«, antwortete Kurt.

Die beiden bekamen große Augen. Das wäre eine gute Gelegenheit, sich zu profilieren. Der Job auf Helgoland war ja nun nicht der Traum eines Polizisten. Man musste jede Gelegenheit nutzen, sich eine Versetzung oder wenigstens eine positive Beurteilung zu verdienen.

»Und Staatsanwalt Eysenhardt ...«, er ließ den Satz in der Luft hängen und auf die Kollegen wirken. Eysenhardt war berüchtigt für seine kantige und theatralische Art, mit den Untergebenen umzugehen. Eine Koryphäe auf seinem Gebiet und absolut integer. Nur seine Marotte und Vorliebe für große und pathetische Ansagen ließen hinter seinem Rücken so manches Gerücht kursieren. Die beiden grinsten und schwiegen.

Claas und Helga warteten bereits ungeduldig, als Kurt sich endlich zu ihnen wandte. Mit einem Kopfnicken ging er an ihnen vorbei, und sie folgten ihm zum Fahrzeug der Helgoländer Polizei.

Der Nieselregen war nun einem dichten Nebel gewichen, der das spärliche Licht der Straßenbeleuchtung zu verschlucken schien. Langsam surrte der Wagen in die Dunkelheit. Eine schwarze Katze sprang von einem Holzzaun und verschwand empört maunzend im frühmorgendlichen Nebel.

Nordsee, Polizeiboot »Sylt«, Sonnabend, 6:30 Uhr

Hauptkommissar Kollerup, Chefermittler der Husumer Mordkommission, machte es sich in der Messe des Schiffes der Wasserschutzpolizei bequem. Neben ihm saßen sein Kollege Larsson, Staatsanwalt Eysenhardt und Professor Doktor Lührssen, Gerichtsmediziner, Forensiker und Pathologe in einer Person. Der Chef des TSB, Thore Carstensen, stand gerade an der Kaffeemaschine. Der Rest der Sondereinheit, 15 Topexperten ihres Faches, überprüften noch einmal die Geräte, bereiteten sich auf ihren Einsatz vor. Sie hatten vor einer Viertelstunde abgelegt und draußen herrschte stockfinstere, sternenklare Nacht. Mit 25 Knoten preschten sie durchs Wattenmeer und ließen Sankt-Peter Ording hinter sich. Wäre es kein Einsatz, würden sich die Fahrgäste über eine sehr ruhige Fahrt freuen. Nur kleine Wellen kräuselten das ungewöhnlich spiegelglatte Meer.

Als Thore seinen Kaffee vor sich stehen hatte, begann die Besprechung. Eysenhardt räusperte sich und zwirbelte auf seine typische Art seinen imposanten Kaiser-Wilhelm Bart.

»Also meine Herren … fassen wir zusammen. Was haben wir?«

Larsson erhob sich ungefragt und rasselte wie ein Automat: »Der 43-jährige Faxe Farmsen wurde heute Morgen gegen fünf mit einer Schusswunde im Kopf tot im Studio des Senders ›Der Felsen‹ aufgefunden. Sein Kollege und Mitarbeiter Claas Horn war als erster am Tatort, außer natürlich der oder die Täter. Der Kollege der Wasserschutzpolizei, PHK Hinrichsen hat uns um 5:15 Uhr angerufen. Jetzt ...«, Larsson sah auf seine Uhr, »... ist es 6:30 Uhr. In knapp 90 Minuten müssten wir ankommen.« Er blieb stehen und wartete auf eventuelle Fragen, die ganz sicher kommen würden.

Eysenhardt nickte anerkennend und deutete auf Kollerup.

»Was wissen Sie? Können Sie dem etwas hinzufügen?«

Der Husumer Hauptkommissar war noch nicht ganz wach und hatte auch nicht richtig zugehört. Kollerup räusperte sich und erzählte was er wusste. Er kannte den Sender »Der Felsen«, hatte sogar schon mal reingehört. Allerdings fand er die Musikauswahl etwas langweilig. Zu viel Mainstream, zu wenig Interessantes. Aber das war sicher Absicht, denn das Ziel war es, möglichst viele Hörer zu binden und mit der Werbung Geld zu verdienen. Tagsüber war der Wortanteil größer als nachts. Es wurde dann auch live von der Insel berichtet, aber der Hauptteil des Programms waren Musiksendungen. Der Sender, so hatte Larsson herausgefunden, gehörte dem Bauunternehmer, der für die geplante Landverbindung zwischen Insel und Düne vor einigen Jahren geworben hatte. Wurde bekanntermaßen in einem Bürgerentscheid von Helgoländern mit sehr knapper Mehrheit abgelehnt. Der Staatsanwalt unterbrach den für ihn langweiligen Monolog mit einem Handzeichen.

»Dann werden Sie sich wohl diesen Menschen mal vornehmen müssen«, knarzte er ungehalten. Eysenhardt hatte schlechte Laune. Er war es einfach nicht gewohnt, so früh auf den Beinen zu sein. Normalerweise erschien er nicht vor 10 Uhr im Büro, in dem immer ein leckerer Kaffee auf ihn wartete.

»Mehr weiß ich eh nicht«, seufzte Kollerup und sah verdrossen durch die Scheibe hinaus in die Dunkelheit. Nach einer Weile, in der jeder seinen frühmorgendlichen düsteren Gedanken nachhing, stand er auf und ging mit seinem Kaffee in der Hand an Deck.

Sie hatten jetzt Sankt Peter-Ording weit hinter sich gelassen und waren nun auf der offenen Nordsee. An diesem klaren Morgen, es war jetzt 7 Uhr und die Sonne stand eine Handbreit im Osten, konnte er vor sich schon das Helgoländer Leuchtfeuer sehen. Bei ihrer derzeitigen Geschwindigkeit würden sie gegen 8 Uhr an ihrem Ziel angekommen. Helgoland.

Kollerup zündete sich eine Zigarette hinter der hohlen Hand an. Breitbeinig stand er jetzt am Bug, in der einen Hand seine Kaffeetasse und in der anderen die Zigarette. In solchen Momenten liebte er seinen Beruf, seine Heimat und die Nordsee. Ab und zu spritzte das Wasser über Bord, aber das war eher harmlos im Vergleich dazu, wenn der Wind mit Stärke sieben pfiff. Kalt war es trotzdem. Weil es ein milder Winter war und das Thermometer bis jetzt kaum unter null Grad angezeigt hatte, gab es wenig Schnee. Sie hatten viel Sonne bislang, und der März sollte laut den Meteorologen auch unverändert bleiben. Auch die Stürme ließen in diesem Winter auf sich warten. Konnte ihm nur recht sein, so hatten sie heute eine nette Überfahrt.

Als er genug frische Luft intus hatte, ging er wieder zu seinen Kollegen. Alle hatten es sich bequem gemacht und lümmelten in ihren Sesseln herum. Jemand hatte einen Radiosender über die Bordcom eingeschaltet und das Licht gedimmt. Die leise Musik, das beständige Dröhnen der Motoren lullten die Leute ein. Plötzlich überkam Kolle ebenfalls eine Müdigkeit, die ihn gähnen ließ. Er setzte sich in einen freien Sessel, zog sein iPad aus einer seiner geräumigen Mangeltaschen und machte sich Notizen. Sein Kollege Larsson hatte ebenfalls sein Tablet geöffnet. Kolle wusste nicht wie, aber dank neuester Technik hatten sie optimalen Internetzugang.

Er nahm den Kopfhörer aus seiner Jacke, stöpselte ihn ein und öffnete die App »Soundblast«. Während er die gespeicherten Musiktitel hörte, fuhr er fort, sich Notizen zu machen. Als »Atlantis« von Donovan lief, hielt er inne und dachte daran, dass es einige selbsternannte Forscher gab, die felsenfest davon überzeugt waren, dass Helgoland dieses Atlantis sein musste. Es gab »Beweise«, die angeblich für diese Theorie sprechen sollten.

Kolle hielt das aber für den romantischen Wunsch einer kleinen Gruppe, die es gerne sähe, wenn »ihre Insel« etwas Besonderes wäre.

Er notierte sich »Verschwörungsgruppe?« Dann öffnete er seine Mail-App und fragte Larsson per Mail, ob er schon recherchiert habe, ob es eine verdächtige Verbindung zu einer obskuren Gruppe gebe. Nur einen Moment später schickte ihm sein Kollege, der sich auf der anderen Seite des Tisches, nur eine Armlänge entfernt auf dem Sessel lümmelte, die Antwort.

Es gab also doch mindestens eine Gruppe, die in Verbindung zum Toten stand. Er las sich den Mailanhang durch. Oha. Farmsen war Mitglied in der Gruppe »Die Düne gehört uns!« Eine ziemlich seltsame Gruppe, die es sich zur Aufgabe gemacht hat, die Düne von

Robben und Seehunde zu »befreien«, wie sie es in ihren Zielen formulierte. Er überflog den Anhang und las ihn quer. Eine Methode, die er immer bei langen Texten anwendete. Außerdem gab es eine Gruppe, die die letzten verbliebenen acht Börteboote betrieb. Und eine, die der Idee anhing, Hauptinsel und Düne zu verbinden. Das fand er interessant. Er hatte schon vor einigen Jahren von dem Vorhaben gelesen, das der Hamburger Millionär Reimers damals auf Helgoland vorantrieb. Nach einer Bürgerbefragung, bei der die Bewohner mit knapper Mehrheit dagegen gestimmt hatten, wurde das Projekt auf Eis gelegt. Das Thema sorgte für viel Aufregung, und es standen sich zwei unversöhnliche Fronten gegenüber. Die Befürworter wollten eine Modernisierung, und die Gegner waren der Meinung, dass alles so bleiben solle. Jede Gruppe führte gute Gründe an, warum sie im Recht waren. Sogar die Umweltverbände hatten zunächst nichts dagegen. Aus irgendwelchen, für Kollerup nicht nachvollziehbaren Gründen wechselten diese aber die Seite.

Er öffnete den zweiten Anhang der Mail von Larsson. Hintergründe zum Toten, vom Chef der Helgoländer Wasserschutzpolizei. Name, Alter, Wohnsitz. Nichts in irgendeiner Weise auffällig. Gegen Farmsen wurde nie ermittelt. Erkennungsdienstlich unauffällig. Als Jugendlicher in den 90ern wegen Besitz von Haschisch in einer Disco erwischt. Aber alles harmlos. Er selbst war dem Konsum des grünen Zeugs nicht abgeneigt und drehte sich selbst ab und zu einen Joint nach Feierabend.

Farmsen wohnte seit Anfang 2016 auf Helgoland, wo er seit 2017 einen Radiosender betrieb. »Felsenfunk« hieß der Sender, der über das Internet zu hören war.

Rock, ein bisschen Pop und viel Werbung. Das Übliche, das zu erwarten war, wenn Geld durch Werbung verdient wurde. Rieselfunk bezeichnete Kollerup solche Sender.

Farmsen unverheiratet, kurz liiert mit einer Jule Reimers, hatte sich später getrennt. Jule war damals Nationalpark-Rangerin auf der Düne. Kolle notierte sich »Robbengegner und Farmsen?«

Dann öffnete er eine Datei, die Hintergründe über ein geplantes Projekt eines Millionärs enthielt. Als er auch diesen Text gelesen hatte, notierte er sich »Bauprojektgegner«.

Es gab also viele Ansätze, die verfolgt werden mussten. Aber zunächst mussten sie dem üblichen Vorgehen folgen. Während er seine Geräte ausschaltete, dachte er an Helgoland so, wie er es kannte.

Als Kind war er oft mit seinen Eltern auf Helgoland gewesen und dann wieder als Jugendlicher mit Freunden auf dem »Fuselfelsen«. Als er seine Laufbahn bei der Polizei begann, fand er Helgoland eher langweilig. Als er sich einmal in den 90er-Jahren auf der Insel aufhielt, war er seltsam berührt, dass sich kaum etwas verändert hatte. Dieselben Häuser, Geschäfte und exakt das gleiche Angebot. Nur die Hummerbuden wurden durch neue ersetzt. Aber auch die waren den alten Buden nachempfunden. Auch auf der Nachbarinsel, der Düne, hatte es Holzhäuser gegeben, in denen man günstig den Urlaub mit Familie verbringen konnte. Mit dem Charme einer Gartenkolonie der 60er-Jahre. Düster und etwas schäbig, fand er. Und dann diese unsäglichen Gemeinschaftsduschen mit Toiletten wie auf einem Campingplatz der Nachkriegszeit. Für Familien mit Kindern war das sicher ein Abenteuer. Den Strand und das Meer direkt vor der Tür, nur wenige Meter zu einem kleinen Einkaufsladen und absolute Ruhe, wenn man von den Hausnachbarn absah. Ein kleines Robinsonidyll. Aber nichts für Kolle, denn es gab ja nicht nur Sonne, Sommer und Strand. Er erinnerte sich an Tage im Sommer, die komplett verregnet waren. Dann war es nicht mehr so toll in diesen Hütten auf der Düne. Er wollte sich auch nicht vorstellen, welchen Gerüchen die Gäste dann ausgesetzt waren.

In den vergangenen Jahren hatte sich allerdings viel getan. Die alten Holzhütten auf der Nebeninsel wurden durch wirklich hübsche bunte Holzhäuser ersetzt, was zunächst den Unwillen vieler Gäste vom Festland hervorrief, die am liebsten alles »so wie früher« hätten. Auf der Hauptinsel entstanden neue Wohnhäuser, und sogar ein supermodernes Hotel wurde Anfang der 2000er Jahre eingeweiht.

Kolle wusste, dass es auf Helgoland nicht ganz einfach war, eine andere Meinung zu vertreten als es gerade opportun war. So war es nicht verwunderlich, dass bei der letzten Bürgerbefragung zwei verhärtete Fronten aufeinanderprallten. Für Kolle war das alles ein bisschen zu viel des Guten, weil die Insel historisch gesehen erst seit kurzer Zeit getrennt war. Bis etwa Mitte des 18. Jahrhunderts waren Düne und Hauptinsel eine Einheit. Wenn man ihn gefragt hätte, hätte er einfach die Verbindung aufgeschüttet und fertig. Neue Hotels, schicke kleine Häuser, und jeder wäre sicher froh gewesen, dass jemand so eine tolle Idee gehabt hatte. Aber die Helgoländer waren etwas anders.

In so einer kleinen Gemeinschaft war das Leben sicher nie ganz einfach. Kolle konnte sich absolut nicht vorstellen, wie er auf so engen Raum mit anderen zusammenleben könnte. Da bekam doch jeder Nachbar sofort mit, ob man sich die Zähne nach dem Frühstück putzte oder nicht. Sofort wäre das Gesprächsthema in einer der vielen Kneipen. Er hatte schon mehrmals mit dem Gedanken gespielt, auf einer Hallig im Wattenmeer zu wohnen, dachte aber daran, dass es von dort nicht so einfach wäre, mal eben zum Einkaufen aufs Festland oder in die Kneipe zu fahren. Außerdem konnte er sich nach seinem letzten Fall auf einer Hallig nicht vorstellen, auf so einem Stück Land im Meer zu leben. Im Sommer mag das ja ganz lustig sein, für vier bis fünf Wochen Sommer, Sonne, Strand und Meer. Den Alltag stellte er sich allerdings kompliziert vor.

Dann lieber in Husum wohnen, auch wenn der Nachbar von der Straße aus direkt ins Wohnzimmer blicken kann. Andererseits waren die Besucherzahlen in Sankt Peter-Ording oder in Husum nicht viel geringer als in der Hauptsaison auf Helgoland.

Kollerup streckte sich ausgiebig, klappte sein iPad zu, schnappte sich die Kaffeetasse und holte sich neuen Kaffee.

Im Nebenraum saßen die Kollegen der neuen Husumer Abteilung TSB und vertrieben sich die Zeit mit ihren Smartphones, auf denen sie lustlos und verschlafen herumtippten. Der Gerichtsmediziner, gleichzeitig Pathologe, Forensiker und Chef der gerichtsmedizinischen Abteilung, lag auf dem Rücken liegend ausgestreckt auf zwei Transportboxen und schnarchte leise vor sich hin. Wie immer der Situation angemessen gekleidet. Bergstiefel, Thermohose und eine Wachsjacke. Auf dem Gesicht sein Basecap mit dem Logo der Husumer Kripo.

Plötzlich schnarrte es in den Lautsprechern, und ein Offizier der Crew sagte betont lässig, wie auf einer Fähre nach Helgoland: »Meine Damen und Herren in Kürze erreichen wir unser Ziel Helgoland. Bitte bleiben Sie auf Ihren Plätzen und folgen den Anweisungen der Crew, die für das Ausbooten zuständig ist.« Kollerup bekam einen Schreck und verschluckte sich am Kaffee. Was? Ausbooten? Mit diesen kleinen Din ... seine Gedanken wurden unterbrochen, als ein heiseres Lachen aus den Lautsprechern dröhnte. »Hahaha! Nein! Keine Bange! Ich sehe schon den Kolle, wie er blass wird! Natürlich müssen wir nicht ausbooten!« Kolle brüllte jetzt so laut, dass es auf dem ganzen Schiff zu hören sein musste: »Hier wird niemand blass!«

»Herr Kollerup, würden Sie sich mäßigen? Gegen einen Herzinfarkt haben wir leider keine entsprechenden Geräte.«, meldete sich Lührssen, sah ihn mit hochgezogenen Augenbrauen an und fügte hinzu: »Außer DAS hier.« Er hielt dabei zwei Batterie-Überbrückungskabel hoch, wie man sie zur Starthilfe bei Autos benutzt.

»Barbaren«, knurrte Kollerup. Inzwischen waren alle an Bord wach und drängelten sich vor der röchelnden Kaffeemaschine. Kollerup beglückwünschte sich, dass er sich einen frischen Kaffee geholt hatte.

Draußen war es bereits Tag. Kollerup verließ den lauten Raum und stellte sich an die Reling. Ein trüber Tag kündigte sich an. Der ehemals klare Himmel zeigte sich grau in grau, und die Sicht wurde durch feuchtkalten Dunst behindert. Nicht direkt Nebel, aber auch nicht klar. Weit vorne schälte sich der Felsen der Insel aus dieser trüben Suppe heraus. Das Polizeiboot bekam jetzt eine Eskorte aus Möwen, die den Neuankömmling neugierig umkreisten. In der Gischtspur am

Heck hatte sich eine Horde Möwen eingefunden, von denen sich einige halsbrecherisch ins Meer stürzten und mit einem kleinen zappelnden Fisch wieder auftauchten. Ein kreischendes Durcheinander entstand in der Luft, als einige Artgenossen versuchten, dem Jäger den Frühstückshappen abzunehmen. Kollerup sprang erschrocken zur Seite, als neben ihm ein weißer Klacks auf das Deck platschte. Eigentlich zu spät, dachte er grinsend.

Er schnippte seinen Zigarettenstummel ins Wasser. Sofort stürzten zwei Möwen hinunter, stiegen aber kurz vor der Wasseroberfläche wieder hoch. So eine Helgoländer Möwe lässt sich eben nicht veräppeln. Grinsend betrat Kollerup das Schiffsinnere und bereitete sich vor. Seine Koffer standen schon unübersehbar separat am Ausgang, gleich neben dem Gepäck seiner Kollegen. Er hatte nie Probleme, seines von anderen zu unterscheiden. Ein alter Lederkoffer, zwei Umhängetaschen aus Lkw-Plane und einen Rucksack. Mehr nicht. Daneben viele hochmoderne Hartschalenkoffer. Zwar in verschiedenen Farben, aber trotzdem gekennzeichnet mit farbigen Aufklebern oder bunten Bändern am Griff. Es war für ihn auf Flughäfen immer ein Fest, wenn die Leute am Gepäckband standen und verzweifelt versuchten, die Namenschilder zu lesen, wenn ein identischer Koffer vorbeizog, meist sogar mit dem gleichen Kofferband.

Helgoland, Sonnabend, 8 Uhr

Helgoland empfing sie feucht. Feiner Nieselregen, der in der unbewegten Luft senkrecht herunterkam, was recht ungewöhnlich für Helgoländer Verhältnisse war. Feine Tröpfchen benetzten die großen Stapel mit Kunststoffkisten, die aufgereiht auf dem Kai im Süderhafen standen.

Kollerup, Larsson, Eysenhardt und Lührssen standen etwas verloren zwischen den herumwuselnden Mitarbeitern des TSB, die Kisten mit ihrem Equipment auf die Anhänger der kleinen Elektrowagen verteilten.

Ein Kleinwagen kam angesurrt und hielt mit quietschenden Reifen einen knappen Meter vor dem Polizisten-Quartett. Ein übergewichtiger Beamter sprang aus dem Elektrofahrzeug. Die Regenjacke stand vorne offen und entblößte einen Bauch, über dem sich das Uniformhemd spannte. Er zog seine Kapuze über den Kopf und begrüßte sie mit einem »Moin«. Wie auf Befehl hoben sich vier Hände und ein gemeinsames »Moin!« bot dem Ankömmling Paroli.

»PHK Hinrichsen«, stellte sich der Polizist vor und grüßte knapp mit der Hand an der Mütze.

»Gibt's hier einen trockenen Platz?«, wollte Lührssen wissen, der als Einziger eigentlich so gekleidet war, dass er die geringsten Probleme mit dem feinen Regen haben sollte.

Jetzt kam ein weiteres Fahrzeug der Polizei, aus dem zwei Beamte stiegen, die als Zwillinge hätten durchgehen können.

»Ah. Da kommen POM Meyer und PM Maier. Die kümmern sich um die Unterbringung Ihrer Mitarbeiter.«

Die beiden Neuankömmlinge riefen im Chor »Moin, die Herren!« Kollerup kam aus dem Staunen nicht heraus. »Wer ist jetzt wer?«, wollte er jetzt wissen.

Hinrichsen winkte ab, deutete auf die weibliche Hälfte des Duos und sagte: »Meier Eins.«

»Ich bin Meier Zwo«, sagte der männliche Teil der Zwillinge.

Eysenhardt übernahm jetzt das Ruder und grummelte: »Bevor wir uns hier auflösen, schlage ich vor, dass wir die Begrüßung verschieben, bis wir im Trocknen sind. Einverstanden? Kollerup, Larsson und ich fahren in den Wagen, und der Rest fährt mit dem Gepäckwagen. Da ist ja auch noch Platz genug.«

Lührssen protestierte: »Abgelehnt. Ich muss als erster am Tatort sein. Genauso wie Kollege Carstensen. Das sehen Sie doch ein. Oder?«

Jetzt entspann sich eine hitzige Debatte darum, wer mit wem fährt. Hinrichsen drehte sich um, und man konnte deutlich sehen, dass er sich vor Lachen ausschüttete.

»Darf ich einen Vorschlag machen?«, meldete sich Meier Eins.

»Natürlich.« Lührssen war jetzt ganz Gentleman und fügte mit einer eleganten Verbeugung hinzu: »Wir sind natürlich nur Ihr Gast, meine liebe Meier Eins.«

Unbeeindruckt kommandierte sie jetzt: »In die Fahrzeuge kommen die Spurensicherung, der Gerichtsmediziner …« Lührssen unterbrach sie. »… und!« er hob dozierend einen Zeigefinger: »Pathologe UND Forensiker! Außerdem …« Jetzt hatte Meier Eins die Nase voll. »Wissen Sie was? Ich bleibe mit meinem Kollegen hier und überwache den Transport des Gepäcks. Und SIE …«, sie deutete auf Lührssen und sagte bedrohlich: »… haben jetzt Pause.« Lührssen knallte die Hacken zusammen und salutierte.

Hinrichsen hatte sich wieder beruhigt und deutete auf Kollerup. »Sie fahren mit drei Kollegen hinter mir her.«

Thore gab letzte Anweisungen, welche Kisten zum Tatort gebracht werden sollten und was sie in ihrem provisorischen Hauptquartier benötigten, und dann fuhren sie endlich los.

»Hätten wir noch mehr Zeit vertrödelt, wäre der Tote wohl längst verwest«, brummelte Lührssen, als er neben Eysenhardt im engen Innenraum auf der hinteren Sitzbank Platz genommen hatte. Vorne saßen Hinrichs und Larsson. Kollerup, Thore Carstensen und drei Mitarbeiter des TSB fuhren im anderen Wagen. Kollerup platzierte sich wie selbstverständlich auf den Fahrersitz. Dann setzte sich die Kolonne in Schritttempo in Bewegung.

Hinter den Hummerbuden bogen sie links ab und kamen an der Klinik vorbei. Es ging jetzt ziemlich steil aufwärts, und dann waren sie auch schon auf dem Oberland. Am imposanten Leuchtturm drückten alle ihre Gesichter an den vom Nieselregen benetzten Autoscheiben platt. Vorbei ging es jetzt durch ein Neubaugebiet, an der Kleingartenanlage, und dann waren sie auch schon am Tatort. Ein flaches einstöckiges Gebäude, roter Klinker. Umzäunt mit einem drei Meter hohen Metallzaun. Etwa 30 Meter breit und 90 Meter lang. Neben dem Gelände gab es einen kleinen Anbau, nicht größer als ein großes Gartenhaus. »Felsen-Funk

Shop« stand an der Fassade. Die mannshohen Schaufenster vollgestopft mit Souvenirs des Senders. Mützen, Kappen, T-Shirts und anderes Zeugs für den »treuen Fan«. Sogar Strick-Schals in den Helgoländer Farben, auf denen der Schriftzug des Senders verewigt war. Das Gelände um Sendergebäude und Shop war weiträumig mit dem Flatterband der Polizei abgesperrt.

Eine kleine Gruppe Schaulustiger hatte sich natürlich auch bereits eingefunden. Darunter auch ein herumwuselnder Mensch in gelbem »Friesennerz«, Gummistiefeln und einem Fotoapparat. Jetzt legte der sich bäuchlings auf den Boden, um so eine »interessante« Perspektive der ankommenden Kolonne zu bekommen. Am Eingang hielt ein Polizist Wache, der scheinbar von zwei Männern bedrängt wurde.

»Kurt! Kurt!«, rief der Friesennerzträger aufgeregt und fuchtelte mit einem Arm in der Luft herum, als Hinrichsen sich aus dem Wagen geschält hatte und als erstes seine Hose hochzog. Akkurat setzte er sich die Dienstmütze und einen professionellen Polizistenblick auf. Er wies mit einer Hand auf den Beamten am Eingang und winkte ihn mit dem Zeigefinger zu sich.

»Sehen Sie zu, dass der Pressefritze vom »Felsenboten« mir nicht auf die Pelle rückt. Und lassen Sie die Herrschaften vom Festland rein!«

Der Beamte, noch neu auf Helgoland, salutierte. Sofort griff er den Journalisten unter den Arm und zog ihn zur Seite. »So Jan, hier kannste Fottos machen, woll?« Kollerup, der neben Hinrichsen stand, verdrehte die Augen und grinste. Ruhrpott!

Jan protestierte noch halbherzig, erwähnte obligatorisch das Grundgesetz und rief noch: »Das ist Diktatur!«, aber dann beruhigte er sich.

Die anderen Neuankömmlinge hatten währenddessen eine Minute Gelegenheit, sich Helgoland im Nieselregen anzusehen. Von der Nordsee sah man nicht viel, nur, dass sie ziemlich weit und groß war. Und wie klein Helgoland hier oben war. Der Klippenrand der Westseite befand sich an dieser Stelle nur knapp über 100 Meter entfernt. Und der östliche Rand nur etwa halb so weit. Die Nordspitze lag unsichtbar im Dunst, und im Süden lag … Kolle überlegte. Kann man Helgoland als Dorf bezeichnen? Knapp unter 1300 Einwohner hatte die Insel. Also Dorf, entschied er. Larsson sah es auch so, den Kolle darauf ansprach. »Selbst wenn man die Tagesgäste als Einwohner rechnen würde, wäre es ein Do …« Larsson wurde vom »General« unterbrochen.

»Meine Herren!«, unterbrach Staatsanwalt Eysenhardt ungeduldig. »Wären wir dann soweit?«

Kolle war sofort hellwach. »Niemand fasst etwas an! Kommen Sie, Larsson!« Hinter ihm folgte die Karawane aus weißen Overalls, die ihre Ausrüstung neben dem Eingang aufstapelte und auspackte. Thore Carstensen als Chef der TSB stand bereits vor der Tür und verteilte Überzieher für die Schuhe und Vinylhandschuhe. »Pink?« Kollerup lachte, als er mit einem süffisanten Grinsen die auffälligen Handschuhe am Handgelenk fletschen ließ. »Gab nichts anderes«, brummte Thore. Auch die Überzieher für die Schuhe waren pink. »Na toll, die Clowngruppe ist bereit«, sagte Larsson und fügte hinzu: »Fehlen nur noch die Ballons.«

Kollerup rief noch einmal vorsichtshalber: »Niemand fasst etwas an!«

Der Tatort, Sonnabend, 8:30 Uhr

Er betrat als erster mit Larsson, Hinrichsen und Eysenhardt das Gebäude. Die anderen bat er, draußen zu warten.

Das Foyer war im Stil der 60er-Jahre gehalten. Braune Fliesen auf dem Boden, mit einem grauen, pflegeleichten Läufer. Einige Gummibäume in den Ecken, eine Garderobe an der Wand mit einem Spiegel in Nierenform und Messingeinfassung. Die Wände waren mit Raufaser tapeziert und in einem leuchtenden Orange gestrichen. Zwei dicke stabile Türen mit einem kleinen Fenster in Kopfhöhe auf der linken Seite. Geradeaus gab es eine Tür, die scheinbar provisorisch mit einem Vorhängeschloss verriegelt war. Von dem Einbruch, hatte Hinrichsen ihm berichtet. Seitdem er die Serie »Monk« gesehen hatte, fand er, dass ein bisschen Schau ganz gut war. Er hob beide Hände und hielt sie abwehrend vor sich und hatte sich diesen entrückten Blick mit einem schräg gehaltenen Kopf des Fernseh-Detektivs angewöhnt. Dann ging er langsam ins Innere. Dabei schwenkte er seinen Körper und »registrierte« den Tatort, wie er gerne auf Nachfrage immer wieder sagte. Vorbei an den Studios, dem Bad und den beiden Büros auf der rechten Seite. Er ging zunächst in die Küche. Sie befand sich hinten rechts, neben Serverraum und dem letzten Büro. Sehr modern. Sehr sauber. Auf dem kleinen Tisch stand ein geöffneter Joghurtbecher. Beklebt mit einem gelben Klebezettel. »Claas seiner« stand darauf mit schwarzem Filzstift geschrieben. Ein kleiner Löffel aus Metall lag daneben. Benutzt. Er trat auf den Öffnungshebel des Mülleimers und sah sich den Inhalt an. Ein Teebeutel. Sonst alles sehr sauber. Sogar der gläserne Wasserkocher war absolut kalkfrei. Auch der Boden wie geleckt. Während im Foyer einige Schmutzspuren zu erkennen waren, war es hier fast klinisch rein. »Larsson, notieren Sie.« Der hatte bereits sein Tablett gezückt. »Kein Deckel vom Joghurtbecher«, sagte Kolle, ohne sich weiter darum zu kümmern, ob Larsson überhaupt etwas notiert hatte.

Er verließ mit seinem Gefolge die Küche und sah sich die Tür des Serverraumes an. Eingetreten.

»Spuren gefunden?« Die Frage war an Hinrichsen gerichtet. »Nein.«

»Keine Fußspuren?« Kolle ging in die Hocke und sah sich die Bruchspuren der Tür an.

»Linksfüßer.« Die Tür war offensichtlich seit dem Einbruch mehrmals poliert worden. Er schnupperte daran. Politur. Der Türgriff war rechts und die Tür hatte ihre Scharniere innen. Links neben dem Griff gab es kleine Kratzer, die von außen nach innen verliefen. Ächzend erhob er sich.

»Was sehen Sie, Larsson?« Kolle wies auf die Stelle neben dem Griff. Larsson ging jetzt ebenfalls in die Hocke, sah es sich an und kam wieder in die Senkrechte.

»Ja, Chef. Linksfüßer.«

Hinrichsen und Eysenhardt sahen sich perplex an. Kolle verdrehte die Augen. »Also …«, begann er und hob den linken pinkfarbenen Schuhüberzieher. Er tat so, als ob er die Tür eintreten wolle. »Bämm!« machte er, und sein Fuß rutschte nach links ab. Er hob jetzt den rechten Fuß und wiederholte die Prozedur. Der Fuß rutschte rechts ab und wurde vom Türgriff gestoppt. »Darum«. murmelte er knapp.

Jetzt kam der Konferenzraum an die Reihe. Auch picobello sauber. Ein langer Tisch, zehn Stühle und technische Geräte, die man heute so braucht für Konferenzen. Flachbildschirm, ein Laptop und ein kleiner Projektor an der Decke. Kollerup drehte eine Runde auf Monk-Art. Er senkte die Arme, nickte anerkennend und sagte nur: »Schick.«

Bevor sie Studio 1 betraten, gab Kollerup die Anweisung: »Larsson, notieren Sie: Aufzeichnungen der Überwachungskameras sichern.«

Am Tatort herrschte Chaos. Kollerup hatte schon alles gesehen, was es an einem Tatort zu sehen gab. Kurioses, Grauenhaftes und auch Makabreres, das schon fast eine Art Humor des Täters zeigte. Darum war es hier nicht anders als an jedem anderen Tatort. Gegenüber der Tür war ein Fenster mit einem Gitter außen. Ansonsten war von der Einrichtung nicht mehr viel zu erkennen. Zertrümmerte Monitore, herausgerissene Kabel, in kleine Teile zerlegte Mikrofone. Die wenigen technischen Geräte, die man in einem Studio für Internetradio verwendete, waren anscheinend mit einem schweren Gegenstand zertrümmert worden. Überall lagen Plastikteile, Glassplitter, Metallabdeckungen und elektronische Bauteile. Nur ein drehbarer Bürostuhl stand einsam in der Trümmerwüste.

Und ganz vorne im Raum, kurz hinter der Studiotür, lag der Tote. Kopfschuss. Kolle ließ seinen Blick wandern. An seinen Assistenten gewandt sagte er: »Larsson, notieren: keine Splitter oder Gegenstände auf dem Toten.« Nach zwei Sekunden fuhr er fort: »Die Tür muss offen gewesen sein. Einzelne kleine Trümmerteile liegen bis auf dem Flur.«

Jetzt bückte er sich und hob ein größeres Kunststoffteil an. Eine Blutlache. Eine sehr große sogar. Er konnte zwischen den Einzelteilen auf dem Boden erkennen, dass sie sich weiter in den Raum fortsetzte. »Leiche wurde bewegt.« Wo er schon mal hier unten war, dachte er sich, könnte er … Hoppla! Eine Hülse! »Larsson! Hülse! Lage markieren!« rief er mit den Fingern schnippend. Der gab ihm eine Tatortnummer. Kolle stellte die »1« neben die Hülse.

»Larsson! Welches Kaliber?«

»Sieht nach 9 mm aus, Chef.«

»Und …?« Larssons Chef wies auf die Wände.

»Keine Einschusslöcher an den Wänden, Chef.«

»Sehr gut«, lobte Kollerup seinen Assistenten.

Larsson zuckte mit den Schultern, als wolle er dieses Offensichtliche als Nebensache abtun. »Notieren also: Tatwaffe mit 95% Wahrscheinlichkeit eine 9-Millimeter mit Holzspitzgeschoss.«

Er erhob sich. »Den Rest kann Carstensen machen.« murmelte er und spazierte pfeifend zu den Büros. Als sie am Studio 2 vorbeikamen, warf Kollerup einen kurzen Blick hinein. »Larsson! Notieren Sie: Vergleichen der Einrichtung von Studio 2 mit Studio 1. Waren diese identisch eingerichtet? Egal. Den Rest kann Thore machen.« Er wandte den Kopf in Richtung Eingangstür. Durch die breite Glasfront sah er draußen den Rest der Truppe, von denen einige ungeduldig auf ihre Armbanduhr deuteten. Kolle winkte und warf einen Blick zurück ins Gebäude.

Interessanterweise hatten einige Räume Glastüren und andere stabile Holztüren. Die Studiotüren waren sehr dick und schallisoliert. Auch das kleine Sichtfenster in Kopfhöhe sah sehr stabil aus. Serverraum und das WC hatten eine normale, solide aussehende Holztür. Büros, Küche und Konferenzraum waren mit bruchsicheren, abschließbaren Glastüren ausgestattet, die sich nach innen und außen öffnen ließen.

Kollerup hob den Arm und deutete an, dass sie genug gesehen hatten und nun der Truppe des TSB das Schlachtfeld überlassen würden.

Als Carstensen draußen an der Tür rüttelte und sie nicht öffnen konnte, musste Kolle grinsen. Neben der Tür im Foyer entdeckte er einen Türöffner. »Larsson! Notieren Sie: Haupteingang lässt sich nur mit Code oder dem Türinnenöffner öffnen.« Carstensen bewegte die Lippen und deutete auf den Knopf des Öffners. Es war kein Laut zu hören. Kollerup ging einen Schritt zurück und riet den anderen: »Halten Sie sich alle mal die Ohren zu.«

Dann schrie er aus Leibeskräften um Hilfe. Dabei lief er vor Anstrengung rot an. Als seine Lungen komplett leer waren, musste er sich zwei Sekunden erholen und öffnete dann die Tür.

»Was war los, Kolle?«, wollte Carstensen wissen.

»Nichts gehört?«, erwiderte der Kommissar.

»Nein. Was denn?« Thore hob die Arme und fragte: »Dürfen wir bitte jetzt hinein?«

»Ja dürft ihr. Larsson! Notieren sie: Schalldichte Fenster. Absolut schalldicht.« Er trat zur Seite, damit Thore und seine Leute ihre Arbeit machen konnten. Er gab Larsson den Auftrag, Thore zu begleiten und ihn auf die Besonderheiten und das, was ihnen aufgefallen war, hinzuweisen.

Gartenlatein

Der Nieselregen hatte aufgehört. Die Sonne kämpfte sich durch eine niedrige Wolkendecke und es wurde sogar warm. Kolle ging zu Hinrichsen rüber, der neben seinen Kollegen stand, die die Schaulustigen mit kurzen Pfiffen und energischen Handbewegungen von der Absperrung fernhielten.

»Also Kurt, was hast du noch?«

Er zog umständlich eine Zigarettenpackung heraus und bemerkte erst jetzt, dass er die pinkfarbenen Handschuhe noch trug. Fluchend zog er sie ab und verstaute sie in seinen Hosentaschen. Als sie beide rauchtechnisch versorgt waren, begann Hinrichsen zu berichten. Er begann beim Einbruch, der vor etwa einer Woche stattfand. Bisher waren sie erfolglos bei der Verfolgung der dürftigen Spurenlage. Keine Zeugen, keine Spuren. Bis auf die Spielkarte. Aber selbst das TSB in Husum, das die Karte zur Überprüfung bekommen hatte, fand absolut nichts. Da hatte offensichtlich jemand exakt gearbeitet und jede Spur vermieden.

»Sind euch die Kratzer an der Tür des Serverraumes aufgefallen?«, wollte Kolle wissen. »Ja, sicher. Linksfüßer, ich weiß.« Kurt winkte ab. Kollerups Respekt gegenüber seinem Kollegen wuchs ein großes Stück.

»Wie viele Linksfüßer kennst du hier auf Helgoland, Kurt?«

»Mindestens fünf Menschen.« Er zählte auf. »Jens, Max, Claas und Helgo.«

»Mehr nicht?« Kollerup dachte nach. »Lass uns mal zu den anderen Spuren gehen. Die nehmen wir uns später vor«, entschied er.

»Gleich hier vorne.« Kurt ging voraus. Gegenüber lagen die Gärten des Kleingartenvereins Helgoland. Eine unverschlossene Pforte führte auf das Gelände, das nach knapp 20 Metern abrupt an der Felskante endete. Ein hoher Metallzaun schützte die Hobbygärtner davor, bei ihrer Arbeit 50 Meter in die Tiefe zu stürzen. Ein Polizeiband sperrte die Stelle ab, an der vermutlich der Täter abgestiegen war. Vielleicht sogar hochgekommen ist. Hier war der Zaun aufgeschnitten und zur Seite gebogen. An einem Metallzaun-Pfeiler hing eine schwarze Kunststofffaser und flatterte im leichten Wind. Und einen sehr schönen Fußabdruck hatte der Täter als Geschenk im weichen, rötlichen Matsch hinterlassen. Kolle zückte sein Smartphone und rief Larsson an. Als der sich meldete, sagte er nur knapp: «Kommen Sie mit Thore in den Kleingartenverein. Pforte, östliche Richtung. Den Rest sehen Sie mit dem Ortungssystem. Ich warte.« Dann legte er auf und machte mehrere Fotos vom Faden und vom Abdruck.

Weit unten erkannte er jetzt den Sportplatz und links den Nordstrand. Vorsichtig beugte er sich nach vorn. Fast senkrecht ging es abwärts. Weiter unten, auf halber Höhe, standen Sträucher und Büsche. »Hast du das da gesehen?«, rief er in die Tiefe. Kurt stellte sich weniger vorsichtig neben ihn, sah hinunter. »Was denn? Ich sehe nichts.«

»Das sind Haken in der Felswand.«

»Echt?« Hinrichsen hielt sich mit einer Hand an einem Zaunpfahl fest und beugte sich weit vor. Kollerup wurde blass und setzte einen Schritt zurück.

»Ah!«, rief Kurt. »Jetzt sehe ich es. Da stecken Haken!«

»Sage ich doch ... und ... Kurt? Mir wäre wohler, wenn du da wegkommen würdest.«

»Ach ... an dieser Stelle ist der Felsen stabil!«, sagte Kurt verächtlich. Der Inselbulle ächzte und schwang sich in Sicherheit.

»Was meinst du mit »an dieser Stelle«?«

»Drüben«, Kurt wies in Richtung Westen und fuhr fort, »ist der Fels durch Wind und Salz brüchig. Lebensgefährlich. Aber hier«, er deutete nach unten »ist die Erosion nicht so aggressiv. Hier könnte ein versierter Kletterer hoch und abwärts wieder zurück klettern.«

Kollerup bemerkte plötzlich in Knöchelhöhe Scheuerspuren an einem der Metallpfähle. Er kniete sich hin. Die Farbe war eindeutig von einem Seil teilweise abgescheuert.

»Sieh mal einer an«, triumphierte er.

»Treten Sie mal zur Seite«, ertönte es plötzlich hinter ihm. Larsson war endlich bei ihm und hielt sein Smartphone in die Höhe.

»Hier unten, Larsson. Sie müssen sich schon bücken.« Er erhob sich und überließ dem Assistenten das Feld.

Dann informierte er ihn über die anderen Spuren, die auch fotografisch dokumentiert werden sollten. Mitarbeiter des TSB bauten bereits ihre Geräte auf und begannen ebenfalls mit ihrer Arbeit.

»Naja.« Kollerup stand unschlüssig zwischen den Weißkitteln, schaute hinüber zur Nachbarinsel und dachte nach. Jemand war hier hinuntergeklettert. Das hat sicher Vorbereitung benötigt. Haken einschlagen an der Felswand war ja nicht so mal eben gemacht. Wenn der Täter hier hochgekommen war und wieder runter, und das auch noch nachts, müsste er komplett lebensmüde gewesen sein. Allerdings wäre das für einen geübten Kletterer kein Problem. Ausrüstung müsste auch vorhanden sein. Kolle rieb sich die Nase. Er sah auf seine Uhr.

»Larsson!«, rief er in Richtung Düne.

»Ja, Chef?«

»Zeit für eine Besprechung. Holen Sie Carstensen. Treffpunkt in einer Viertelstunde am Tatort. Kurt! Komm, wir gehen.« Und schon stiefelte Kolle los, ohne sich zu vergewissern, ob die anderen ihm folgten.

Fazit, Sonnabend, 10:30 Uhr

Am Sendegebäude herrschte jetzt geschäftiges Treiben. Ein großes Zelt, fast so groß wie ein Zirkuszelt der Bundeswehr, war auf dem Vorplatz aufgebaut, das in den nächsten Tagen als Ermittlungs-Zentrale dienen sollte. Vom weitem sah Kollerup bereits den Staatsanwalt ungeduldig mit dem Smartphone hantieren. Sein Telefon meldete sich mit dem typischen »Highway to Hell«-Riff. Er ignorierte es und rief stattdessen: »Hier!« Dabei fuchtelte er mit beiden Armen in der Luft. »Hier!«, rief er noch einmal. Eysenhardt stand jetzt mit dem Rücken zu ihm und bellte: »Also was heißt hier, verdammt noch mal!«

Keine zehn Meter trennten die beiden jetzt und Kollerup rief: »Hier heißt hier. Hinter Ihnen!«

»Wie zur Höl …« der Staatsanwalt entdeckte ihn jetzt, ließ genervt das Telefon sinken und steckte es ein.

»Also Kollerup. Ich muss jetzt leider zurück. Sie kommen ja alleine zurecht.«

»Naja, ich weiß nicht.« Kolle wiegte zweifelnd seinen Kopf.

»Ach, sicher.« Eysenhardt winkte ab und fügte hinzu: »Es ist ja unzweideutig Mord. Also … machen Sie weiter. Ich muss aufs Festland zurück. Bericht …«

»Ja«, unterbrach Kollerup eifrig und salutierte, »Bericht. Täglich. Zu Befehl!«

Und schon stieg »der General«, wie der Staatsanwalt auch genannt wurde, in ein E-Fahrzeug der Polizei und wurde zum Polizeischiff gebracht, das bereits im Hafen wartete. Inzwischen waren auch die Kollegen vor dem Gebäude eingetroffen und winkten zum Abschied hinterher.

»So, Freunde!« Kolle klatschte aufmunternd in die Hände und rief: »Ich habe Kaffeedurst. Thore? Wie weit seid ihr? Lührssen! Was macht der Tote?« Die Gaffer hatten sich vermehrt. Erstaunlich, dachte Kollerup. Helgoland ist wirklich ein Dorf. In dem nun sonniger werdenden Tag zog es immer mehr an den Tatort. Es war jetzt kurz nach 10 Uhr und die meisten hatten scheinbar bereits gefrühstückt. »Kurt, könnt ihr weiter absperren? Am besten den Klippenrandweg von dem Bombentrichter bis zur Kartoffelallee da hinten.« Kurt pfiff seine Meier-Zwillinge zu sich und gab ihnen Anweisungen.

Kollerup wartete solange, bis er sicher war, dass das Gelände gut gesichert war. Erst ging ein Murren durch die kleine Menge, aber man tat dann doch, was die Polizisten wollten. Keine zehn Minuten später gab es eine gesicherte Zone von 80 Meter um das Studiogebäude. Kollerup stellte zwei Mitarbeiter des TSB ab, die am Absperrband patrouillieren sollten. »So habt ihr wenigstens etwas Bewegung!« munterte er die beiden auf. Thore nickte dazu gnädig, weil es ja eigentlich »seine Leute« waren.

Am Horizont sah man jetzt bereits die MS Helgoland auf die Insel zusteuern. Und das Polizeischiff zog eine gerade Linie schäumendes Wasser in Richtung Festland. Dann begab er sich ins Zelt, und er traute seinen Augen nicht! Es sah aus wie in einem Hollywoodfilm. An der Stirnseite gegenüber dem Eingang waren drei große Flachbildschirme aufgebaut, auf denen das Logo der Polizei zu sehen war. Davor drei Beamte des TSB, die mit Headsets davorsaßen und auf einer Tastatur herumhämmerten. Links eine Tischreihe mit Kaffeemaschine, Tassen und alles, was man für einen guten Kaffee benötigt. Sogar eine Mikrowelle und einen mittelgroßen Kühlschrank hatte man aufgestellt. In der Mitte ein großer, runder Tisch mit mehreren Stühlen. An der Decke waren Lautsprecher installiert, aus denen leise Musik plärrte. Eine Seite des Zeltes bestand aus transparenter Folie, wodurch es angenehm hell war. Dort waren die Geräte des TSB aufgebaut. Was ihn besonders erstaunte, war, dass er auf Kunststoffplatten stand. Wow! Der komplette Boden ausgelegt mit Kunststoffplatten, die sich zu einem geschlossenen Boden zusammenfügten. Manchmal musste er sich in den Arm zwicken, wenn er an die Zeit vor 20 Jahren dachte. Zur Jahrtausendwende befand sich die Polizei ermittlungstechnisch noch in der Steinzeit. Heute sind die Möglichkeiten fast unendlich. Und die TSB als Vorzeigeinstitut wurde in den vergangenen Jahren finanziell gut unterstützt. Der Science-Fiction-Film Minority Report war spürbar nahe.

Er betrat die reale Filmkulisse, und sein erster Gang war der zum Kaffeeautomaten. Extra für ihn hatte man einen Wasserkocher, einen Kaffeefilter und Kanne sowie gemahlenen Arabica besorgt. Er war begeistert.

Zehn Minuten später saßen die Ermittlungsleiter der Abteilungen an einem Tisch. Es durfte sogar geraucht werden. Kollerup zündete sich eine Zigarette an und nahm einen Schluck vom perfekten Kaffee.

»Also! Was haben wir? Lührssen? Fangen Sie an.«

Der nippte an seinen Earl Grey, schnalzte anerkennend mit der Zunge und begann: »Der Tote wurde mit einem Kopfschuss aus etwa drei Meter Entfernung mit einem 9-Millimeter-Hohlspitzgeschoss erschossen.« Der Gerichtsmediziner deutete auf seine Stirn und fuhr fort: »Das Projektil drang ein, verformte sich und zersplitterte im Gehirn. Keine Austrittswunde. Durch die multiplen inneren Hirnverletzungen trat der Tod vermutlich innerhalb von 30 Sekunden ein.«

Kolle nickte. »Todeszeitpunkt?«

»Vor zwölf Stunden. Plus minus eine Stunde. Aber …«

»Ja, ich weiß.«, unterbrach ihn Kollerup. »Haben alle mitbekommen. Bei laufender Sendung. Ich wollte nur sichergehen. Obduktion?«

»Sobald wir hier fertig sind, drüben in der Klinik.«

»Thore?« Kollerup sah den Chef des TSB gespannt an.

»Am Tatort waren zwei Spuren verwertbar. Der Kerl … oder die Frau«, berichtigte er sich schnell, »muss einen Ganzkörperanzug getragen haben. Zwei Spuren sind interessant: der Fußabdruck an der Servertür und einer auf einem Kunststoffteil auf dem Boden. Beide stimmen überein. Natürlich haben wir einige Haare, die vom Toten stammen dürften, gefunden und in der Küche viele Fingerabdrücke. Ansonsten war alles fast klinisch sauber. Der Täter muss also wie wir Schoner an den Schuhen gehabt haben und Handschuhe. Ich lehne mich jetzt mal weit aus dem Fenster und denke, dass es ein Profi war.«

»Was ist mit den Spuren draußen am Zaun?«, fragte Kolle.

»So weit sind wir noch nicht. Wie werden die mit denen aus dem Sender vergleichen. Auch die Fasern werden wir nachher untersuchen.«

Kolle nickte in die Runde und sagte: »Gut, dann kann ich heute Nachmittag mit ersten belastbaren Ergebnissen rechnen?«

Zustimmendes Gemurmel.

»Ach, Kurt!«, Kollerup wandte sich an den Inselpolizisten, »wir brauchen dann alles, was ihr zu dem Einbruch bisher habt.« An alle gewandt, sagte er mit Blick auf die Uhr: »Nächstes Treffen hier um 16 Uhr. Falls sich etwas vorher ergeben sollte, bitte mich sofort informieren.«

»Dann werden wir auch die 3-D-Animation fertig haben«, warf Thore ein. Da Kolle wusste, dass der TSB wusste, was zu tun war, ging er nicht weiter darauf ein und sagte nur: »Wer besorgt Popcorn?«

»Nein!«, beschwerte sich Thore. »Ihr macht nur wieder Dreck, und der Boden sieht anschließend aus wie nach einer Rocky Horror Picture Show!« Auch Lührssen hatte Einwände: »Sehr ungesund! Dann lieber eine Fruchtschale mit Obst!«

»Cola etwa auch nicht?«, wollte Larsson empört wissen.

Kurt saß nur da und kämpfte scheinbar mit einem Lachanfall. Als Zeichen, dass dieses Briefing beendet war, erhob sich Kollerup. Mit der Tasse in der Hand stand er Sekunden später an der Kaffeetheke und brühte sich einen neuen auf.

Helgoland-Oberland, Sonnabend, 11:30 Uhr

Kurt Hinrichsen, der Husumer Hauptkommissar, und Larsson saßen jetzt auf Klappstühlen mit dem Bombentrichter im Rücken nahe der Kante und sahen auf die Nordsee hinaus. Um diese Zeit waren bereits viele Menschen hier oben unterwegs. Für die Besucher des Oberlandes war es ein seltsames Bild. Ein Polizist der Wasserschutzpolizei in Uniform, ein bärtiger Mann mit Lederjacke, Jeans und Ohrring und ein Anzugträger mit hellblauem Hemd und Krawatte.

Der Dunst hatte sich verzogen, und die Sonne schien aus einem wolkenlosen Himmel. Basstölpel und Möwen segelten vor ihnen, aus dem Abgrund hinter der Felsenkante auftauchend, schwerelos in der nur leicht bewegten Luft.

»Wer war dieser Faxe, Kurt?«, wollte Kolle wissen.

»Wer weiß schon, wer jemand war … oder ist?« Kurt seufzte und sagte: »Gebürtig aus Hannover. Sohn eines bekannten Rockstars der 70er-Jahre. 1982 geboren. Hat nach dem Tod des Vaters vom Erbe gut gelebt. Hat Betriebswirtschaft studiert und danach Medienwissenschaft. War bei mehreren Zeitungen angestellt, dann bei einem privaten Hamburger Radiosender als Moderator. Irgendwann hatte er die Idee, einen eigenen Internetradiosender auf Helgoland aufzubauen. Der lief ganz gut für drei Jahre. Ging aber in die Hose. Irgendwie kam der Hamburger Millionär Reimers mit seiner Idee der Inselverbindung ins Spiel. Seitdem wurde der Felsenfunk von ihm gesponsert.«

Kurt dachte nach. Dann setzte er hinzu: »Faxe war ein bezahlter Provokateur von Reimers. Hätte er eigentlich nicht nötig gehabt. Vermutlich hängt das mit seiner Exfreundin zusammen. Die Tochter von Reimers. Die Beziehung ging aber in die Brüche. Und Faxe bleib trotzdem Chef des Senders.«

»War er beliebt hier?«, fragte Kolle.

Der Inselpolizist zuckte mit den Schultern. »Nicht bei allen, weil er ja offen für die Inselverbindung in seinen Sendungen geworben hatte.«

»Zumindest hatte ein Mensch seinen Tod im Sinn«, warf Larsson ein, der sich bisher im Hintergrund gehalten hatte.

Kolle sah auf seine Uhr. »So … dann wollen wir mal wieder. Larsson! Besorgen Sie sich von Thore die persönlichen Sachen des Toten, die er zum Tatzeitpunkt bei sich hatte. Alles. Schlüssel, eventuell Notizbuch, Handy … na, Sie wissen schon. Wir treffen uns dann unten in der Polizeiwache.«

»Is klar, Chef.«

»Ach … und Larsson, organisieren Sie sich eine Liste der Mitarbeiter des Senders.« Sein Assistent hob bestätigend eine Hand, während er mit großen Schritten zur provisorischen Ermittlungszentrale eilte.

Auf ihrem Weg kamen die optisch ungleichen Polizisten auch am Leuchtturm vorbei. Kollerup fand das Gebäude eigentlich irgendwie unscheinbar. Knapp über 35 Meter war es hoch. Allerdings lag das Feuer auf der Insel mehr als 80 Meter über dem Meer. Kurt erzählte ihm kurz die Geschichte der verschiedenen Leuchttürme. Kolle war erstaunt, dass die Laterne und die Linsenoptik des ersten englischen Turmes noch heute auf Fehmarn verwendet wurden. »Das hier ist genau genommen der dritte Leuchtturm«, erklärte Kurt.

»Ja«, erwiderte Kollerup. Er wusste, weil sein Vater Helgoländer war, über die Geschichte des heutigen Turmes Bescheid. Eine Stahlbetonkonstruktion, die im Zweiten Weltkrieg als Flakturm und ab Mitte der 60er-Jahre als oberirdische Bunkeranlage angelegt war.

Dann ging es abwärts auf dem seltsam einsamen Invasorenweg. Kaum ein Tourist nutzte ihn, obwohl er bequemer war als die vielen Treppen, die die beiden Ortsteile verband. Ein Fahrzeug der Polizei kam ihnen jetzt entgegen. Lührssen saß am Steuer. Mit quietschenden Bremsen hielt er neben ihnen. Der Pathologe beugte sich aus dem Fenster und rief: »Hey, können Sie mir sagen, wie ich zum Oberland komme?«

»Oh, da sind Sie hier komplett falsch! Fahren Sie zurück und nehmen Sie die Straße zum Nordstrand. Das ist einfacher.« riet ihm Hinrichsen mit einem professionellen »Polizistenlächeln«. Lührssen kam sichtlich ins Grübeln. Unsicher blickte er zurück zur Klinik und murmelte: »Komisch. Dann haben die mich ja ...«, dann rief er in Richtung des Gebäudes: »Wirklich sehr lustig, Herr Oberarzt!«

Kolle schritt jetzt ein, bevor sich sein Kollege auf dem kleinen Felsen komplett verirrte. »Fahren Sie einfach weiter. Dann fragen Sie am Leuchtturm da vorne nach, wie Sie zum Sender kommen.« Lührssen schüttelte genervt mit dem Kopf und zischte weiter. »Ich hasse Helgoland«, vernahm Kollerup noch, bevor das Fahrzeug in Richtung Neubaugebiet verschwand.

Polizeistation Helgoland, Sonnabend, 11 Uhr

Die Polizeistation war doch weiter, als Kollerup dachte. Helgoland … von wegen klein! Und auch die Polizeistation selbst war äußerlich eine Enttäuschung. Die mit kleinen Eternitplatten verkleidete Fassade war in Olivgrün gestrichen. An der Front zur Straße gab es eine Kunststofftür, die eher an den Eingang einer Gartenlaube erinnerte. Links von der Tür zwei kleine Schilder, auf denen das Wappen von Schleswig-Holstein abgebildet war. Seltsamerweise stand auf der linken Tafel »Wasserschutzpolizei« und auf der rechten »Polizei«. Okay, dachte Kolle, Wasserschutzpolizei ist also nicht die echte? Jetzt erst entdeckte er ein kleines Schild unter dem linken. »Weeterpulitsai« las er. Er musste sich auf die Lippe beißen, um nicht laut aufzulachen. Klang wie Kindersprache, fand er. Wird aber das Helgoländer Friesisch sein, hoffte er inständig. Kurt schloss die Tür auf und bat ihn hinein.

Innen sah es schon annehmlicher aus. Links ein Großraumbüro mit Tresen, auf dem Formulare und Werbeflyer der Wasserschutzpolizei lagen. Im Büro saß eine Beamtin und telefonierte. Als sie ihren Chef sah, legte sie auf. Hier sah es aus wie in jedem Revier. Ein bisschen Unordnung auf den Schreibtischen und an den Fenstern, die üblichen leicht zu pflegenden Büropflanzen. An den Wänden die bekannten Plakate mit Aufrufen und Werbung für die Polizei. »Das ist KHK Kollerup aus Husum.« Kurt hob die Klappe im Tresen hoch und ließ sie scheppernd auffallen. Dann deutete er mit dem Daumen auf seine Kollegin. »PM Ilka Nissen. Ohne sie wären wir aufgeschmissen.«

Kolle gab ihr die Hand und war erstaunt, wie kräftig diese kleine dunkelhaarige Frau zupacken konnte. »Hören Sie nicht auf Kurt. Er kann ganz gut alleine.« Wache braune Augen blitzten ihn schelmisch an.

»Kaffee?«, fragte sie.

»Solange es kein Polizei-Holzknüppel-Kaffee ist, der mir den Magen wegätzt, gerne!«

»Kurt mag auch lieber gefilterten Kaffee. Seitdem er hier Chef ist, gibt es keine Maschine. Und die Kollegen sind auch besser drauf. Gehen Sie mal auf Streife mit Sodbrennen!« Sie verzog das Gesicht zu einer grimmigen Grimasse und schüttelte sich. »Bäh!«

Kurt geleitete ihn jetzt durch die Polizeiwache und zeigte ihm alles. Von außen unscheinbar, aber sehr geräumig, hell und luftig. Sogar die Arrestzelle. Es gab außerdem ein Verhörzimmer, zwei Toiletten und eine Dusche. Und natürlich einen Aufenthaltsraum mit den typischen Holzspinden für die persönlichen Sachen der Beamten. Alles auf zwei Etagen verteilt. Und es waren in Wirklichkeit zwei Häuser, die miteinander verbunden waren. Das Büro des Leiters lag im Erdgeschoss mit Fenster Richtung Süden.

»Gut, dann dürfen wir hier die Vernehmungen durchführen?«, fragte Kollerup.

»Klar. Mein Haus ist euer Haus.«, deklamierte Kurt großzügig.

»Und dein Kaffee ist mein Kaffee«, nuschelte Kolle genüsslich an seinem Kaffee, den ihm Ilka mit einem Keks auf der Untertasse servierte. Kurt schwieg und genoss sein eigenes Gebräu.

»Viel zu tun in letzter Zeit?«, wollte Kollerup zwischen zwei Schlucken wissen.

»Nö. Nicht mal einen Taschendiebstahl. Vielleicht mal eine Rangelei in einer Kneipe.«

»Und der Winter ist vermutlich kaum auszuhalten.«

»Wir haben ja noch andere Aufgaben hier. Weiß du doch.«

»Klar, Kurt. Aber sag mal, wie war denn der Faxe Farmsen so?«

Kurt überlegte kurz. »Ein ganz feiner Mensch war er. Ehrlich, offen und hatte nur seine Arbeit im Kopf. Er hat für den Sender gelebt. Egal ob Freizeit oder Arbeit, immer war der Sender der Inhalt seines Lebens. Naja, du kennst sicher seine Vergangenheit. Ich hatte dir ja alles per Mail geschickt.«

»Ja. Seinen Werdegang im Schatten seines Vaters.« bestätigte Kolle.

»Kennst den Vater noch aus alten Fernsehsendungen?«, wollte Kurt wissen.

Kollerup schüttelte entschieden den Kopf. »Nein … doch … irgendwie schon, aber das war nicht meine Welt. Samstagabendunterhaltung war damals eher was für meine Eltern.«

»Er hat ja viel gemacht. Journalistenstudium, Redakteur bei einem Provinzblatt irgendwo bei Bremerhaven und dann zum öffentlich-rechtlichen Rundfunk. Irgendwie …«, Kurt stockte, nahm einen Schluck Kaffee und fuhr fort: »naja … er war ehrgeizig. Er wollte viel und bekam wenig. Immer kam ihm ein anderer in die Quere.«

»Als Reimers vor etwa 10 Jahren den Sender aufgebaut hat, war Faxe ab und zu auf der Insel, um das zu überwachen.« Kurt hob entschuldigend beide Arme und sagte: »Aber mehr weiß ich nicht, wie und warum Reimers ihn zum Chef ernannt hat.«

»Muss ja ganz gut verdient haben, wenn der Reimers unbedingt ihn haben wollte«, dachte Kolle laut nach.

»Und dann der Druck vom Vater?« Kolle kannte das. Der Vater war oft die Messlatte für die Kinder, die einen ähnlichen Beruf ergriffen. Besonders, wenn man einen Prominenten zum Vater hatte, der alles erreicht hatte, was man als Moderator, Entertainer und später Sänger erreichen konnte.

»Der Vater?«, fragte Kurt, und wiegte unentschieden seinen Kopf. »Eigentlich war es wohl Faxe selbst, der an seinem Vater zerbrach.«

Lange Pause.

»Ich habe vor zwei Wochen Onne getroffen.«

»Was macht mein Freund von Grienoog so?«

»Wir können ihn gleich mal besuchen«, schlug Kurt vor.

»Ist sowieso Zeit für einen kleinen Snack.« entgegnete Kolle mit einem Blick auf seine Uhr.

»Ach …« Kolle hob die Hand. »Bevor ich es vergesse. Seine Adressen brauche ich noch heute, damit wir nach dem Essen mit Thore und seinem Klub dort Spuren sichern können.«

»Klar, Moment.« Kurt nahm tief Luft und rief: »ILKA!« Zwei Sekunden später riss seine Mitarbeiterin die Tür auf. »Sie haben gerufen, Meister?«

»Die Adressen vom Faxe.« Als Ilka immer noch bewegungslos in der Tür stand, ihn mit einer hochgezogenen Augenbraue ansah, bemerkte er seinen Fehler. »Bitte«, lächelte er sie an.

»Gerne, Chef! Auf ihrem Handy oder ausgedruckt?«

»Auf dem Handy ist besser.« Er verdrehte die Augen und murmelte: »bitte.«

»Kommt sofort!« Sie zückte ihr Smartphone, tippte darauf herum und nach fünf Sekunden meldeten sich die Telefone von Kurt und Kolle gleichzeitig.

Kurt rief hörbar übertrieben: »Danke, Ilka! Du bist die Größte!« Ilka winkte gönnerhaft ab und verschwand wieder zu ihrem Schreibtisch.

Auf ihren Weg zu Onne kamen sie am Binnenhafen vorbei, der jetzt einsam dalag. Die Börteboote waren alle unterwegs und wuselten zwischen den beiden Schiffen, die nahe der Insel ankerten, und der Landungsbrücke hin und her. »Wird wieder voll heute.«, sagte Hinrichsen. Kolle blieb stehen und versuchte die Boote zu zählen, die jetzt zum immateriellen Weltkulturerbe gehörten. Er kam auf acht. In den 70er-Jahren war er mehrmals auf Helgoland gewesen und wusste noch, wie es aussah, wenn etwa 20 Boote unterwegs waren und die menschliche Fracht abgeliefert hatten. Er musste damals immer an die kleinen Nussschalen denken, die die ersten Europäer in der Südsee umzingelten, um Perlen, selbstgewebte Stoffe oder schöne Muscheln anzubieten. In guten Zeiten kamen bis zu vier Schiffe, und jeweils vier Börteboote pro Schiff hatten alle Hände voll zu tun. Und am Nachmittag das gleiche Schauspiel.

Heute waren es nur noch acht. Die MS Helgoland lag bereits seit einer Stunde am Südhafen. Ihre Fahrgäste waren bereits verteilt auf Insel und Düne.

»Also wenn du Hunger hast, sollten wir uns beeilen!«, rief Kurt, der bereits weitergegangen war und deutete auf die Schiffe draußen. »Wird dann eng, wenn die kommen«, fügte er hinzu.

»Wir müssen noch auf Larsson warten. Wo bleibt der nur?« Kolle zog gerade sein Phone heraus, als in der Menge die große Gestalt seines Assistenten auftauchte. Auf dem Rücken einen großen Rucksack. Er rief: »Larsson! Hier her!« und winkte. Der Gerufene sah die beiden eine Augenbraue hochziehend an und zeigte mit der rechten Hand den »Spock-Gruß« Live Long And Prosper.

»Na denn«, grunzte Kurt ungeduldig.

Im Außenbereich des »Atolls« war nur noch ein Tisch frei. Sofort flitzte ein Angestellter zu den Neuankömmlingen und begrüßte den Inselpolizisten: »Moin, Kurt. Wie immer?« Der nickte nur. Kolle bestellte eine Currywurst mit Pommes. Larsson sah unschlüssig zu den Tischen nebenan hinüber und deutete auf den Teller eines Touristen. »... und drei Pharisäer. Groß!«, konnte Kurt noch hinter dem eilenden Kellner herrufen. Larssons leiser Protest »Ich ... äh ...« per erhobenen Zeigefinger und offenem Mund verpuffte dabei.

Nur fünf Minuten später, sie hatten gerade ihre Zigaretten ausgeraucht, kam ein riesiges Krabbenbrötchen, Kolles Wurst, die weit über den Tellerrand ragte, mit einem Berg Pommes und ein Brötchen mit Heringssalat für Larsson. »Alles selbstgemacht«, bemerkte der Kellner. Mit einem »Haut rein Jungs!« huschte er wieder davon.

Kollerup wollte gerade eine Gabel voll mit Pommes in den Mund schieben, als eine tiefe Stimme hinter ihm über die Außenterrasse dröhnte: »Wer hat diese unheiligen Kaffees mit verstecktem Alkohol bestellt?«

Drei Hände schossen in die Höhe. »Aha! Dachte ich es mir doch!« Onnes Vorwurf ließ einige Gäste aufblicken, die grinsend ihren Tischnachbarn anstupsten, als sie sahen, dass der Inselpolizist auch seine Hand hob.

Kolle und Larsson sprangen auf, als der alte Freund am Tisch stand, und sie umarmten sich. »Onne! Du alter Pinselquäler!« rief Kolle lachend und Larsson stupste ihn in die Seite.

Sie kamen kaum zum Essen. »Weißt du noch …?« und »Wie geht's denn?« und dann die langen Erklärungen, weil Kurt immer fragen musste, was es mit diesem und jenem aus ihren gemeinsamen Erlebnissen auf sich hatte.

»Ja, Leute … ich muss dann mal …« Onne stand auf und erklärte: »Schließlich habe ich einen Job zu erledigen.«

»Vielleicht sieht man sich heute Abend.« stellte Kolle in Aussicht. »Wir sind ja alle hier untergebracht.«

»In diesem Nobelschuppen? Kann sich die Polizei das denn leisten?« Onne war entsetzt. Andererseits gab es ja wirklich keine größeren Hotels auf der Insel. Kopfschüttelnd über so viel Geldverschwendung ging er wieder an seinen Arbeitsplatz.

In Wahrheit waren natürlich nicht alle Polizisten hier untergebracht, sondern auch in den Pensionen und anderen Hotels. Das hatte Kurt noch heute Morgen vor ihrer Ankunft arrangiert. Und es gab ja noch das große Zelt.

Faxes Welt, Sonnabend, 13 Uhr

Als sie ihren Lunch beendet hatten, begaben sie sich zu Faxes Appartement auf dem Oberland. Larsson hatte den Schlüssel. Sie zogen sich die pinkfarbenen Handschuhe mit den farblich dazu passenden Schuhüberziehern über, bevor sie die Wohnung betraten.

Kolle nahm wieder seine »Mr. Monk Haltung« ein, während er mit zeitlupenartigen Tanzschritten sich ein Bild der Behausung machte. Alles sehr steril. Der Laminatboden blitzeblank. Bett unbenutzt. Küchenzeile wie neu. Das Bad hygienisch sauber. »Wer macht hier sauber? Larsson! Notieren. Und Fotos machen. Ihr dürft jetzt …« mit einer einladenden Geste bat er seine Begleiter hinein.

Gleichzeitig rief er Thore an. »Hey. Ich bin's. Schick mal drei Kollegen rüber. In die …« Thore unterbrach ihn offensichtlich. »… Wie bitte? Du hast mich auf dem Display? Na denn. Genau da. Otto-Dingsbums Straße 464.« Er legte auf. Schöne neue Welt, dachte er. Er vergaß immer wieder, dass sie im 21. Jahrhundert lebten. Ortungssysteme in Diensthandys.

»Seht euch mal etwas um«, sagte er zu Larsson, fügte dann hinzu: »Aber ich denke, dass es hier nichts gibt.« Etwas lustlos zogen sie Schubladen auf, öffneten Schränke. Alles leer und staubfrei. Auch der Kühlschrank war abgetaut und offensichtlich noch nie benutzt.

Zehn Minuten später kamen drei Mitarbeiter des TSB. Kolle kannte die Kollegen und fand, dass er ihnen keine Weisungen geben solle. Profis eben, die wissen, was sie zu tun hatten. Also begaben sich Kurt, Larsson und er nach unten ins Unterland. Sie nahmen die Treppe. Außerdem sei das der direktere Weg zur Dünenfähre, meinte Kurt. Sie hatten Glück. Das Helgoländer Wassertaxi wollte gerade ablegen.

Die Überfahrt dauerte nur knapp über fünf Minuten.

Kolle bewunderte die Bungalows bereits von Weitem. Ein buntes Dorf mit bunten Holzhäusern in leuchtenden Farben. Er erinnerte sich an seine Zeit als Kind, als er mit seinen Eltern regelmäßig einen Teil der Ferien hier verbracht hatte. Was für ein Unterschied zu heute. Skandinavisch anmutende Häuser. Vorne der Eingang mit großer Veranda unter dem vorstehenden Dach. Allerdings, sagte er sich, sehen heute prinzipiell alle nordisch-skandinavischen Ferienhäuser so aus. Gleiche Bauweise, gleiches Aussehen.

Faxes Wohnung befand sich im Haus Nummer 5. Ein knallgelbes Gebäude. Als sie vor dem Eingang standen, fühlte Kollerup sich wie in Bullerbü, dem fiktiven Dorf der Schriftstellerin Astrid Lindgren. Um ihn herum bunte Häuser, blauer Himmel, und aus einigen Ecken der Siedlung kam Kindergeschrei. Und die Nordsee. Eine völlig andere Welt als die Hauptinsel. Larsson hatte die Tür aufgeschlossen und wartete brav mit Hinrichsen. »Mister Monk!« rief er. »Wir wären dann soweit.«

»Ah ja, klar.« Mit einem Seufzer sagte er: »Natur ist schmutzig, Larsson.« Also zogen sie wieder ihre pinkfarbene Garnitur an. Kurt streifte einen Handschuh über, ließ ihn am Handgelenk fletschen und sagte: »So langsam gewöhne ich mich an die Farbe.«

Wie gewohnt schritt Kolle langsam über die Eingangsschwelle. Helle Einrichtung, wie in dem berühmten Möbelhaus mit dem Elch. Durch die Fenster schien die Sonne hinein und ließ alles strahlen. Besonders angezogen fühlte er sich vom großen Fenster im Wohn-Essbereich, das von der Decke bis zum Boden reichte. Eine kleine praktische Kochecke, die trotzdem alles hatte, was eine Küche braucht, vervollständigte diesen großen Raum, der oben mit den schrägen Flächen des Daches abschloss.

Gegenüber vom Eingang das Schlafzimmer und das Bad. Vom Schlafzimmer aus ging es in einen Raum mit Waschmaschine und Trockner.

Allerdings sah man es den Räumen an, dass hier jemand wohnte. Benutztes Geschirr auf der Anrichte der Küche. Ein Topf stand auf dem Herd und eine benutzte Kaffeetasse auf dem Tisch der Essecke. Sand knirschte unter den Plastiküberziehern, als er langsam durch den Raum schritt. Im Kühlschrank das Übliche: Butter, Milch, etwas Wurst und Käse. Und reichlich Früchte in der Obstschublade. Im Gefrierschrank viele Pizzen, Fertiggerichte und Brot. Guter Mann, dachte Kolle. Brot einfrieren und es hält sehr lange. In einer Ecke eine Kiste Bier mit 24 Flaschen. Zwei Flaschen leer. Dithmarscher Dunkel. In den Hängeschränken Geschirr, Nudeln, Haferflocken und Zucker. Neben dem Herd Salz, Gewürze. Alles machte den Eindruck, als ob der Bewohner mal eben außer Haus sei und gleich wiederkäme. In den Schränken unter der Anrichte Töpfe, Pfanne. Alles sah benutzt aus. Der Herd ebenso. Einige alte Fettspritzer unter der Abzugshaube. Und auf dem Boden knirschte der Sand. Das machte ihn fast wahnsinnig! Er ging in die Hocke und blickte schräg über den Boden zum Eingang. Nein. Keine Spuren. Nur seine eigenen verwaschenen Tritte waren zu sehen.

Auf einigen Sesseln lagen benutzte Kleidungsstücke. Ein Hemd und eine Hose. Das Schlafzimmer sah aus wie jedes Schlafzimmer eines Mannes. Kolle fühlte sich sofort zu Hause. Ungemachtes Bett, Socken und getragene Kleidungsstücke auf mehreren Haufen neben dem Wäscheschrank, sortiert nach Farbe.

Auch hier zweckmäßige Ordnung, wie bei ihm in der Wohnung. Alles noch Tragbare griffbereit verteilt. Er sah in den offenen Kleiderschrank. Angenehme Leere. Unten im Schrank standen fünf Paar benutzte Schuhe, und an der Stange hingen mehrere wirklich hässliche Hemden und Shirts. Vermutlich Geschenke seiner Freundinnen.

Auch im Bad das normale Chaos eines alleine lebenden Mannes.

Unterm Strich also alles normal.

Kolle stand jetzt wieder in der Mitte des großen Ess-Wohnbereichs. Etwas fehlte! Wo sind die persönlichen Dokumente? Selbst Kolle hat zu Hause Aktenordner, Unterlagen und ausgedruckte Dokumente. Nichts davon war hier zu sehen. Kein Notebook, Drucker oder Ähnliches. Selbst Faxe wird Steuererklärungen abgegeben haben, amtliche Dokumente, Steuerbescheide, von denen hier absolut nichts zu sehen war.

Nachdenklich ging er wieder vor die Tür. An Kurt gewandt sagte er: »Ich befürchte, dass wir es hier mit etwas mehr zu tun haben als nur mit einem einfachen Mord.« Kolle ließ sie an seinen Gedanken teilhaben, indem er ihnen sagte, was er drinnen gesehen, besser gesagt, NICHT gesehen hatte. »Larsson …«, begann

Kollerup, der Angesprochene hing aber schon am Telefon und beorderte die TSB auf die Düne.

Innerhalb einer Stunde war das Haus weiträumig abgesperrt und die »Weiße Truppe« tat ihre Arbeit. Auf dem Oberland war man scheinbar mit der Sicherung soweit durch, wie Kolle an der Anzahl der Mitarbeiter bemerkte, die nach und nach eintrafen. Auch Thore war dabei.

»Kolle!« Thore winkte schon von Weitem und ächzte in seinem Anzug.

«Mach langsam, Thore.« Kolle hob beschwichtigend die Arme und fügte hinzu: »Hier läuft nichts weg.«

»Ja, lustig, Kolle. Rate mal, was wir da oben gefunden haben?«

»Gold?«

»Nein!«

»Eine Million Euro?«

»Nein!«

»Beweise?«

»Ja, aber welche?«

Kolle kannte das Spiel. Sie hatten ja Zeit. Also spielte er mit.

»Eine Patronenhülse?«

»Ja. Auch, aber das meine ich nicht.«

»Hat dieses Ding die Größe einer Hülse?«

»Warm.«

»Eine vom Täter ausgespuckte Nuss?«

»Was? Nein. Kalt!«

»Sag schon, ich gebe auf.«

»Einen künstlichen Fingernagel. Rot.«

»Wo?«

»Toilette im Waschbecken.«

»Spuren am Nagel?«

»Hautschuppen.«

»Gut gemacht!«

Damit war die Sache für beide erledigt. Kolle zündete sich eine Zigarette an und gab Larsson ein Zeichen, dass sie hier nichts mehr ausrichten konnten und wieder aufs Oberland gehen würden. Inzwischen hatte es sich herumgesprochen, dass es hier etwas zu sehen gab, sodass sich kleinere Gruppen an den Wegen und Häusern gebildet hatten. Einige fotografierten, während andere mit Ferngläsern die Lage beobachteten. Kollerup konnte sich ausmalen, was jetzt in den sozialen Netzwerken los war. Viele Bilder, wilde Spekulationen und noch mehr böse Kommentare. Er winkte in einer der vielen Smartcams und Phonecams hinein und rief: »Moin! Wollen Sie ein Selfie haben? Kommen Sie!« Betreten blickten viele zu Boden, andere taten so, als ob sie plötzlich ganz tolle Wolken sehen würden.

Vom Anleger sah er jetzt Meier Eins und Meier Zwo flott den Pfad hochkommen. Scheinbar war es für beide ein Spaß, ein Wettrennen zu veranstalten. Sie sausten an ihm vorbei, bemerkten ihren Fehler und flitzten zurück. Meier Eins gewann. Überhaupt nicht aus der Puste, ganz ruhig, sicherten sie das Areal um das Haus, vertrieben die Schaulustigen mit freundlichen Scherzen.

»Schauen Sie mal, da hinten habe ich eine kleine, süße Robbe gesehen! Ja! Wenn ich es Ihnen sage! Hey! Wir lügen nicht. Wir sind die Polizei!«

Larsson und Kurt waren bereits auf der Dünenfähre und warteten. »Sag mal«, wandte sich Kolle grinsend an Kurt und wies auf die beiden Kollegen am Haus, »woher hast du die denn bekommen?«

»Gab's im Angebot. Aber ich hatte schon schlimmere Kollegen hier. Die beiden sind gründlich und extrem fit.« Dabei klopfte er sich auf seinen Bauch und lachte laut. »Jo, Kurt!«, rief der Skipper der Fähre launig.

Hinrichsen verdrehte empört seine Augen. Dieses Wortspiel mit Joghurt und seinem Namen fand er inzwischen lästig.

Ermittlungen auf Helgoländer Art

Als die Dünenfähre angelegt hatte, begaben sie sich auf das Oberland und kämpften sich dabei durch die Massen der Tagestouristen. Kurts Uniform schien ihnen dabei nicht so hilfreich zu sein, wie man denken sollte. Kolle fand, dass eine gewisse Gleichgültigkeit gegenüber uniformierten Polizisten immer mehr überhand nahm. Nicht, dass jeder vor Ehrfurcht Platz machen sollte, fand er, aber anrempeln geht nun gar nicht. Kurt schien es nichts auszumachen. Unbeirrt wie ein Schneepflug stampfte er mit den Husumer Polizisten im Schlepp durch die Urlauber.

Als sie dann in dem provisorischen Hauptquartier vor dem Studio angekommen waren, setzten sie sich im Zelt an einen Tisch und legten ihre Erkenntnisse zusammen.

Eine Stunde später kamen dann Thore und seine Leute von der Düne zurück und Gerichtsmediziner Lührssen wankte theatralisch stöhnend ins Zelt.

»Ich sage euch …« Lührssen schnappte nach Luft und fuhr fort: »Ich sage euch … diese Treppen … sind mein Tod.«

Mit einem Stöhnen ließ er sich in einen Stuhl fallen. Thore rief seine Leute per Funk zusammen und hantierte im Hintergrund an den Computern.

»Ich brauche noch ein wenig. Ihr habt noch Zeit, euch einen Kaffee zu holen«, rief er, während sich das Zelt füllte und sich eine Art Volksfeststimmung breitmachte. Es wurden Grüße, kleine Sticheleien und kumpelhafte Witze gerissen, als sich die etwa 20 Menschen wieder trafen und Kaffee holten oder sich Snacks auf Teller legten.

Als Thore Kollerup ein Zeichen gab, dass er bereit wäre, stand der Kommissar auf, stieg auf einen Stuhl und pfiff durch die Finger. Mit einem Schlag war es so still, dass man sogar das Meer rauschen hörte.

»Thore … du hast das Wort«, sagte er in diese Stille hinein.

»Also, Stand der Dinge ist folgender.« Thore stand auf und nahm einen langen Teleskop-Zeigestock zur Hand.

Es folgte ein Vortrag über die gefundenen Spuren, die anhand von Fotos belegt wurden. Das TSB war offensichtlich wie immer gründlich und sorgfältig vorgegangen. Er begann mit den Spuren des Tatortes und ging dann dazu über, die im Gebäude zu erläutern. Die Präsentation lief über die Monitore. Teilweise war eine Kamera zum Einsatz gekommen, mit der der Tatort, der Tote und andere Dinge aus mehreren Perspektiven aufgenommen worden sind. Thore wies mit dem Stock auf Details hin, die er für besonders wichtig hielt.

Es waren viele Spuren. Sehr viele Spuren. Als einige Kollegen kurz vor dem Einnicken waren, kam er zur Zusammenfassung. Damit jeder alles mitbekam, knallte er den Stock auf einen Tisch. Einige rutschen mit ihrem Ellenbogen von der Tischkante und andere verschluckten sich an ihrem Kaffee.

»Zusammengefasst wissen wir: Der Täter kam um etwa Viertel nach zehn durch die vordere Tür, versteckte sich im Serverraum, der nur notdürftig mit einem Vorhängeschloss verschlossen war. Um genau 22 Uhr und 30 Minuten huschte diese Person ins Studio und erschoss Faxe Farmsen. Fünf Minuten später kam er wieder heraus, verschloss die Servertür und verließ das Gebäude. Das wissen wir, weil offensichtlich der Täter nicht wusste, dass der Server auf dem Unterland als Backup alles speichert, was oben die Kameras aufnehmen.«

Thore nahm einen Schluck Kaffee und fuhr fort: »Anhand der Spuren können wir mit Sicherheit sagen, dass dieselbe Person mit denselben Schuhen sowohl vor einiger Zeit die Servertür aufgebrochen als auch den Mord begangen hat. Die Sohlen weisen die gleiche Größe und das gleiche Profil auf. Genauso wissen wir, dass es sich anhand von Körperprofil, Bewegungsmuster und äußerlichen Merkmalen um dieselbe Person handeln muss. Auch stimmen die Abdrücke am Klippenhang in der Gartenkolonie mit den anderen überein. Anhand der Tiefe der Abdrücke, Größe der Schuhe und den Videoaufnahmen, sind wir zu 80 Prozent sicher, dass es eine Frau war. Weil wie gesagt Bewegungsmuster, Körpersprache und alle anderen Spuren auf eine weibliche Person hinweisen.«

»Was war denn jetzt im Serverraum? Was hat die Person da gemacht? Nur gewartet?«, wollte Kolle wissen.

»So weit sind wir noch nicht. Wir werten noch die Daten aus, die wir auf den Festplatten sichern konnten. Es sieht so aus, als ob jemand etwas manipuliert hat. Das können wir aber erst mit Sicherheit sagen, wenn …

wie heißt der … ach ja … Helgo … vernommen wurde. Das ist der Praktikant, der sich um Soft- und Hardware kümmert.«

»Wie schätzt du die Größe dieser Person?« hakte Kollerup nach.

»Etwa 1,80. Plus minus vier Zentimeter. Gewicht circa 65 Kilo.«

»Gut«, sagte Kollerup und fuhr fort: »Kommen wir nun zum Toten. Lührssen? Geben Sie uns die Ehre?«

Der Gerichtsmediziner räusperte sich, erhob sich und sagte zu Thore: »Herr Carstensen? Würden Sie bitte meine Ihnen übertragenen Daten auf dem Dingsda«, er deutete auf die Monitore, »zeigen?«

Der Tote füllte jetzt alle Monitore aus. »Wie Sie unschwer sehen können«, begann der Husumer Mediziner, »wurde das Opfer erschossen. Aus etwa einen bis zwei Meter Entfernung wurde er von einer 9-Millimeter-Patrone exakt mittig auf der Stirn getroffen. Der Schusskanal lässt vermuten, dass der Schütze etwa gleich groß gewesen sein muss. Bedenkt man, dass die Hand in einer gewissen Höhe gewesen sein muss, etwa so …«, er hob eine Hand mit einer imaginären Handfeuerwaffe und machte »Plopp!« dabei.

»Eindeutig also so, wie der werte Kollege Carsten sen es anhand der Aufzeichnungen verdeutlicht hat.«

»Ich habe mir erlaubt, die Genehmigung für eine genaue Sektion von Eysenhardt einzuholen.« Er wandte sich mit belehrend erhobenem Zeigefinger an den Leiter der Mordkommission, das war zufällig Kollerup. «Scheinbar war der Kollege zu beschäftigt als sich um diese juristische Kleinigkeit zu kümmern.« Er nahm einen Schluck Kaffee und fuhr fort: »Egal. Um es kurz zu machen: Ich fand im Gehirn ein 9-

Millimeter-Hohlspitzgeschoss, das den Tod des Opfers herbeigeführt hat.« Bevor Kollerup auch nur den Ansatz einer »Habe-ich-es-nicht-gesagt-Geste« zeigen konnte, beeilte Lührssen sich, seine Ausführungen zu beenden. »Außerdem!«, er hob seine Stimme, »habe ich ein toxikologisches Gutachten beantragt und auch bereits Blut- und Urinproben nach Husum geschickt. Die Kollegen von der Wasserschutzpolizei sind sehr entgegenkommend!« Er verbeugte sich in Richtung Kurt.

»Naja ...«, wandte Kolle ein, »dass der Tod durch den Kopfschuss erfolgte, ist doch jetzt klar, oder? Warum dann ein ...«, er kam nicht weiter. Lührssen unterbrach ihn »... weil, mein verehrter Kollerup, die inneren Organe soweit geschädigt waren, dass ein Drogenmissbrauch nicht auszuschließen ist.«

»Das haben Sie gut gemacht.« Lobte Kollerup den Pathologen und setzte hinzu: »Jetzt müssen wir nur noch die Waffe finden.«

»Und die Täterin«, ergänzte Larsson.

»Und das Motiv«, meldete sich Thore aus dem Hintergrund.

Kollerup stand auf und rief: »Pause! Zehn Minuten Pause. Und dann reden wir über das Haus auf der Düne. Und natürlich über das Appartement hier auf dem Oberland. Alles klar, Leute?«

Allgemeines Stühlerücken und Unruhe machten sich breit, als sich die Menschen im Zelt verteilten. Einige gingen vor die Tür und andere bereiteten die zweite Hälfte der Besprechung vor.

Kurt, Larsson und er saßen wieder auf ihren Stühlen etwas entfernt vom Zelt tranken Kaffee und rauchten.

»Kurt, dann sollten wir langsam in deiner Dienststelle die Verhörräume vorbereiten«, sagte Kolle.

»Klar.« Der Inselpolizist zückte sein Handy und leitete alles in die Wege.

»Larsson. Sehen Sie mal zu, was Sie über Farmsen zusammentragen können, was wir noch nicht wissen. Wer ist der Vermieter des Appartements? Wer war hier mit Faxe befreundet und wer nicht? Sie können sich einen Kollegen der hiesigen Polizei ausleihen.«

»Klar, Chef.« Auch Larsson zückte sein Handy.

Lührssen kam jetzt zu ihnen mit den beiden Kollegen von der Wasserschutzpolizei im Schlepp. PM Inken Maier und POM Peter Meyer.

Kurt beendete sein Telefongespräch und wandte sich an seine Mitarbeiter. »Sie beide unterstützen bitte den Kollegen Larsson.«

Beide salutierten synchron und blickten Larsson an. Der schnippte seine Kippe fort und forderte beide auf, ihm ins Zelt zu folgen. Da die Pause gleich vorbei war, standen auch Kolle und Kurt auf und gingen zum Zelt zurück.

Als alle wieder saßen und Ruhe eingekehrt war, stand Kollerup auf und fasste die bisherigen Erkenntnisse zusammen:

»Also, mit großer Wahrscheinlichkeit hat eine Frau den Farmsen erschossen.« Allgemeines Erstaunen machte sich breit. Er setzte sich wieder und gab Thore Carstensen ein Zeichen, weiterzumachen.

»Im Appartement gab es absolut keine Spuren. Bis auf dieses Haar.« Thore hielt eine kleine Zippertüte in die Höhe. Im Hintergrund lief das Video der Spurentruppe, das sie bei ihrer Suche gemacht hatten. Unter der Klobrille. Blond. Etwa vier Zentimeter lang.

»Im Haus auf der Düne war schon mehr zu finden. Wenn wir die Spuren, die dem Opfer zuzuordnen sind, beiseitelassen …«, Thore schob eine Kunstpause ein, »… dann bleiben Fingerabdrücke von drei weiteren Personen.«

»Abgleich?« Kolle schien jetzt »Fährte aufzunehmen«, wie seine Kollegen immer hinter seinem Rücken tuschelten. Der Husumer Hauptkommissar wurde dann immer einsilbig und eindeutig.

»Leider nicht«, entschuldigte sich Thore achselzuckend.

»Sonst noch was gefunden?« War ja klar, dachte Kollerup. Registrierte Abdrücke wären jetzt der Hauptgewinn gewesen.

»Da wir uns nicht zu fein waren, den Müll zu durchwühlen, haben wir DAS gefunden.« Er zog eine große Tüte aus dem Beweismittelkarton und zeigte sie allen.

»In der Papiertonne haben wir Folgendes gefunden …«. Thore kramte einen Schnellhefter aus Pappe hervor, schlug ihn auf und las vor. »Mehrere gelbe Post-It-Zettel mit Telefonnummern, einige Kontoauszüge, mehrere A4-Blätter mit Notizen und ein Foto einer jungen Frau. Dann noch alte Zeitungen der letzten Woche.«

Kolle grübelte kurz und sagte: »Bitte alles zu mir. Ich sehe mir das noch heute mit Larsson an. Wäre nett, wenn du einen Kollegen abstellen könntest, der uns hilft. Er ging zu Thore, der ihm die Akte und die Beweismitteltüte übergab. »Fingerspuren sind gesichert. Ihr dürft euch also austoben.« Er wandte sich um und deutete auf eine Kollegin. »Stine! Wärst du so freundlich?« Eine junge Frau hob die Hand und sagte nur: »Jo.« Kolle mochte sie sofort. Kurze dunkle Haare, sportliche Figur und offensichtlich angenehm sparsam mit Worten.

Es war jetzt früher Abend, es dämmerte bereits. Kollerup als Leiter der Husumer Mordkommission beendete die Veranstaltung.

Er schärfte allerdings zuvor jedem Anwesenden ein, absolut nichts über die Ergebnisse irgendwie weiterzugeben. Er verhängte eine offizielle Nachrichtensperre. »Wenn sich die Medien melden, geben Sie denen die Nummer vom Staatsanwalt Eysenhardt. Soll der sich mit denen herumschlagen. Und …«, er wandte sich an die Leute von TSB, »gute Arbeit Leute, der Letzte macht das Licht aus. Larsson! Teilen Sie die Wachen mit Stine für die Nacht ein und wir treffen uns in einer Stunde im Restaurant im ›Atoll‹. Jetzt ist es …«, er sah auf die Digitaluhr im Zelt, »18 Uhr, und morgen früh um Punkt 9 Uhr sehen wir uns alle wieder.«

»Und wir beide«, Kolle wandte sich an Kurt, »gehen jetzt Onne besuchen.«

»Wir nehmen den Wagen«, sagte Kurt. Vor dem Zelt stand das E-Fahrzeug.

»Findest du nicht, dass wir nicht besser laufen sollten?« Kolle war etwas entsetzt, dass sie nicht das kurze Stück gehen würden. »Ach. Zu weit.« Hinrichsen winkte ab. Irgendwie haben die hier ein seltsames Gefühl für Entfernungen, dachte sich Kolle und begab sich seufzend in sein Schicksal.

»Außerdem muss ich mich in der Öffentlichkeit blicken lassen.« Kurt grinste und fügte hinzu: »Nicht, dass die Leute denken, sie könnten sich alles erlauben.« Dann schossen sie wieder die Strecke zur Klinik hinab, am Südhafen vorbei und tasteten sich durch die letzten

Gäste, die jetzt wieder zu ihren Schiffen schlenderten. Während der Fahrt rief Kolle seinen alten Freund an und sie verabredeten sich in fünf Minuten im Restaurant.

Kurt stellte das Polizeiauto direkt vor dem Eingang des Hotels ab, obwohl es einige markierte Parkplätze gab. »Wir dürfen das«, grunzte er, als ihn Kolle wiederholt vorwurfsvoll ansah.

Im Restaurant war es noch nicht so voll, und sie setzten sich einfach an einen freien Tisch an der Glasfront. Onne winkte ihnen von der Bar aus zu und rief quer durch den Raum: »Bin gleich da! Was wollt ihr trinken? Geht aufs Haus.«

Die beiden Polizisten sahen sich an. »Überrasche uns!«, rief Kurt. Sie lasen sich die Speisenkarte durch und legten sie nach einigen lustlosen Blicken wieder auf den Tisch.

Onne kam jetzt mit drei riesigen Longdrink-Gläsern, in denen eine schaumige Flüssigkeit schwappte. Die Farben erinnerten an einen Regenbogen, wie man ihn oft zusammen mit herzzerreißend süßen Einhörnern auf Geburtstagskarten sah.

Mit einem schwungvollen »Mit Empfehlung des Hauses!« bekam jeder ein Glas vorgesetzt. Das dritte nahm Onne und setzte sich zu ihnen. »Ah! Feierabend!« seufzte er.

»Äh«, Kolle wies auf die Getränke. »Was um Himmels willen ist das?«

Onne sah es sich an. Nach einer Sekunde klatschte er sich auf die Stirn und ging zur Theke. Er kam mit einem Kübel zurück und verteilte Eiswürfel in ihre Gläser und steckte jedem einen Strohhalm hinein.

»Du hast natürlich recht, Kolle. Das kann man nur mit Eis genießen.« Als er die skeptischen Blicke der beiden sah, lachte er. »Ich wollte euch überraschen.«

Er nahm sein Glas, nahm einen kräftigen Zug und stellte es mit einem wohligen Ächzen ab. Dabei vermischten sich die Farben im Glas etwas und nahmen einen braun-grauen Ton an. Kurt und Kolle beobachteten ihn. Warteten auf Nachwirkungen. Oder eventuellen Vergiftungserscheinungen. Als nach einigen Sekunden ihr Freund ihre Skepsis wahrnahm, griff er sich theatralisch an den Hals und röchelte. Dann fiel seine Stirn mit einem dumpfen Schlag auf den Tisch. Unbeeindruckt nahmen jetzt die beiden Polizisten mutig ihre Gläser und nippten mit spitzen Lippen am Drink. Schmatzend flüsterte Kolle sehr laut in Richtung Kurt: »Vielleicht braucht unser toter Onne seinen Drink nicht mehr.« Er streckte seine Hand aus, um das Glas … da schnappte die rechte Pranke vom Wiederauferstandenen zu und klammerte sich am Glas. »Gar nicht so schlecht, was?« Onne sah sie an und sagte stolz: »Meine erste Kreation als Barkeeper. Nennt sich ›Einhorns Rache‹.«

»Verrätst du uns das Rezept?« Kurt nahm einen mächtigen Schluck und wartete auf die Antwort.

Onne schüttelte den Kopf und sagte pathetisch: »Nur über meine Leiche, Herr Polizist!«

Kolle nahm den Strohhalm und rührte kräftig im Getränk. Es wurde braun. Kollerup sah es sich an. »Sieht schon besser aus«, war sein einziger Kommentar. Der Strohhalm landete auf dem Tisch und er setzte das Glas an. Als es halb leer war, setzte er ab und sagte nur: »Lecker. Verschiedene Säfte mit unterschiedlicher Dichte, die sich schichtweise absetzen und sich nicht vermischen. Obendrauf ...«, er dachte kurz nach und fuhr dann fort: » ... etwas Eierlikör und Sahne.«

Onne warf die Hände in die Luft rief: »Er nun wieder! Das sind meine alten Likör-Farben, mit denen ich sonst male.« Kurt, der gerade trank, verschluckte sich und hustete. »Scherz«, meinte Onne trocken und winkte ab.

»Es sind verschiedene Liköre aus unserem Bestand«, beruhigte er seine Freunde, und zu Kolle gewandt schnaubte er empört: »Säfte ... pah! Der einzige Saft im Getränk ist Maracuja. Prost. Hau wech!« Und schon waren die Gläser geleert.

Onne winkte zur Bar, wo seine Vertretung ihm per Handzeichen antwortete. Er sah die Polizisten an. »Jetzt zum Essen.«

Kolle protestierte: »Du weißt doch nicht, was wir haben wollen!«

»Doch, weiß ich.«

»Weißt du nicht!«

»Weiß ich doch!«

»Na? Was wollen wir denn?«

»Das, was auf den Tisch kommt.«

Der Kollege kam jetzt mit einem Wägelchen. Auf dem waren riesige Portionen Kartoffelecken, mehrere Currywürste und bunter Salat verteilt, in großen Schüsseln und Schalen. Aus seiner Kellnerschürze zauberte Onnes Kollege eine Flasche Ketchup. Kolles Lieblingsmarke auch noch!

Eine Stunde später, viele Kalauer und noch mehr alte Geschichten danach, die immer mit »Weißt du noch?« begannen, saßen drei ausgelassene Menschen an einem Tisch, der einem Schlachtfeld glich.

Und als Larsson eintrat, kochte die Stimmung noch einmal hoch.

Nachdem sich wieder alle beruhigt hatten, fragte Kollerup seinen Assistenten: »Wie läuft es mit Stine?«

»Sehr gut!«

»Wachen eingeteilt?«

»Jo, Chef.«

Kolle wandte sich jetzt an Kurt. »Habt ihr einen Tresor?«

»Klar.«

»Gut. Den werden wir brauchen.«

»Kein Problem. Momentan liegen da eh nur unwichtige Dinge herum. Ein bisschen sichergestelltes Diebesgut und etwas Haschisch.«

»Habt ihr auch einen einbruchsicheren Raum?«

»Jo. Haben wir.«

»Morgen früh gebe ich Order, alles zu dir zu bringen.«

Kurt sah auf seine Uhr und reckte sich. »Zeit für mich, zu gehen. Wird wieder ein langer Tag morgen.« Als Kurt dem Kellner winkte, um zu bezahlen, sahen ihn die anderen drei böse an. Der Inselbulle verstand, grinste und sagte: »Tschüss, Leute! War ein netter Abend.«

Es wurden die üblichen lockeren Sprüche abgegeben, wie »Mach's gut … aber nicht so oft!« und »Hau dich aufs Ohr, aber nicht so heftig!«

Als die drei alleine waren, wurde über den Mordfall geredet. Das konnten sie sich erlauben, denn es war noch Hochbetrieb, und kaum jemand achtete darauf, um was es ging. Larsson berichtete, was er bis jetzt wusste.

»Also, der Farmsen hatte viele Bekannte auf Helgoland. Mal abgesehen von den Mitarbeitern des Senders. Engere Freunde eher weniger. Eine Frau, Jule Reimers …«

»Warten Sie mal!«, wurde er von Kollerup unterbrochen, »die Tochter des Reimers, dieser Millionär, dieser …«

Larsson ließ sich nicht beeindrucken.

»Ja, genau der«, fuhr er unbekümmert fort. »Seine Tochter war vor einigen Jahren hier auf der Düne als Nationalpark-Rangerin tätig. Lebt jetzt wieder in Hamburg.«

»Sie mal einer an!«, rief Onne. Dann erzählte er von den Gerüchten auf der Insel, von denen er in den letzten Tagen erfahren hatte. Das konnte er gut. Über Small Talk Dinge erfahren.

»Die beiden«, berichtete er, «also der Farmsen und die Jule, hatten ein Verhältnis. Muss was Ernstes gewesen sein, wie man mir erzählt hat. Aber irgendetwas ist dann geschehen, was die Reimers dazu veranlasst hatte, hier alles abzubrechen.«

»Wann war das etwa?«, wollte Kolle wissen.

»Das muss zu der Zeit gewesen sein, als Farmsen den Sender aufgebaut hatte. Also vor etwa vier Jahren.«

»Haben die beiden zusammengelebt?« hakte Larsson nach, zückte sein Smartphone und notierte sich etwas.

Onne nickte. »Ja. In dem Haus, in dem der Tote gelebt hat.«

»Dann könnte es doch sein, dass die noch einen Schlüssel hat?« Während sich Larsson weiter Notizen machte, stellte er ohne aufzusehen seine Fragen.

Kolle war es ganz recht, dass Larsson Initiative zeigte. So hatte er ihn »erzogen«, wie er sich immer ins Gedächtnis rief, wenn sein Assistent ihn mit intelligenten Fragen überraschte.

»Wartet mal«, schritt er ein. »Selbst wenn die Jule noch einen Schlüssel für das Haus hätte, hatte sie mit

Sicherheit nicht den Code der Eingangstür des Senders. Der wurde von Helgo vor etwa einem Jahr geändert.«

Kolle dachte nach. »Larsson, lassen Sie von den Kollegen in Husum überprüfen, ob die Reimers in den letzten Jahren auf Helgoland war.«

»Klar, Chef.« Larsson stand auf und telefonierte vor der Tür mit dem zuständigen Kollegen in Husum. Es war jetzt zwar fast elf Uhr, aber ein guter Polizist war immer im Dienst.

»Tja, Onne … und sonst so? Gut eingelebt?«

»Och …«, wich Onne aus.

»Naja …«, lenkte Kolle ein und fuhr fort: »… Ist ja eh nur ein Zeitjob. Ich weiß. Aber … wie behandeln dich die Leute hier?«

»Der Job hier ist super. Tolle Kollegen, der Chef ist kaum anwesend und das Geld ist in Ordnung. Und so lange bin ich ja noch nicht hier. Helgoländer sind sehr verschlossen gegenüber Fremden. Aber wenn man das richtige Thema hat und sie erkannt haben, dass Kleinwüchsigkeit nichts Ansteckendes ist … kommt man gut mit denen zurecht.«

Larsson kam wieder herein. Er ließ sich viel Zeit. Er trank etwas, setzte das Glas langsam ab. Onne und Kolle wurden jetzt doch etwas ungeduldig. »Lassen Sie sich Zeit! Soll ich Ihnen noch Essen bestellen?« Onne hob einen Arm. Larsson grinste ihn an und winkte ab und murmelte: »Jule Reimers ist tot.« Er seufzte.

Kolle war am Boden zerstört. »Woran ist sie gestorben?«, wollte er jetzt wissen.

»Schiffsunfall«, erklärte sein Assistent und fuhr fort: »Vor drei Jahren. Sie war mit der Segelyacht ihres Vaters auf der Nordsee nach Helgoland unterwegs. An Bord waren ihr Vater und ein paar Freunde. Einer der Freunde hieß Alexander Nansen, ein anderer Claas Horn. Irgendwo kurz vor Helgoland kenterte das Schiff. Sie wurde nie gefunden.«

Kollerup erinnerte sich an diesen Fall. Riesenaufregung in den Klatschblättern. Die Überlebenden wurden in einem Schlauchboot aufgegriffen. Angeblich wurde das Schiff von einem herumtreibenden Trümmerstück oder einem Container, den vermutlich ein Schiff verloren hatte, getroffen. Einen Container fand man später mehrere Kilometer entfernt im Wasser. Es wurden Kratzspuren daran entdeckt, die die Geschichte plausibel machten. Es kommt immer öfter vor, dass Schiffe teilweise oder komplett ihre Fracht verloren. Manchmal fand man solche Container am Strand oder andere trieben über Jahre auf den Meeren herum.

Warum sich die Tochter vom Reimers nicht retten konnte, wurde nie gänzlich aufgeklärt. Da aber die Aussagen der Überlebenden plausibel und glaubhaft waren, legte man den Fall als tragischen Unfall zu den Akten. Man fand zwar heraus, wem der Container zuletzt gehört hatte, aber wie so oft gibt's auch unter den Containerreedereien schwarze Schafe. Es wird »vergessen«, die Ladung ordnungsgemäß zu registrieren oder es tauchen zwei identische auf. Es ließ sich nie aufklären, wem der Container gehört hat, vor allem auch deshalb, weil er leer war. Ein leerer Container auf dem Meer ist so selten wie einen Diamanten am Strand zu finden.

Ihm fiel etwas siedend heiß ein. »Claas Horn?« fragte er in die Runde.

Larsson dachte nach und nickte. »Ja. Ein Claas …« Er schlug seine Hände über den Kopf zusammen und murmelte: »Mann, bin ich doof!«

»Halten wir fest ...« Kolle war jetzt hellwach. »... Claas Horn fand den Toten. Auf Video ist das nicht zu sehen, weil sich die Überwachungskameras um 5 Uhr abschalten. Dieser Horn ist ein Bekannter vom Reimers. Und jetzt Chef des Senders. Er war dabei, als Jule Reimers unter seltsamen Umständen verschwand oder ums Leben kam.«

»Vergessen wir nicht diesen Alexander Nansen.« mahnte Onne.

»Stimmt!« Kolle sah ihn lobend an. »Gibt's ein Bild von diesem Nansen, Larsson?«

»Nein, nicht in unserem System. Aber ich suche noch weiter.«

»Ein Bild von der Jule wäre auch nett«, bat Kolle.

»Ja, Chef.« Larsson sah dabei nicht auf, sondern tippte konzentriert auf dem Smartphone herum. Er drehte es um und zeigte das Bild herum. »Aus dem Führerscheinregister«, erläuterte er. Eine dunkelhaarige junge Frau. Ausdruckslose Miene. Biometrisch eben.

»Sehen Sie mal zu, ob sie ein besseres finden«, bat Kolle seinen Assistenten. Er sah auf seine Uhr. Zeit zu gehen. Mitternacht.

Er klopfte auf den Tisch. »Ich muss dann mal.«

»Hol di!« Onne hob eine Hand. »Wir sehen uns.«

»Jo.«

Larsson stand ebenfalls auf. »War ein langer Tag.«

Wenig später hatten beide ihre Zimmer gefunden. Kolle ließ sich einfach aufs Bett fallen, als die Tür hinter ihm ins Schloss gefallen war.

Während ein schnarchender Hauptkommissar Bretter zersägte, war es an anderer Stelle der Insel weniger leise.

Helgoland-Oberland, Kneipe »Sandlöper«, Sonnabend, 24 Uhr

Max Morlock war um Mitternacht ziemlich betrunken. Er hing mehr, als dass er saß, auf einem Barhocker im »Sandlöper«, und es lief das bekannte Shanty »The drunken sailor« in voller Lautstärke. Mit ihm zusammen grölte die voll besetzte Kneipe den Refrain. Einige schlugen so heftig mit ihren Gläsern beim »Hooray« auf die Tische, dass das Bier weit herausspritzte. Kurz gesagt: Es war eine Riesensauerei. Aber eine lustige Sauerei.

Es begann am Nachmittag, als es sich auf Helgoland herumgesprochen hatte, dass Farmsen ermordet wurde. Als die Tagestouristen fort waren, die Börteboote versorgt und alle nötigen Tagesarbeiten erledigt waren, traf man sich in der jeweiligen Stammkneipe. Die einen auf dem Unterland im »Bunten Seehund«, die anderen oben im »Sandlöper«.

Man traf sich in der Kneipe, nickte sich wortlos zu und bestellte ein Bier und einen Korn. Andere tranken Bier und Aquavit. Aber immer Bier und einen »Kurzen«. Wortlos wurden Frikadellen gereicht. Oder Fischbrötchen. Man kaute und schluckte traurig vor sich hin. Im Hintergrund dudelten wahlweise Rockoldies oder Shanty. Je später der Abend wurde, je mehr sich der Alkohol durchsetzte, desto gesprächiger wurden die Leute der beiden verfeindeten Gruppen. Bei den »Pro Inselvereinigern« und bei den Gegnern der Inselverbindung kursierten Gerüchte, die immer verwirrender wurden, je später die Nacht wurde. Immer abenteuerlichere Verschwörungstheorien wurden kreiert. Und immer waren »die anderen« schuldig. Entweder »die da oben auf dem Oberland« oder »die da unten am Strand«. Man trank und redete sich in Rage.

Jens Prigge stand breitbeinig an der Theke im Bunten Seehund. Mit rotem Kopf reckte er eine Hand mit seinem Bierglas in die verräucherte Kneipenluft und schrie aus vollem Hals: »Die da oben haben UNSEREN Faxe auf dem Gewissen! Dafür sollen sie büßen!« Totenstille. »Was meinst du genau?«, rief jemand. Jens zuckte mit den Schultern. »Keine Ahnung. Von uns war es keiner. Nicht wahr?« In dem Moment knallte »We will rock you« aus den Lautsprechern. Einige winkten ab und lachten grölend dabei. »Dazu haben die doch keinen Mumm!« hieß es und: »Die Memmen haben doch mehr Schiss als Mut!«

Einige rückten von Jens an der Theke ab. Mit so einem Spinner wollten sie nichts zu tun haben. »Den kann man nicht ernst nehmen. Der ist doch hackedicht.« murmelten sie. Aber andere nickten mit grimmigen Gesichtern und steckten ihre Köpfe zusammen.

Als Jens etwas später aus der Toilette kam, zogen ihn einige ins Freie. »Hey! Wassn?« lallte er dabei. Er erkannte mit Mühe drei Kollegen. Die waren nicht so betrunken wie er. Zumindest schwankten sie nicht so wie der verdammte Boden unter ihm. »Nich so laut!« zischte einer von ihnen. »Wassn?«, wollte Jens wieder wissen. »Wir statten denen da oben jetzt einen Besuch ab.« »Oh ...« Jens verstand so langsam. »Meint ihr, die hamm nochwassu trinken?« »Klar!«, behauptete jemand. Das überzeugte Jens und er brummte zustimmend. Also zogen um Mitternacht drei angetrunkene

Börtebootfahrer in Richtung Oberland. Unterwegs wurde ein Flachmann herumgereicht und sich gegenseitig Mut gemacht. »Ach! Die schaffen wir!« und »Die können was erleben!« flüsterten sie sich zu.

Im »Sandlöper« spielten sich ähnliche Szenen ab. Leichtsinnigerweise fühlte sich Max nicht mehr an sein Wort gebunden, welches er dem Toten gegeben hatte. So plauderte er lauthals aus, dass Farmsen die Seiten wechseln wollte. Er war also plötzlich einer von ihnen. Nach einer ruhigen Viertelstunde, in der heftig darüber debattiert wurde, was das denn nun bedeuten würde, kam man zu einem Ergebnis: Die da unten wussten vom Seitenwechsel des Moderators und hatten also einen Grund, sauer zu sein. Man zählte eins und eins zusammen, und man kam auf vier.

In diesem Moment flog ein Stein durch eine Fensterscheibe und landete im Bier vom Morlock. Das Erwartete geschah: Nach einer Schrecksekunde stürzte das komplette Lokal vor die Tür.

Dort standen vier völlig Betrunkene Arm in Arm und grölten »We will rock you«. Max und seine 20 zornigen Gäste sahen sich perplex an und schmunzelten. Jemand unter ihnen stimmte »The drunken sailor« an, und nach den ersten Zeilen stimmten alle mit ein.

Gerade als Kurt zu Hause im Bett lag und tief schlummerte, klingelte das Telefon. Halb zwei. Er fluchte ins Telefon: »Wer, verdammt noch mal, stört mich!« Ein Kollege von der Bereitschaft. Auf dem Oberland gab es Beschwerden über eine Ruhestörung. Als der Kollege dort auftauchte, eskalierte die Situation, und er wurde mit Flaschen beworfen. Kurt seufzte und fragte: »Wo ist das?«

»Auf dem Oberland, beim ›Sandlöper‹.«

»Wo sind Sie jetzt?«

»Im ›Sandlöper‹.«

»Sie haben sich dort verschanzt?«

»Ja! Also Schusswaffe wäre ja übertrieben.« Kleinlaut setzte er hinzu: »Außerdem hatte ich sie nicht dabei.«

»Also gut. Ich komme.«

Kurt rief Meier Eins an und forderte sie auf, dort schnellstens zu erscheinen. »Ich bin auch gleich dort.«

Fünf Minuten später standen er und Meier Eins in sicherem Abstand zum »Sandlöper«. Aus einer Hausecke heraus beobachteten sie, wie knapp 30 sichtlich betrunkene Männer Seemannslieder mit fragwürdigem Inhalt sangen. Nicht ganz so robuste Gemüter würden die Texte als »schmutzig« oder »versaut« bezeichnen. Kurt sah seine Kollegin an und gab ihr Zeichen, ihm zu folgen.

Zunächst waren die Sängerknaben zu beschäftigt, um die beiden Polizisten zu bemerken. Erst als Kurt aus Leibeskräften total asynchron textlich dagegenhielt, drehte sich jemand um und verstummte. Er stupste seinen Nachbarn an und deutete mit dem Daumen auf die Polizisten. Nach und nach verstummte der Gesang, als die Stupserei und Daumendeuterei um sich griff.

»Leute …« Kurt sah sie mit vorwurfvollen Blicken an und fuhr fort: »Müsst ihr morgen …«, er verbesserte sich, »… heute nicht wieder früh raus?«

Er deutete auf Jan und auf Max. »Ihr beiden? Was läuft hier?«

Die Angesprochenen sahen sich an und grinsten. Plötzlich prusteten sie los und mussten sich gegenseitig stützen. Kurt hatte die Nase voll und befreite den

Kollegen, der sich in der Kneipe in Sicherheit gebracht hatte. »Mit Ihnen rede ich morgen! Jetzt gehen Sie mir aus den Augen!« schnauzte er ihn vor der Tür an. Kleinlaut schlich der sich davon.

Inzwischen hatten sich ein paar Zaungäste eingefunden. Endlich mal was los auf Helgoland! Auch Hilde, die Frau von Jens Prigge, war dabei. Jemand hatte sie angerufen und ihr offensichtlich gesagt, dass sie ihren Mann stockbesoffen abholen könne. Als sie ihm gegenüberstand, wurde er plötzlich nüchtern. Es fiel kein Wort zwischen ihnen. Sie sah ihn an und zeigte ihm, wohin er sich jetzt aus dem Staub machen sollte. Mit hängenden Schultern folgte Jens ihr in Richtung Unterland.

Bevor Jens aus Hörweite war, rief Kurt ihm hinter: »Morgen um zehn bei mir! Verstanden?«

»Der kommt! Da kannst du Gift drauf nehmen!«, dröhnte Hildes Stimme durch die leeren Gassen.

»Also Max, was gab es hier?«

Max blies die Wangen auf und ließ die Luft mit einem »Puh ...« entweichen. »Tja, wir saßen gemütlich zusammen als plötzlich eine Scheibe mit einem Stein ... also wir können das nicht erklären ... da standen die vier Typen vor der Tür. Ich schwöre!« Zustimmendes Gemurmel folgte.

»Und dann?«, wollte Kurt wissen.

»Dann haben die gesungen!«

»Gesungen?«

»Ja Chef, ich schwöre! Irgend so ein Titel von Queen.«

»Queen ... warum sollte die Queen hier auf ...« Er wurde unterbrochen. »Nein! Die Band Queen!«

»Das geht natürlich nicht.« bestätigte Kurt todernst.

»Sag ich doch! Und dann haben wir es denen mit ordentlichen Shanties …«

Kurt hob die Hand. »Stopp!« Was machte er eigentlich hier?

»Geht nach Hause. Mach die Kneipe zu und Schluss für heute!«

Damit war die Sache für ihn erledigt. Er bedauerte schon jetzt die Tagesgäste, die mit einem Börteboot übergesetzt werden wollten.

Am nächsten Morgen wurden die Polizisten mit Nieselregen begrüßt. Erstaunlicherweise war es, völlig untypisch für einen März auf Helgoland, über zehn Grad warm. Laut Wetterbericht sollten es an diesem Tag bis zu 15 Grad werden, mit viel Sonne.

Kollerup stand nahe am Klippenrand und blickte Richtung Westen. Es war Niedrigwasser. Eine bizarre Landschaft breitete sich vor ihm aus, die wie eine Science-Fiction Kulisse für einen dystopischen Film wirkte. Von der Südspitze bis zur Nordspitze erstreckte sich eine Landschaft, die von mehreren hundert Meter langen, tiefen Furchen geprägt war. Als ob ein Bauer mit einem Pflug durch seinen Acker gefahren war. Nur, dass diese »Kratzer« Felsformationen waren, die für den Helgoländer Felssockel typisch sind. An solchen Tagen konnte man sich gut vorstellen, wie es hier vor 8000 Jahren ausgesehen haben musste. Helgoland war damals größer und von einer endlosen Grasebene umgeben. Wie der australische Ayers Rock muss der Fels als leuchtend rotes Wahrzeichen und einziger Anhaltspunkt in dieser flachen Umgebung gewirkt haben. Alte Mythen berichten von Flüssen, die von diesem 50 bis 60 Meter hohem Plateau an der Kante hinabstürzten.

Für die damals nomadisch lebenden Menschen muss er zwangsläufig etwas Mystisches gehabt haben.

Aber 8000 Jahre Erosion verwischten diese Spuren, der Meeresspiegel stieg nach dem Ende der letzten großen Eiszeit und Helgoland blieb als Orientierungspunkt der Seefahrer und Fischer.

Mit einem Seufzer drehte sich der Hauptkommissar um und bemerkte, dass vor dem Zelt der Ermittlungsgruppe bereits ein reges Hin und Her herrschte.

Seine Nacht im Hotel war überraschend angenehm und das Frühstück absolut sensationell gewesen. Wehmütig gingen seine Gedanken zurück zu einem Fall auf einer Hallig. Sprechende Duschen und intelligente Toiletten gab es hier nicht. Aber einen sprachgesteuerten Fahrstuhl. Einfach zu bedienen. Man musste nur das Stockwerk sagen.

Heute hatte er versuchsweise genuschelt.

»Restrant«, hatte er sehr schnell durch die Zähne gezischt. Ohne zu klagen hatte der Fahrstuhl ihn zum Restaurant befördert.

Vor dem Hauptquartier der Husumer Ermittler traf Kolle seine Kollegen Kurt, Larsson, Lührssen und den TSB-Chef Thore Carstensen. Lührssen gab wieder einmal eine seiner Anglerlatein-Geschichten zum Besten.

»… Und gerade als ich den fetten Burschen, der war mindestens zwei Kilo schwer, aus dem Wasser hatte, kam ein Hai und schnappte ihn mir weg! Ist das zu fassen? Mit Haken und einen Meter Leine!«

Kollerup grüßte unbeeindruckt die Runde: »Moin.«

Ein vierfaches Echo kam zurück.

»Alles klar?«, fragte er.

Kurt sagte genervt: »Wie man's nimmt.« Er berichtete von den Ereignissen in der Nacht.

»Reden wir gleich drüber. Larsson und ich haben gestern noch etwas Erstaunliches herausgefunden.«

Kurt winkte ab. »Weiß ich schon.«

Kolle sah seinen Assistenten an, der unschuldig in die Luft starrte. »Äh … ja … gut, dann machen Sie nur weiter so, Larsson.« Eigentlich war es ihm Recht, dass Larsson Eigeninitiative zeigte.

Gemeinsam gingen sie zum morgendlichen Briefing, wie man sich heute auszudrücken pflegt.

Sie begannen dort, wo sie gestern geendet hatten. Nachdem Thore eine Kurzfassung des Ermittlungsstandes zum Besten gegeben hatte, stand Kollerup auf.

Er ging nach vorne und berichtete allen, was sie ermittelt hatten. Er erwähnte Jule Reimers und die Umstände ihres mutmaßlichen Todes. Er nannte auch die Namen der Mitreisenden, die sich an Bord des verunglückten Segelbootes befunden hatten.

»Wir müssen also Claas Horn befragen und diesen Alexander Nansen. Larsson!«

Larsson sprang auf und war ganz Ohr.

»Suchen Sie diesen Nansen. Zusammen mit der netten Kollegin. Finden sie alles raus. Also welchen Bezug der zu dem Toten hat und …«

»Alles klar, Chef«, unterbrach ihn Larsson, der bereits auf Hochtouren lief. »Ich mach das dann mit Stine.« Er gab der Kollegin ein Zeichen und beide eilten mit zusammengesteckten Köpfen nach draußen. Sie hatten sich inzwischen in der Wache der Wasserschutzpolizei einen Arbeitsplatz organisiert, wo sie in Ruhe arbeiten konnten.

Außerdem gab er die Order aus, dass jeder, der irgendwie mit Farmsen zu tun hatte, befragt werden müsse. Ohne Ausnahme. Nachbarn, Kollegen und Bekannte auf der Insel und auf der Düne.

Dann bat er Kurt, über die beiden verfeindeten Gruppen zu berichten. Der referierte kurz und knapp über das Projekt Gemeinsame Insel des Hamburger Millionärs Reimers, die Rolle von dessen Tochter in dem Fall und auch, dass seit dem Bürgerentscheid die Insel gespalten war. Er umriss die Probleme, die bisher unterschwellig köchelten. Dann kam er zu dem Ereignis der letzten Nacht.

»Gottlob waren die Beteiligten total dicht. Es hätte auch anders enden können.« beendete er sein Kurzreferat.

»Kurt …«, meldete sich Kollerup, »… die Beteiligten hattest du ja zu dir bestellt. Darum kümmern wir uns dann anschließend.«

Ungefragt stand jetzt Lührssen auf und sagte, dass es bei der toxikologischen Untersuchung des Mageninhaltes und der inneren Organe keine neuen Befunde gegeben habe.

»Der Mann war in einer erstaunlich guten körperlichen Verfassung. Aber …«, der Mediziner machte eine Kunstpause und fuhr dann, als er sicher war, dass ihm alle aufmerksam ansahen, fort: »… Im Blut wurden Stoffe gefunden, die den Schluss nahelegen, dass Farmsen Drogen in allen Variationen zu sich genommen haben musste. Es wurden zwar keine Einstichstellen gefunden, womit klar ist, dass er sich das Zeugs oral …«

Kolle unterbrach ihn: »War der Mann abhängig?«

»Es wurden wie gesagt keine diesbezüglichen Veränderungen der Organe oder des Gehirns festgestellt. Also können wir nicht von einem dauerhaften Missbrauch reden. Nein, ich gehen davon aus, dass er nicht abhängig war.«

»Also gut.« Kollerup dachte kurz nach. »Das heißt, wir müssen ermitteln, woher er die Drogen bekommen hat.«

Auch das noch! Kolle dachte sich, dass der Kreis der Verdächtigen nun doch größer war als erwartet.

Thore hob jetzt die Hand mit seinem Smartphone. »Kolle. Eysenhardt an der Strippe!«

»Auf den Schirm!« Das wollte Kolle schon immer mal sagen. Mit einem Zeigefinger deutete er auf den Hauptmonitor. Nur einen Moment später blickte, wie eine göttliche Inkarnation, Staatsanwalt Eysenhardt auf die versammelte Mannschaft.

»Kollerup!«, dröhnte seine Stimme. Der stand auf und salutierte: »Oui, mon général!«

»Stehen Sie bequem, Kollerup. Also, was haben wir?«

»Mord. Kopfschuss. 9-Millimeter. Waffe noch nicht gefunden. Fundort ist Tatort. Verdächtige werden noch heute befragt. Alles deutet auf eine Beziehungstat hin. Aber wir ermitteln in alle Richtungen. Das war es. Ende.« Es war das uralte Spiel zwischen den beiden. Natürlich musste Kollerup nicht strammstehen. Aber … Eysenhardt hatte da eine Schwachstelle. Es schmeichelte ihm, wenn man ihn als »Napoleon der Staatsanwaltschaft« behandelte. Er mochte es kurz, knapp und militärisch.

»Gut so. Weitermachen!« Schwupps, war er schon weg.

»Ihr habt es gehört! Weitermachen!« rief Kolle, was die Anwesenden erheiterte.

»Wenn man bedenkt, dass wir jetzt uns einen netten Tag gemacht hätten, hat er ja nicht unrecht«, murmelte der Kommissar und beendete das morgendliche Briefing.

»Lührssen!« Der sah auf und sagte: »Herr Professor Doktor, bitte. So viel Zeit muss sein.«

»Herr Professor Doktor Lührssen. Würden Sie bitte dafür sorgen, dass der Tote nach Husum transportiert wird?«

»Klar doch, Herr Kollerup. Noch Wünsche?«

»Ja. Bitte eine ausführliche und exakte Untersuchung. Also alles das, was hier nicht möglich war. Am besten noch heute.«

»Soll ich ihn auf dem Rücken festbinden und schwimmen?«

»Wann wären Sie dann in Husum?«

»Morgen früh vielleicht.«

»Ach … nein, das wäre zu spät. Kurt, habt ihr gute Verbindungen zu der hier stationierten Bundeswehr?«

Der Inselbulle grinste. »Rein zufällig, ja.« Und schon hing er am Telefon. Zwei Minuten später legte er auf. »Ein Helikopter der Luftrettung steht in 15 Minuten bereit.«

»Veranlassen und begleiten Sie den Transport«, wandte sich Kollerup an den Mediziner. Er fügte ein »Bitte« mit treuem Augenschlag hinzu.

Damit war diese Angelegenheit für Kollerup erledigt. Jeder wusste, was nun zu erledigen war. Zeit für eine Pause.

»Äh … Kurt! Pause!«, rief er Hinrichsen zu. Der Kollege telefonierte gerade und machte ein Handzeichen, dass er gleich für ihn da sein würde. »Ja, Ilka, ja, sie sollen warten!« blaffte er ins Telefon. »Meine Güte, sag ihnen, dass sie dann eben Ersatz finden sollen. Es geht hier um Mord!« Genervt beendete er das Gespräch. An

Kolle gewandt erklärte er: »Prigge und Morlock warten und werden zappelig.«

»Die beiden Streithähne von gestern Nacht? Kannst du das übernehmen? Ich sollte mich jetzt um die Befragungen der Anwohner und Nachbarn kümmern.«

»Klar kann ich das«, versprach Kurt.

Nach einer Zigarettenpause und zwei Bechern Kaffee sprach er mit Thore. »Sag mal, wo sind die Leute, die sich um die Nachbarn kümmern sollten?«

Thore sah von der Tastatur hoch und deutete zu einer Gruppe von zehn Beamten, die an einem Tisch saßen. Neben dem Tisch eine Karte vom Oberland und eine der Düne.

»Moin, Leute. Alles klar?« grüßte er in die Runde. »Also…«, fuhr er fort, »wie ist bei euch der letzte Stand?«

POM Andreas Neureich hob die Hand und sagte: »Wir haben gerade die Adressen verteilt.« Er zeigte die Stellen auf der Karte, die alle im Umkreis des Appartements lagen, das scheinbar nie von Farmsen betreten worden war. »Danach werden wir auf die Düne gehen und dort herumfragen. Es gibt ja nur einige Häuser, die feste Bewohner haben. Kann also nicht so schwer sein.«

»Sehr gut! Dann läuft das ja.« »Und heute Nachmittag dann bitte euren Bericht. Okay?«

»Klar, Chef!«

»Wenn ihr etwas Bahnbrechendes erfahren solltet, bitte mich sofort anrufen!«, schärfte er ihnen zum Abschluss ein.

Im Restaurantbereich des »Atolls« bereitete sich die Crew auf die Tagesgäste vor. Es herrschte ein gut geregeltes Chaos. Bestände wurden kontrolliert, Bestellungen getätigt und die letzten Gäste des Frühstück-Buffets hinauskomplimentiert. Tische wurden vorbereitet, neu gedeckt und zwischen diesem überschaubaren Trubel rollte Onne vor sich hin pfeifend ein neues Fass Bier zur Zapfanlage an der Bar. Ohne Mühe stellte er es aufrecht und schob das leere Fass unter der Bar zur Seite. Er mochte diese Arbeit. Handfest und sinnvoll. Ein leeres Fass gegen ein volles tauschen. Nachdem er damit fertig war, überprüfte er ein letztes Mal seine Spirituosen, Säfte und ob er genug Gläser hatte.

Als er gerade auf der Leiter stand, um ganz oben auf dem Regal einige Flaschen dekorativ mit dem Etikett nach vorne zu drehen – in der Beziehung war er sehr genau – gab es eine heftige Erschütterung. Die Leiter vibrierte bedenklich, und er beeilte sich, festen Boden unter die Füße zu bekommen. Als er sah, wer dafür verantwortlich war, holte er zu einem rechten Haken aus und stoppte um Haaresbreite vor Kolles Kinn. Das war einer von Kolles seltsamen Späßen: an der Leiter rütteln und Leute erschrecken. Der Husumer Kommissar grinste und tippte sich grüßend an die Stirn.

»Moin, Onne. Wir müssen reden.«

»Setzt dich schon mal nach draußen. Ich komme dann sofort. Bier?«

»Nein, noch zu früh. Kaffee, groß und schwarz. Handgefiltert!« Kollerup erhob dabei seine Stimme.

»Klar, Kolle. Kommt. Muss nur noch mein Abi nachmachen.«

»Ja, mach mal. Zwergen-Abi?«

»Ich geb' dir gleich mit der Zwergenfaust ...« Aber Onne wusste, dass sein Freund es nicht beleidigend gemeint hatte.

Mit einem »So, schwarz, heiß und handgepflückt.« Wurde zehn Minuten später ein Kaffeebecher auf den Tisch geknallt.

Erst als der Becher halb leer war, kam Kolle damit raus, was er wollte.

»Das meiste hattest du ja schon über Farmsen erzählt. Wir wissen jetzt auch einiges mehr über den Toten. Fällt dir irgendetwas ein? So wie es aussieht, war er der Maria aus Huana nicht abgeneigt. Hast du da was läuten hören, wer das hier verkauft?«

»Brauchst du Nachschub?«

Kolle winkte ab. »Nein. Ich bin versorgt. Medizinisches Zeugs. Nicht so gefährlich.«

»Also wenn du so fragst, solltest du mal den Morlock fragen oder seinen Kumpel Arne. Als Börteboot-Fahrer hat man ja so einige Möglichkeiten. Jemand an Land packt das in bestellte Ware. Das wird hier von dem Arne oder dem Max ausgeladen, an Land gebracht, und schon sind 500 Gramm feinstes Zeugs auf Helgoland.«

»Ach. So einfach?« wunderte sich Kolle.

»Naja … Kurt hat mir unter der Hand gesagt, dass er schon seine Pappenheimer kennen würde. Und auch die Kollegen in Büsum haben das unter Kontrolle. Die wollen ja die Quelle und keine Endverbraucher.«

»Wie oft ist der Farmsen auf dem Festland gewesen? Ich meine …« Kolle deutete vielsagend mit ausgebreiteten Armen auf den Felsen hinter ihnen und fuhr fort »… sein Leben lang hier? Da wird man doch zeitweise … wie soll ich sagen … rammdösig?«

»Die, mit denen ich gesprochen habe, sagten mir, dass er so etwa einmal im Monat nach Hamburg gefahren ist. Er hätte sich zwar ein Flugticket leisten können, aber er wollte wohl altmodisch reisen.«

Kolle nickte vielsagend, trank den Kaffee, schnalzte mit der Zunge und stand auf. Als er sein Geld zücken wollte, knurrte Onne böse. Unbeeindruckt nahm Kollerup einen Fünf-Euro Schein, legte ihn auf den Tisch und rannte plötzlich los. Onne sah ihm grimmig hinterher, nahm den Schein und steckte ihn einer gerade vorbeikommenden Kollegin von ihr unbemerkt in die Kitteltasche.

Der Tag nach dem Mord

Unser »Mann in Schwarz«, mit bürgerlichen Namen Alexander Nansen, war sehr nervös. Er saß im Außenbereich irgendeines Cafés auf dem Oberland. Er hatte nicht darauf geachtet, wie es hieß und wo es war. Als die Gerüchte über den Tod des Radiomoderators durch die Helgoländer Gemeinde gingen, traf es ihn hart, als er heute Morgen seinen morgendlichen Spaziergang absolvieren wollte. Nach dem Frühstück in der Pension »Knieper« kam er gerade an der Rezeption vorbei, als Käthe ihn ansprach. Sie duzten sich inzwischen und hatten ein herzliches Verhältnis aufgebaut.

»Schon gehört?«, rief sie durch die offene Tür des Büros. Er blieb stehen.

»Was denn?«

Käthe kam heraus und beugte sich am Tresen vor. Sie flüsterte: »Faxe ist tot. Die Polizei hat da oben am Sender alles abgesperrt. Die Kripo aus Husum ist auch schon da.«

Alexander war wie benommen. Seine Gedanken flitzten durcheinander und fanden keinen Halt.

»Welcher Faxe denn?«, tat er unschuldig.

»Na! Unser Radiomoderator und Betreiber des Senders Felsenfunk!« Dabei deutete sie auf die Deckenlautsprecher, aus denen leise Popmusik rieselte.

»Oh.« Alexander machte ein betroffenes Gesicht und sagte zu Käthe: »Tut mir leid. Wusste ich nicht.« Er wandte sich zur Tür und drehte sich noch einmal um.

»Weiß man schon, wer es war? Oder hat man Verdächtige?«

Käthe schüttelte den Kopf. »Nein. So wie ich gehört habe, tappen die noch im Dunklen.«

»Hier auf Helgoland!«, rief er entsetzt und setzte hinzu: »Wer macht denn so was?«

Darauf hatte Käthe auch keine Antwort. Dann musste er schnell raus. An die Luft.

Jetzt saß er bereits seit einer Stunde hier im Außenbereich dieses Lokals und trank einen Kaffee nach dem anderen. Mit Reimers konnte er keinen Kontakt aufnehmen. Und dass der vom Mord so schnell erfahren haben konnte, war unwahrscheinlich. Hamburg war am anderen Ende der Welt aus Helgoländer Sicht.

Alles ging plötzlich den Bach runter. Aber war es denn seine Schuld, dass ein anderer ihm zuvorgekommen war?

Neben ihn setzte sich ein junges Paar mit Kind. Wie üblich, legten beide ihr Smartphone neben sich auf den Tisch. Ihr Sohn war ein ziemlich vorlauter und altkluger Junge. Als seine Eltern sich die Getränkekarte durchlasen, plapperte er ununterbrochen über Helgoland und seine Geschichte.

»Malte«, wies ihn seine Mutter zurecht, »wir möchten gerade lesen, was es hier zu trinken gibt.« Das hielt Malte nicht davon ab, weiter den Reiseleiter zu spielen. Er deutete auf die Düne hinunter und erklärte seinen Eltern, dass die früher mal mit der Hauptinsel verbunden war. Daraufhin griff der Vater zu seinem Telefon und tippte darauf herum. In der Hosentasche des Sohnes klingelte es. Malte verstummte, zog sein Phone hervor und krähte ins Telefon: »Papa! Ich weiß, dass du es bist!« Der Vater grinste und sagte: »Halt einfach mal die Klappe.« Malte bekam große Augen, brach das Gespräch ab und war still. Jetzt lagen drei identische Smartphones auf dem Tisch.

Unbemerkt holte Alexander jetzt seines hervor und siehe da: Es war exakt dasselbe Modell. Der Mann in Schwarz stand mit seinem Gerät in der Hand auf und fragte am Nachbartisch: »Entschuldigung, dürfte ich vielleicht eine Getränkekarte bekommen?«

»Aber selbstverständlich.« Die Mutter lächelte ihn an. »Malte, sei so gut und gib dem netten Herren deine Karte.« Malte sah Alexander skeptisch an. Er kniff ein Auge zu und gab ihm schließlich die Karte, mit der er die ganze Zeit herumgespielt hatte. Etwas ungeschickt griff Alexander zu und verlor sein Phone aus den Händen. Es fiel klappernd zu anderen auf den Tisch. Sofort griff er zu und entschuldigte sich: »Oh tut mir leid. Ohne diese Dinger geht's ja heute nicht.«

Der Vater nickte wissend und sagte: »Ach. Macht ja nichts. Kann mal passieren!«

»Mustermann, mein Name.« Stellte sich Alexander vor. »Nochmals sorry.«

»Maybach«, stellte sich der Mann vor und wies auf seine Frau und auf seinen Sohn. »Meine Frau und das ist Malte.«

»Hey, Malte!« begrüßte Alexander den vorlauten Knirps.

Der hob nur eine Hand.

»Bleiben Sie lange?«, fragte er ehrliches Interesse vortäuschend.

»Nein, leider nicht. Heute fahren wir zurück«, antwortete die Mutter und fügte hinzu: »Naja ... und dann dieser Mord. Das wollen wir unserem Sohn doch ersparen.«

»Verstehe.« Alexander nickte. Erstaunt sah er plötzlich auf seine Uhr. »Meine Güte! Jetzt muss ich aber … war nett, mit Ihnen zu plaudern.«

In offensichtlicher Eile verschwand er um die nächste Hausecke und lief so lange weiter, bis er außer Hörweite war. Sofort nahm er das fremde Phone zur Hand und schaltete es ein. Dachte er es sich doch! Ungeschützt und ständig auf »Standby«. Schnell tippte er eine Hamburger Nummer ein. Nach zweimaligen Klingeln hörte er ein vorsichtiges »Ja?«

»Ich bin es. Hardware außer Betrieb. Unbekannter externer Fehler. Reparatur abbrechen?«

Sofort kam die Antwort: »Reparatur nicht mehr nötig. Heimweg antreten.«

Sofort wurde das Gespräch unterbrochen. Mit flink über das Display huschenden Händen löschte Alexander die Daten des Gesprächs und anschließend mit einem Wisch den Papierkorb.

Sorgfältig reinigte er das Phone und schaltete es komplett aus. So schnell er konnte lief er zum Café zurück, wo er einen verzweifelten Malte antraf.

»Ach Malte!«, rief er, als die Familie in Sicht kam. Dabei fuchtelte er mit dem Smartphone in der Luft herum. Völlig außer Atem entschuldigte er sich: »Es tut mir leid. Aber wenn es kommt, dann dicke! Diese Dinger sehen ja heute alle gleich aus! Ist das vielleicht dein Telefon, Malte?«

»Ja!«, seufzte Malte erleichtert. »Dann ist das hier vielleicht Ihres?« Die Mutter übergab Alexander sein Telefon. »Vorsichtshalber sehen Sie jetzt mal nach.« riet sie ihm.

Alexander schaltete es ein, obwohl er wusste, dass es seines war. »Ja. Puh! Das ging ja noch mal gut!« bestätigte er. Malte schien auch zufrieden zu sein. Ohne aufzusehen, hämmerte er auf dem Display herum und rief: »Ja! Mein Game!«

Nachdem er sich wieder entschuldigt hatte, verabschiedete sich Alexander eilig und hastete um die nächste Hausecke, wo er sich mit den Händen auf den Knien vorübergebeugt den Schweiß von der Stirn wischte.

Also Abbruch und Heimreise. Er atmete auf. Da sein Gastspiel im Hotel sowieso heute am Abend mit der letzten Vorstellung enden würde, könnte er morgen Nachmittag abreisen.

Erleichtert, jetzt eine Perspektive zu haben, schlenderte er zurück zur Pension Knieper. Nun kam sogar die Sonne heraus und der Himmel riss auf. Fröhlich vor sich hin pfeifend, betrat er wenig später die Pension, ging auf sein Zimmer und begann, seine Sachen zu packen. Er hatte noch einiges im Hotel, in dem von der Agentur bereitgestellten und bezahlten Zimmer. Requisiten seiner Show und einige Kleidungsstücke. Und die ganze elektronische Ausrüstung natürlich, die zwar nicht viel Platz benötigte, aber von hier aus per Kurierdienst verschickt werden müsste.

Als er soweit fertig war, dass er schnell die Insel verlassen könnte, kehrte Ruhe in ihm ein.

An der Rezeption war gerade niemand, was ihm ganz recht war. Vor der Tür, auf der Kurpromenade, war noch nicht viel los. Die Sonne, die sich im langsam blau werdenden Himmel zeigte, wärmte die Luft, sodass ein Hauch von Frühling mitschwang. Etwas unschlüssig stand er zunächst auf dem noch unbelebten Weg. Vor sich hatte er den Fähranleger, wo gerade das kleine Fährschiff von der Düne kommend festmachte. Da drüben wimmelt es sicher gerade von Polizei, ging es ihm durch den Kopf. Er würde wohl besser hier auf der Hauptinsel bleiben müssen. Man sollte sein Schicksal nicht herausfordern. Bisher hatte er keine Bedenken gehabt, von einem Beamten erkannt zu werden. Allerdings hatte sich das nun mit dem Mord geändert. Trotzdem die Wahrscheinlichkeit sehr gering war, dass man einen Zusammenhang zwischen einem Vorfall, der viele Jahre zurücklag, und ihm herstellen könnte, war er sehr vorsichtig. Er entschloss sich, in Richtung Südhafen zu gehen, um dort irgendwo ein Frühstück einnehmen zu können. Er setzte seine große Sonnenbrille auf, zog seine Strickmütze tief in die Stirn und schritt zügig aus.

In Höhe des »Atolls« wurde er von einer jungen Frau angerempelt. Offensichtlich hatte sie ihn nicht bemerkt, weil sie mit jemand telefonierte.

»Nein! Wenn ich es sage! Nein! Also das ist jetzt total ungerecht!« In dem Moment lief sie direkt in ihn hinein.

»Holla!«, rief Alexander. Sie war so beschäftigt, dass sie zunächst nicht reagierte und ein zwei Schritte weiterging. Dann blieb sie stehen und sagte: »Tasche.« Mehr nicht. Eilig und laut ins Telefon schimpfend ging sie weiter und verschwand in einer Gasse. Er klopfte seine Taschen ab. In der Jackentasche war etwas. Ein Zettel. Auf dem stand: »Erster! Du Verlierer. Gruß, Jule.«

Zeit zu verschwinden, dachte er.

Kolles Erfolg

Mit den neuen Erkenntnissen begab sich Kollerup in die Helgoländer Polizeistation. Rauschgifthandel? Mit den Börteboot-Fahrern? Fand er etwas übertrieben. Zu viele Gefahren, ertappt zu werden. An einer der bunten Hummerbuden, die jetzt natürlich keinen Hummer mehr anboten, kaufte er sich ein Bratfischbrötchen. Lecker. Aber warum zur Hölle ist immer Salat dabei? Es soll schon Forschungsgruppen gegeben haben, die diesem Mysterium auf den Grund gehen wollten. Ohne Ergebnis. Niemand weiß, warum immer Salatblätter in Fischbrötchen gelegt werden. Mit spitzen Fingern zog er das Blatt heraus und warf es in einen Mülleimer.

In der einen Hand die Servietten, in der anderen den tropfenden Snack, betrat er schmatzend vor sich hin kauend die Station der Wasserschutzpolizei.

»Moin, Ilka« begrüßte er die Kollegin. Grinsend wies sie mit einem Finger in einen ihrer Mundwinkel. »Moin, Herr Kollege. Sie haben da was …«

»Ach … kann passieren.« Kolle wischte sich die Mayonnaise fort. Er deutete in den hinteren Bereich des Gebäudes. »Was Neues?«

»Wollen Sie sehen?« Ilka schaltete einen Monitor an, und die Gesichter von Jens Prigge und Max Morlock tauchten auf. Ilka gab ihn einen Kopfhörer, den er sich aufsetzte. Kurt war nicht zu sehen, er saß mit dem Rücken zur Kamera. »Gibt's auch eine andere Perspektive?« Etwas lauter als beabsichtigt, weil er mit Kopfhörern immer vergaß, dass die anderen keinen auf den Ohren hatten. Sofort wurde eine andere Kamera angewählt, die die drei Personen in dem Verhörraum zeigte. Kurt schien kurz vor dem Eindösen zu sein. Hängende Schultern, einen Kopf auf den Arm gestützt, blätterte er in einer Akte. Mit einem Seufzer schlug er sie zu und sah die beiden an.

»Also Freunde … jetzt noch mal. Was war in der Nacht los?«

»Wie oft denn noch!«, stöhnte Max.

»Bis ich euch glaube, was ihr mir auftischt.«

»Ja aber … es war so!« Jens warf beide Arme in die Luft, sah verzweifelt an die Decke.

»Wie war das denn?«

Max erzählte mit leiernder Stimme: »Als wir gerade schön am Feiern waren, flog ein Stein durch die Scheibe. Wir also raus.«

»Ja, und da waren nur ich und zwei andere Kumpels aus dem Bunten Seehund«, bestätigte Jens.

»Und wer hat den ersten Stein geworfen?« Kurt sah die beiden genau an. Selbst Kollerup merkte, dass der Blick von Jens kurz zur Decke wanderte und wieder zurück.

Bedauernd zuckte er die Schultern. »Keine Ahnung. Wir waren ja ziemlich betrunken. Muss wohl … keine Ahnung.«

»Außerdem … das kleine Loch in der Scheibe … das kleben wir zu und gut ist es«, schaltete sich Max ein.

»Aber warum seid ihr so spät in dem Zustand aufs Oberland gegangen? Nur, um denen ein Ständchen zu bringen?«

Kurt blätterte wieder in der Akte und sah Jens direkt an.

»Ja also … wie gesagt …«

Kurt schlug mit der Faust auf den Tisch. Die beiden zuckten so stark zusammen, dass ihre Stühle wackelten.

»Also noch mal. Jetzt aber mal ehrlich! Ich habe hier«, er hob die Akte und Kolle bemerkte, dass sie komplett mit leeren Blättern gefüllt war, und fuhr fort, »Aussagen von Zeugen, die etwas anderes sagen.«

»Ha! Was sollen die denn schon anderes sagen?« empörte sich Jens.

»Halt die Klappe«, wies Max ihn zurecht.

»Naja«, Kurt nahm sich ein leeres Blatt, wedelte damit herum und sagte: »Der hier behauptet doch tatsächlich, dass ihr …« Kurt ließ den Satz in der Luft hängen.

»Ach was!« jetzt war Jens nicht zu bremsen. Er setzte sich gerade hin und rief: »Der lügt doch! Dabei hatte ER doch die Idee, denen da oben mal die Meinung zu …«

»Jens, halt dein Maul!«, unterbrach ihn Max.

Kurts Stimme wurde samtweich. »Jetzt wirst du endlich ehrlich. Komm, spuck's aus. Hat eh keinen Zweck.«

»Ja, Mann! Also ehrlich! Wir wollten denen nur einen Streich spielen! Wir waren doch alle vollkommen dicht. Und dann fing irgendeiner an, die Gegner des Projekts …«

»Welches Projekt?«, unterbrach Kurt.

»Naja. Dieses Projekt, die beiden Teile von Helgo land wieder zu vereinen. Kennst du doch, Kurt! Das Projekt von Reimers.«

»Okay … weiter.« Der Inselbulle beugte sich jetzt vor.

»Also, wir waren ziemlich fertig und geschockt, als wir vom Mord …« Wieder wurde er von Kurt unterbrochen. »Wer sagt, dass es Mord war?«

»Ja … ich meine … diese ganze Bull … äh Polizistentruppe vom Festland! Was wollen die hier, wenn es ein Unfall oder so war?«

»Sag du es mir!«

»Moment ... sollte ich jetzt einen Anwalt ...?«

»Wir reden doch nur!«

»Also, wir hatten die Gegner in Verdacht, etwas damit zu tun zu haben!« Jetzt war es raus.

»Und?«, hakte Kurt nach.

»Naja, wir wollten denen einen Denkzettel verpassen. Wir wollten die Wahrheit aus denen rausprügeln! Aber hey! Mit dem Mord haben wir nichts zu tun!«

Max Morlock saß die ganze Zeit mit verschränkten Armen am Tisch. Zwischendurch kommentierte er Prigges Antworten mit einem genervten Kopfschütteln.

»Nicht einverstanden mit dem, was dein Kumpel sagt?«, wollte Kurt von Max wissen.

»Er ist nicht mein Kumpel.« Das letzte Wort presste er empört hervor.

»Was ist er dann?«

»Arbeitskollege.«

»So. Arbeitskollege also.« Kurt stand auf und sagte ihnen, dass sie jetzt nach Hause gehen könnten. »Wegen der nächtlichen Ruhestörung wird es aber eine Anzeige geben. Ist dir ja klar, Jens. Oder?«

»Ja, sicher, Chef! Wir werden es nie wieder machen. Versprochen!«

»Komm, du Plappermaul«, grunzte Max und erhob sich.

Kolle fand, dass sein Kollege es ganz gut hinbekommen hatte. Es war ja kein Verhör, sondern nur ein Gespräch. Aber dennoch waren sie ein Stück weiter.

Kurt ließ sie aus dem Seitenausgang raus.

Kollerups Telefon meldete sich. Larsson.

»Chef, wir müssen uns treffen. Jetzt, oben im Zelt.«

»Zehn Minuten.« Kolle legte auf.

»Hast du es gesehen?«, fragte der eintretende Kurt.

»Nur das Beste. Gut gemacht, Kurt. Den Max sollten wir offiziell vorladen.«

»Finde ich auch. Der Jens ist eher harmlos.«

»Larsson hat was. Ich habe mich mit ihm oben im Zelt verabredet. Kommst du mit?«

»Ich muss hier noch etwas erledigen. Bürokram. Meine Leute auf Trab halten. Schließlich haben wir ja noch einen Nebenjob hier auf der Insel.«

In dem Moment kamen die »Meierzwillinge«, wie Kollerup sie nannte, und zwei weitere Kollegen in die Wache.

Die nahmen sofort Haltung an und grüßten den Husumer Kollegen mit einem gemeinsamen »Moin!«, wandten sich aber sofort zur Kaffeemaschine um. Kaffee war ihnen jetzt wichtiger als der berühmte Kommissar aus Husum.

Die Sonne schien, und es war für diese Jahreszeit ungewöhnlich warm. Ein absolut wolkenfreier Himmel spannte sich über den roten Felsen.

Kurz vor Mittag war es und die Insel bereitete sich auf den täglichen Ansturm der Tagesgäste vor. Auf den Börtebooten wurden die letzten Handgriffe verrichtet. Dann waren sie bereit.

Der Hauptkommissar bemerkte auf seinem Weg zum Oberland nicht, wie ihn hinter seinem Rücken stechende Blicke verfolgten. Diese Augen gehörten einer jungen Frau, die im Außenbereich des Bunten Seehundes saß und an einem Latte Macchiato nippte.

Sie zückte ihr Phone, tippte eine Nummer ein. »Hey Papa!«, rief sie. »Ja! Alles gut! Ich bleibe noch einige Tage!

Nein, mach dir keine Sorgen!« Eine kurze Pause folgte, in der sie aufmerksam zuhörte. »Ja, Papa. Mach's gut!«

Sie legte auf und vollführte einige ungeschickte Handbewegungen. Klar, dass dabei das Telefon ins Glas mit dem Latte fiel.

Sie fluchte laut, als feine Luftbläschen im Getränk aufstiegen. Zunächst zündete sie sich eine Zigarette an und beobachtete ihre Umgebung. Niemand nahm Notiz von dieser jungen hysterischen Frau, die ihr Handy gerade zerstört hatte. Mit spitzen Fingern nahm sie das Telefon heraus, legte es unauffällig auf den Boden und platzierte ein Stuhlbein auf dem Display. Dann setzte sie sich und ließ sich mit voller Wucht auf den Stuhl nieder. Ein Knirschen und das Phone war nicht mehr zu gebrauchen. Trotzdem nahm sie es auf, wickelte es in eine Plastiktüte und verstaute sie in ihrer riesigen Umhängetasche.

Sie stand auf und nahm jetzt denselben Weg, den der Kommissar genommen hatte.

In ihrem dunklen Mantel fiel sie nicht besonders auf, und das sportliche Basecap in Beige passte sehr gut zum Typ »sportlicher Geldadel«, der mit ihrem affektierten Auftreten authentisch wirkte. Und immer ein auffälliges Smartphone in der Hand, das sie vor sich hertrug, um Selfies oder andere Fotos zu machen.

Sie erreichte das markante olivgrüne Zelt, dem sie aber nie nahe genug kam, um Gespräche zu belauschen. Weiter hinten, in Richtung Kleingartenalge, standen einige Schaulustige an der Absperrung und versuchten einen Blick ins Zelt zu werfen.

Gerade eben noch sah sie den Kommissar darin verschwinden.

Langsam schlenderte sie zu der kleinen Ansammlung der Neugierigen.

Wie eine Touristin fragte sie einen jüngeren Beamten der Wasserschutzpolizei, was denn da los sei.

»Kann ich leider nicht sagen.« Er war eigentlich nicht ihr Typ, aber trotzdem nahm sie jetzt ihre Sonnenbrille ab und lächelte ihn an. »Können oder wollen Sie nicht?«

Er seufzte: »Sind Sie von der Presse?«

»Nein!«

»Warum wollen Sie dann wissen, was hier los ist?«

»Ach … endlich mal was los auf dieser langweiligen Insel. War nur neugierig.«

Sie zog eine Packung Zigaretten hervor und suchte verzweifelt nach ihrem Feuerzeug. »Haben Sie vielleicht …?«, sie wedelte mit dem Glimmstängel. Hatte er. Grußlos ging sie mit glimmender Zigarette weiter. Von einer Position am Absperrband aus konnte man schräg einen Blick ins Zelt werfen. Aber man sah absolut nichts. Nur einen Tisch mit Kaffeekannen, an dem einige Beamte in weißen Overalls oder Zivilkleidung herumstanden und sich unterhielten. Der Kommissar war nicht darunter.

Auch vom Sendergebäude war nicht viel zu erkennen. Das Zelt, aus dem das Geräusch eines Bienenkorbes zu vernehmen war, nahm die komplette Front des Gebäudes ein. Selbst der Andenkenladen des Senders war abgesperrt und geschlossen.

Von einigen Leuten, offenbar Helgoländer, vernahm sie Gesprächsfetzen. Soweit sie erkennen konnte, waren keine ihr bekannten Einwohner darunter, sodass sie sich ihnen nähern konnte.

»Ach, der Faxe war ja auch seltsam. Hatte der überhaupt eine Freundin? Also ich hatte den nie mit einer Frau …«

»… war der vielleicht …«

»… ach nein. Der war doch mit dieser Judith oder wie hieß die …«

»Jule hieß die. Tochter von diesem reichen Hamburger Schnösel, der Helgoland …«

»Ja, genau!«

»Habe ich nie kennengelernt, diese Jule.«

»Soll schon länger tot sein. Habe ich gehört.«

»Wie ist denn der …«

»Erstochen. Habe ich gehört.«

»Ach nein! Ist der nicht erschla …«

»Redet keinen Blödsinn! Der wurde vergiftet.«

»Meine Bekannte in der Klinik hat gesagt, dem haben sie den Kopf abgeschnitten!«

»Oh mein Gott!«

Sie gesellte sich zu dieser Gruppe und flüsterte: »Moin! Der wurde doch im Studio aufgehängt! Ja! Hat mir meine Vermieterin heute gesagt.«

Die Leute warfen ihr schockierte Blicke zu. Je größer die Lüge, desto eher glaubt man dir, dachte sie belustigt. »Ja! Und auf dem Schild, das der Tote um den Hals hatte, stand das Wort Verräter!«

»Ja? Das ist ja gruselig!« Sofort machte ein neues Gerücht die Runde. »Aber«, sagte sie mit verschwörerischem Blick »von MIR haben Sie das nicht!«

Leise in sich hineingrinsend verließ sie eilig den Tatort und wäre fast mit einem Pärchen zusammengestoßen. Ein großer langer Mann und eine kleinere dunkelhaarige Frau unterhielten sich intensiv. Sie konnte im Vorbeigehen gerade noch hören, als der Mann sagte: »Dann bin ich gespannt, was der Chef dazu sagt.«

Im Zelt – inzwischen sagte jeder der Polizisten, egal ob TSB, Kripo oder Wasserschutz »Das Zelt«, wenn sie die Ermittlungszentrale erwähnten – herrschte rege Betriebsamkeit.

Larsson berührte Stine am Arm und deutete auf einen Tisch, an dem Kollerup saß. Scheinbar saß er tief in Gedanken über seinen Notizen, die er sich immer noch auf einem kleinen Stenoblock machte.

»Moin, Chef«, grüßte Larsson, als er sich setzte, nicht bevor seine Kollegin saß. Er legte einen dicken Schnellhefter vor sich auf den Tisch.

Kolle sah nicht auf, als er den Gruß erwiderte. »Moin, Larsson! Hey, Stine. Kaffee gefällig?«

Larsson stand seufzend auf, weil er den Humor kannte, den sein Chef manchmal verbreitete. Nie wäre der auf die Idee gekommen ihnen Kaffee anzubieten und welchen zu bringen.

Er kam mit zwei Bechern zurück, stellte sie ab und sagte: »Moment. Milch noch.« Als Milch und Zucker auf dem Tisch standen, begann Kollerup: »Also, Larsson. Was gibt's so Dringendes?«

»Wir haben diesen Alexander Nansen durch sämtliche Dateien laufen lassen und hatten mehrere Treffer. Er ist der Sohn eines Björn Nansen, der hier auf Helgoland in den 50er Jahren geboren wurde. Der Vater Björn ist in den 70er-Jahren aufs Festland gezogen. Nach Hamburg. Dort ist er sehr früh mit 35 Jahren an Krebs gestorben. Die Mutter des Sohnes lebt in einer großzügigen Villa in Hamburg. Alexander kam einige Jahre vor dem Tod des Vaters zur Welt.«

Als Larsson einen Schluck nahm, machte er Zeichen, dass Stine weiterreden solle.

»Ja. Also, Alexander Nansen, gute Schulbildung, gutes Abi und ein abgeschlossenes Studium in Philosophie. Anschließend Physik studiert mit Schwerpunkt

Astrophysik. Doktor der Physik. Hat als Dozent in Hamburg gearbeitet. War nie verheiratet. Keine Kinder. Also«, sie sah unsicher auf und fügte leise hinzu: »soweit wir wissen.«

Larsson war sichtlich begeistert. »Und nun kommen wir zum Besten, Chef! Sie werden staunen! Mach mal weiter, Stine. Das machst du ganz toll.«

»Ja?« Sie wurde etwas rot. »Na gut.« Sie räusperte sich.

»Alexander Nansen und Claas Horn waren Studienkollegen während ihres Physikstudiums in Hamburg. Und Farmsen hat mit denen in einer WG gelebt. Farmsen ist der Sohn eines bekannten Fernsehmoderators, Entertainers und Comedians. Ist aber schon lange tot. Unfall auf der Autobahn, vermutlich Suizid.«

Kolle war begeistert! »Halt mal!«, rief er.

»Farmsen, Horn und Nansen kennen sich.« Das musste er verdauen. Diese Bande! »Und der Reimers? Wie kommt der ins Spiel?«

»Ganz einfach«, meldete sich Larsson großspurig zu Wort. »Seine Tochter, in den 90ern geboren, war Studentin der Physik und Nansen war einer ihrer Professoren. Claas Horn, nicht ganz so erfolgreich wie Alexander, war sein Assistent. So haben die sich alle kennengelernt.«

»Und so erklärt sich auch, warum Reimers, seine Tochter und die beiden auf Segeltörn waren.« ergänzte Kollerup. Was für ein Filz!

»Habt ihr Fotos von diesem Nansen? Oder von Jule?«

»Was denken Sie denn?« empörte sich Larsson übertrieben. Er öffnete den Schnellhefter und verteilte die Fotos auf dem Tisch. Alexander Nansen. Bei einer Feier der Universität. Und dann sehr viele aus Zeitungen, die den Unfall auf der Nordsee behandelten. Ein dunkler Typ. Dunkle Augen und dunkle, fast pechschwarze Haare. Kantiges Gesicht. Sehr groß. Und sehr kräftig. Offensichtlich ein Frauentyp. Kolle hielt ein Portrait neben Larssons Gesicht. »Würden Sie sich Ihre Haare schwarz färben, Larsson? Ja, käme fast hin.«

Sie hatten auch Artikel kopiert, die den Felsenfunk betrafen. Dort wurde zudem die Unterstützung durch Reimers als Geldgeber erwähnt. »Hamburger Millionär unterstützt Aufbau Felsenfunk«, lautete die Überschrift eines Zeitungsartikels. Warum zur Hölle werden immer in Überschriften nie bestimmte oder unbestimmte Artikel verwendet, fragte sich Kollerup.

»Das habt ihr in so kurzer Zeit herausgefunden?« Lobend sah er sie beide an.

»Ja. Geteilte Arbeit, halbe Arbeit, Chef.« Er spielte darauf an, dass er seinem Chef schon lange in den Ohren lag, einen weiteren Kollegen oder eine Kollegin an seiner Seite zu haben.

Kolle schien es nicht gehört zu haben. Er sah auf seine Uhr. »Mittag! Kommt ihr beiden Sherlocks. Wir gehen zum Onne.«

Bevor er aufstand, fiel ihm etwas ein. »Ach … und Jule? Keine Bilder von der Tochter?«

»Da sind wir dran, Chef. Heute Nachmittag kümmern wir uns nur um Jule.«

»Naja. Wir wissen ja, dass sie auf der Düne Nationalpark-Rangerin war.«

»Ja, Chef. Das wissen wir. Wir haben auch schon Kontakt mit denen aufgenommen. Und mit den Meldeämtern. Und mit den Zeitungen, die über den Unfall berichtet haben.« Er zählte an den Fingern auf, was sie bereits getan hatten.

Kolle winkte ab. »Ist ja gut. Ja, ja.« Insgeheim freute er sich, dass sie bereits so weit waren. Jetzt mussten nur die Ergebnisse der anderen, die auf Helgoland recherchierten, ähnlich ausfallen. Dann wäre der Fall schon fast gelöst. So einfach war es noch nie, ein Verbrechen aufzuklären, fand er. Naja, bremste er sich aus, noch waren sie ganz am Anfang. Einen echten Verdächtigen gab es noch nicht. Aber ... das Bild wurde klarer.

»Kommt, Kinder. Wir essen jetzt etwas.«

Unterwegs rief er Onne an, damit sie einen Tisch bekamen. Bei dem Wetter war es absehbar, dass es voll werden würde auf der Insel. Gerade, als sie am Bunten Seehund vorbeikamen, meldete sich Kolles Telefon. Es war einer der Beamten, der mit anderen auf Zeugensuche war. »Was gefunden, was sich lohnt?«, meldete sich Kolle. Er hörte aufmerksam zu. »Zeugen auf der Düne haben gesehen, wie jemand das Haus des Farmsens mit Kisten verlassen hat. Solche stabilen Kunststoff-Klappkisten. Was darin war, konnten sie nicht erkennen. Andere haben gesehen, wie eine Person diese Kisten am Flugplatz als Frachtgut aufgegeben hat.«

Kolle stöhnte auf und blieb stehen. »Sofort dahin und sichern!«, rief er ins Phone.

»Locker bleiben, Chef. Alles erledigt. Die liegen jetzt sicher in einem Raum dort. Und den Schlüssel habe ich.«

»Guter Mann! Rufen Sie Kurt Hinrichsen an, geben Sie ihm den Schlüssel. Er soll sie in der Wache sicher verstauen.«

Anschließend rief er Thore Carstensen an. Als der sich meldete, sagt Kolle ihm, dass er sich dringend mit

Kurt in Verbindung setzen solle, weil neues Material gesichtet werden müsse.

Larsson und Stine waren sichtbar gespannt, was es denn nun Neues gab.

Als sie im Außenbereich einen Tisch bekommen hatten, der etwas abseits lag, berichtete Kolle, was es Neues gab.

Kurz vor dem Dessert kam Onne mit einem Tablett, auf dem vier Longdrinkgläser standen. Kolle stöhnte laut auf. »Schon wieder eine deiner Kreationen?« Dieses Mal keine Regenbogenfarben, sondern eine grüne Flüssigkeit, die scheinbar von innen heraus leuchtete. »Ich freue mich auch, euch zu sehen. Moin!« Als er Stine bemerkte, blitzten seine Augen auf: »Ah! Madame! Willst du sie mir nicht vorstellen, Herr Kollerup?«

Kollerup grinste und sagte: »Das ist Stine, eine Kollegin. Stine, das ist Onne. Der tut nichts.« Und er fügte hinzu: »Also, mein Lieber. Was willst du uns jetzt aufzwingen?«

»Garantiert alkoholfrei. Verschiedene Säfte. Aber so ausgewählt, dass ein sattes, klares Grün entstanden ist.« Onne hob sein Glas und betrachtete es in der Sonne. »Es leuchtet regelrecht.«

Er prostete allen zu, und in den nächsten zehn Sekunden herrschte absolute Stille am Tisch.

»Verdammt noch mal!«, rief Kollerup und schmatzte laut.

Auch Larsson und Stine sahen sich anerkennend an.

»Äh … warte …«, sagte Larsson und fuhr fort: »Apfelsaft, weiße Traube und Brombeere? Ein Schuss Tonic Water?«

»Ah! Der Feinschmecker! Nein. Brombeere nicht.«

»Blaubeere«, sagte Kollerup lakonisch.

Onne schlug auf den Tisch. »Dass du immer recht hast!«

»Tja«, sagte Kolle bescheiden und polierte seine Fingernägel am Ärmel seiner Lederjacke.

»Aber habt ihr was Neues? Dürft ihr schon was erzählen? So unter uns?«

»Stine, könntest du mal einen Moment weghören?«, bat Larsson seine Kollegin und setzte hinzu: Onne ist quasi ein Kollege. Bei einem Fall hatte er uns sehr geholfen.«

Stine winkte ab. »Ist schon gut, wenn es dem Fall hilft.«

»Das ist die richtige Einstellung!«, rief Kolle und an seinen Kollegen gerichtet: »Larsson, dann legen Sie mal los.«

Als Larsson fertig war, zeigte er Onne die Bilder, auf denen Farmsen und Alexander Nansen zu sehen waren. Onne, der gerade einen Schluck seiner Eigenkomposition im Mund hatte, drehte sich zur Seite und spuckte alles wieder aus.

»Ihr wollt mich jetzt hopps nehmen, veräppeln, verarschen, etwas unterjubeln und mich aufs Glatteis führen oder doch eher an der Nase herumführen?«

Er deutete auf das Foto, auf dem Nansen besonders deutlich zu sehen war. »Nein. Ihr wollt mich verkohlen, an der Nase herumführen …«

»Wie bitte?«, unterbrach ihn Kolle.

»Ja! Das ist doch ein Scherz, ein blöder Spaß, ein verdammt gut gemachter Fake«, empörte sich Onne.

»Wie jetzt …?« Larsson war genauso perplex wie Stine und Kollerup.

»Ernsthaft also?« Onne sah Kollerup ratlos an.

»Ja … also … irgendwie schon. Kennst du den etwa?«

Kopfschüttelnd sagte Onne: »Wenn das kein Scherz ist, seid ihr die unwissendsten Polizisten der ganzen Westküste.«

»Kannst du jetzt mal bitte Klartext reden?«

»Ja, Herr Kommissar.«

Onne nahm einen tiefen Schluck aus einem Glas und setzte es ganz langsam ab.

»Das meine Dame, meine Herren ist der Magier ›Mister Black‹. Oder, mit bürgerlichen Namen, Fritz Maier. Mit einem ›A‹ und einem ›I‹. Der trat bis gestern hier im ›Atoll‹ auf. Wohnt in der Pension ›Knieper‹, hier auf dem Unterland. Wenn ihr euch beeilt …«, er sah aufs Wasser hinaus, wo die letzten Börteboote die letzten Gäste auf die Insel brachten und fuhr fort: »… könnt ihr ihn vielleicht noch erwischen.«

Die Flucht

Nach dem Frühstück, das er auf dem Oberland in einem Café einnahm, ging Alexander zur Pension zurück. Zügig und konzentriert packte er seine Sachen zusammen. Warum passt beim Einpacken in jedem Hotel nicht alles wieder in diesen verdammten Rucksack. Hat ja vorher sehr gut gepasst! Er stopfte alles wahllos hinein. In seinem Zimmer im »Atoll« befand sich noch seine große Tasche mit dem Rest. Hauptsächlich Requisiten seiner Show. Ach was! Die kann da bleiben. Wichtig war es jetzt, dass er schnell wegkam. Am besten mit einem Flugzeug von der Düne aus.

Er riss das Phone aus der Tasche und wählte eine Nummer.

»Moin. Fritz Meier hier. Gibt's noch eine Möglichkeit, schnell nach Hamburg zu kommen?«

Er hörte aufmerksam zu. »Aha. Sonst nichts? Ja es ist dringend!« Wie ein wildes Tier drehte er seine Achten im Zimmer. »Ja! Verdammt! Was? Gut. Dann bitte einen Platz! Jaha! Was? Kreditkarte?« Als endlich alles geregelt war und er einen Sitz in der Nachmittagsmaschine um 14 Uhr reserviert hatte, ließ er sich aufs Bett fallen.

Es klopfte an der Tür. »Alexander?« Käthe! Das hatte ihm noch gefehlt. »Komme gleich!«, rief er munter und sprang auf.

Er knöpfte sich das Hemd auf und wuschelte sich die Haare. Vorsichtig öffnete er die Tür einen Spalt, sodass nur sein Kopf zu sehen war. »Ich fühle mich momentan nicht so gut. Ich denke, es ist eine leichte Erkältung.«

»Soll ich dir einen Tee machen?«, fragte Käthe fürsorglich.

Schniefend und heiser röchelnd fragte er: »Könntest du mir etwas Leichtes aus der Apotheke holen?«

»Ja natürlich! Warte, ich bin in einer halben Stunde wieder zurück! Halsschmerzen?«

Alexander nickte schwach. »Das wäre lieb.« Und schon war Käthe unterwegs.

Kaum hörte er das Geräusch der zufallenden Eingangstür, flog er förmlich zum Fenster und sah, wie sie um die nächste Hausecke bog. Hastig zog er seine Jacke an, setzte die Mütze auf und schnappte sich seine Tasche. Ein kurzer Blick zurück ins Zimmer und schon eilte er hinaus.

Er hatte Glück. Die Fähre zur Düne legte gerade an. An Bord warf er sich auf einen Sitz und bezahlte die Fahrt beim Schiffsführer. Ein älteres Ehepaar stieg noch ein, und dann ging es auch schon los.

»Sind Sie nicht der Magier aus dem Hotel?«, sprach ihn der Mann an. Verdammt. Wie konnte der ihn erkennen? Er tat so, als ob er ihn nicht verstand. Seine Frau stupste ihren Mann an und flüsterte: »Lass doch mal den Herren zufrieden. Vielleicht ist er Ausländer und versteht dich nicht.«

Mürrisch entgegnete er: »Ach was. Der versteht mich schon ganz gut.« Damit schien für ihn die Sache erledigt zu sein. Die weitere Fahrt verlief schweigsam.

Als sie auf der Düne aussteigen wollten, warteten bereits zwei uniformierte Beamte der Wasserschutzpolizei, begleitet von vier Männern und Frauen, am

Anleger. Hinter ihnen standen aufgetürmt etwa acht Kunststoffkisten.

Scheinbar unbeeindruckt stieg Alexander aus, während es in ihm brodelte. Das Ehepaar war zunächst verwirrt. Mit großen Augen sahen sie sich die Kisten neugierig an und fragten dann auch die Beamten, was das zu bedeuten habe. »Tut mir leid, kann ich Ihnen nicht sagen«, war die lakonische Antwort. Und schon begannen sie, die Kisten auf das Boot zu wuchten. Alexander hielt sich nicht lange auf und ging zügig zum Flugplatzgebäude. Es waren die längsten 400 Meter seines Lebens. Unterwegs wurde es ihm warm unter der Strickmütze. Viel zu warm für März, fand er. Mit einer ungeduldigen Bewegung riss er sie sich vom Kopf und warf sie einfach weg.

Völlig verschwitzt erreichte er das gerade erst vor Kurzem erbaute Terminal. Beim Check-in gab er auch sofort seine Tasche auf. Überraschend reibungslos verliefen die Formalitäten. Er sah auf seine Uhr. Noch drei Stunden. Bis jetzt lief es gut.

Kolles Chance

Larsson und Kollerup griffen gleichzeitig zu ihren Telefonen.

»Sie rufen alle Teamleiter an und ich Kurt!«, rief Kolle seinem Assistenten zu. »Ich schicke Ihnen das Bild von Nansen, Chef!« rief Stine dazwischen. Kollerup quittierte das mit einem »Daumen hoch«.

15 Minuten später hatte fast jeder Nansens Bild und den Hinweis, dass der dringend wegen einer Zeugenaussage gesucht werde. Fast. Die Kollegen auf der Düne schienen ihre Geräte zu ignorieren. Als die Kisten endlich auf der Dünenfähre verstaut waren, bequemte sich jemand, ans Telefon zu gehen. »Ja, Chef?«

»Was machen Sie denn, verflucht noch mal!«

»Na, das, was Sie uns aufgetragen haben, Chef. Wir bringen die Kisten zum Kurt. Sind gerade mit dem Einladen fertig und auf dem Weg.«

»Ich schicke Ihnen jetzt ein Bild. Und das muss sofort zu Ihrem Kollegen, verstanden? Sofort!« Bevor der Kollege auflegen konnte, rief Kolle: »Halt!« Gerade noch rechtzeitig, denn der Kollege wollte in diesem Moment das Gespräch beenden.

»Ja?«

»Der Mann heißt Nansen. Alexander Nansen. Wenn Sie ihn sehen, sofort vorläufig festnehmen! Tatverdächtiger! Klar? Wiederholen Sie!«

»Nansen vorläufig festnehmen, Tatverdacht.«

»Gut!«

Jetzt wurde Kolle daran gehindert, aufzulegen. »Halt! Chef!«

»Was ist!«

»Wegen was wird er verdächtigt?«

Kolle war kurz vor dem Platzen. Ganz langsam, ermahnte er sich, und flüsterte durch die zusammengepressten Zähne: »Mord an Farmsen, Sie …« bevor er etwas Unbedachtes im Affekt schrie, legte er auf. An seinen Assistenten gewandt, murmelte er: »Erinnern Sie mich, dass ich mir diesen Kollegen mal zur Brust nehme, wenn wir den Fall gelöst haben, Larsson.«

Larsson und Stine sahen sich schmunzelnd an. Dann wanderten ihre Blicke kurz desinteressiert zum Himmel.

»Okay, Leute. Jetzt heißt es warten. Kommt!« forderte er seine beiden Assistenten auf und erklärte: »Wir gehen jetzt unsere Superhirne besuchen. Unten am Anleger.«

Am Fähranleger standen Inken und Peter von der Wasserschutzpolizei und bewachten den Stapel Kisten. Vier Männer und vier Frauen in Zivil standen herum und rauchten, redeten und tranken Kaffee. Sieht aus wie eine Urlaubsgruppe, die auf den Tourbus wartet, ging es Kollerup durch den Kopf, als sie ankamen.

Als sie den Hauptkommissar aus Husum kommen sahen, warfen sie ihre Zigaretten fort, nahmen ihre dunklen Sonnenbrillen ab und nahmen Haltung an.

»Mit welchem Super-Cop habe ich eben telefoniert?« Kolle sah in die Runde. Eine zaghafte Hand erhob sich. »POK Arne Mommsen, Chef.« Eine kräftige Stimme, die so gar nicht zum eher zierlichen Erscheinungsbild passte.

»Aha. Herr Polizeioberkommissar Arne Mommsen …« Kolle näherte sich dem Delinquenten, der offensichtlich Böses ahnte.

»Sie hatten die Leitung dieser kleinen Gruppe?«

»Ja, Chef?«

»Haben Sie an den Briefings teilgenommen?«

»Ja, Chef!«

»Warum kennen Sie nicht den Grund, warum wir hier ermitteln?«

»Kenne ich doch. Faxe Farmsen wurde ermordet.«

»Gut! Sehr gut! Wenn also jemand vorläufig festgenommen werden soll … was meinen Sie, in welchem Zusammenhang das geschieht?«

»Äh … Mord?«

»Bravo!« Manchmal verstand Kollerup einfach nicht, wie solche eingeschränkten Menschen so weit in der Hierarchie kommen konnten.

Er schüttelte den Kopf und sah den Mann eindringlich an. »Wir sprechen uns noch in Husum.«

Er wendete sich um und deutete auf die Kisten. »Wollt ihr die nicht zur Polizeistation bringen?«

»Wir warten auf das Fahrzeu …« Kolle unterbrach ihn, deutete energisch auf die Kisten und sagte nur: »Tragen. Jetzt.« Probeweise nahm er eine Kiste hoch, stellte sie ganz vorsichtig wieder ab. Fast federleicht.

»In zehn Minuten will ich die beim Kurt haben. Klar?«

Siedend heiß fiel ihm ein, warum er eigentlich hierhergekommen war. Er hob eine Hand und rief: »Eine Frage habe ich noch!«

Er zückte das Bild von Alexander Nansen. »Haben Sie dieses Bild auf ihrem Smartphone bekommen?«

Sofort allseits hektisches Tippen auf den Geräten. Alle Kollegen nickten so heftig, dass sie wie Wackeldackel wirkten.

Gerade als Kollerup sich zum Gehen anschickte, meldete sich eine leise weibliche Stimme.

»Äh ... Herr Hauptkommissar ...«

»Ja?« Mit einem festgefrorenen Grinsen im Gesicht wandte sich Kolle an die Kollegin. Sie fasste sich sichtlich ein Herz, als sie mit weinerlicher Stimme beichtete: »Den haben wir vorhin auf der Düne gesehen. Wir warteten auf die Fähre, und dieser Mann ist dort ausgestiegen.«

Kollerup traute seinen Ohren nicht. »Noch einmal, bitte. Sie haben also diesen Mann gesehen?«

»Ja, da wussten wir ja noch nicht, wie der aussieht! Und als Sie uns das Bild schickten, hat sich niemand das Foto angeschaut, weil wir ja mit den Kisten beschäftigt waren!«

Kolle deutete auf die Kollegin und sagte: »Sie kommen mit uns. Und Sie anderen bringen das Material zu Kurt. Abmarsch.«

Als sich die Kisten-Karawane in Bewegung setzte, rief er Kurt an. Als sich Ilka meldete, rief er: »Kurt ans Telefon holen, sofort!« Der meldete sich eine Sekunde später. »Kurt! Alarm!« rief er ins Phone. Auf ihren Weg zur Dünenfähre erklärte er den Stand der Dinge. »Ich schicke Meier Eins und Zwo!« Die vier legten jetzt einen Spurt ein. Sie mussten zum Anleger im Nordosthafen. Ach verdammt! Gerade hatte die Fähre abgelegt. Die Nächste würde in 30 Minuten fahren.

Inzwischen waren auch die Wasserschutzkollegen eingetroffen.

»Ach, kein Thema!« beruhigte ihn Peter Meier Zwo, als Kolle ihm die Lage kurz erklärt hatte. »Die nächste Maschine fliegt um 15 Uhr. Ich rufe mal eben die Kollegen der Bundespolizei da an.«

Nach fünf Minuten war der Flughafen informiert. Meier Zwo schickte auch sofort das Foto rüber. »Rein zufällig kenne ich einen Börtebootbesitzer. Der kann uns helfen.« Schon hing er wieder am Telefon. Kurz darauf kam das bestellte Börteboot.

»Moin, die Herren! Taxi?«, rief der Skipper hinüber, als er anlegte. »Ove Hansen mein Name. Bitte einzusteigen! Bitte vorne hinsetzen!«

Gehorsam setzten sie sich in den Bugbereich. Warum sie genau dort sitzen sollten, wurde ihnen klar, als Hansen die Geschwindigkeit erhöhte. Das Boot hob sich mit dem Bug etwas aus dem Wasser. Ihr Gewicht verhinderte, dass es komplett abhob. Irgendwas fehlt doch! Kollerup vermisste das typische Röhren des Motors. »Elektro!«, rief der Skipper, als er das erstaunte Gesicht des Kommissars sah. Schneller, als es die Fähre jemals könnte, waren sie auch schon an der Düne. Zwar ordentlich durchgeschüttelt, aber naja, dachte Kollerup, bessert als gerührt.

Der Kollege der Wasserschutzpolizei gab Ove Hansen einen freundschaftlichen Hieb auf die Schulter und bat ihn, hier zu warten. »Hab ja bis heute Nachmittag frei. Kein Problem«, winkte Ove ab.

Kollerup wies seine Kollegen an sich auf den verschiedenen Wegen zu verteilen. »Treffpunkt ist das Passagierterminal. Abmarsch.«

Er selbst nahm mit Meier Zwo den nördlichen Weg, Larsson und die beiden Kolleginnen gingen durch das Bungalow-Dorf. Bei der Gelegenheit sah sich Larsson am Bungalow des Ermordeten kurz um. Alles unverändert, seitdem die Spurensicherung des TSB hier fertig war. Alle Siegel an Türen und Fenster intakt.

Kollerup und der Kollege gingen querfeldein. Eigentlich nicht erlaubt, aber es war sozusagen »Gefahr im Verzug«, und sie erlaubten sich diesen Naturfrevel.

Während sich also die Schlinge um den wichtigen Zeugen zusammenzog, saß ein bereits leicht angetrunkener Alexander Nansen an der Bar im Passagierterminal des Helgoländer Airports. Im Hintergrund dudelte »Smoke On The Water« als Lounge-Musik. Alexander erhob sich und machte dem Barkeeper das »Noch-einen–Zeichen«, bevor er den Raucherbereich betrat. Vor Jahren hatte er es aufgegeben, aber heute brauchte er einfach eine Zigarette! Die eine wird ihn sicher nicht rückfällig werden lassen! Er war mit den Nerven am Ende.

Er konnte es nicht fassen! Da hat doch der Reimers tatsächlich seine Tochter eingespannt! So ein Arschloch!

Wenn er nur daran dachte, wie sorgfältig sie alles geplant hatten. Jahre hatte es gedauert, bis er sich eine glaubhafte Legende aufgebaut hatte! Faxe, Claas, Jule und ihr Vater! Alle waren sich einig. Jule wurde für tot erklärt und organisierte alles aus dem »Off« sozusagen. Das große Ziel war die Wiedervereinigung der beiden Inselteile.

Und dann wechselt der Farmsen die Seite! Sie waren so kurz davor gewesen!

Er warf die Kippe achtlos fort und rempelte auf den Weg zurück zur Bar eine junge Frau an. Ihm war es egal. Soll die Schnepfe eben aufpassen!

Er kippte den Drink an der Bar in sich hinein. Vielleicht sollte er sich mal eben da hinten auf die Bank legen?

Zeit wäre ja noch genug. Nur mal eben kurz. Als er es sich gerade bequem gemacht hatte, wurde er angesprochen.

»Herr Nansen? Hallo! Herr Nansen!« Er öffnete die Augen. Vor ihm standen zwei uniformierte Beamten der Bundespolizei.

»Wassn los?«

»Stehen Sie bitte auf.«

»Wiesonaufstehn …?«

»Stehen Sie bitte auf!«

»Abbaichbinnich …«

»Total betrunken, der Typ.«

»Ja, da müssen wir wohl nachhelfen.«

Und schon wurde er unter den Armen gegriffen und auf der Bank aufrecht gesetzt.

»Haben Sie ihren Ausweis dabei, Herr Nansen?«

Der andere sagte zu seinem Kollegen: »Ich hol mal nen Kaffee.«

Nansen kam langsam zu sich, als er vom Kaffee trank. Tja, das war's dann wohl, dachte er resigniert. Plötzlich standen vier weitere Personen vor ihm. Einer von denen sah so gar nicht wie ein Polizist aus, obwohl der sich als Kriminalhauptkommissar Kollerup der Husumer Mordkommission vorstellte. Er lehnte sich zurück und sah sich den Typ genauer an.

»Haben Sie auch einen Ausweis?«, fragte er aufmüpfig. So leicht lässt sich kein Nansen … »Hier!« Ein Ausweis wurde ihm unter die Nase gehalten. »Und jetzt muss ich sie erstmal mitnehmen. Sie sind vorläufig festgenommen, als wichtiger Zeuge in einem Mordfall.«

Mit einer höflichen auffordernden Handbewegung bat ihn ein langer Lulatsch, ihnen zu folgen. Seltsam, wunderte er sich. Der sieht ja aus wie ich! Ächzend erhob er sich und schlurfte, begleitet von zwei jungen Beamtinnen, zum Ausgang.

Aha

Lassen wir ihn auf keinen Fall schlafen!«, mahnte Kollerup. Auf dem Monitor beobachtete er Nansen im Verhörraum. Neben dem Husumer Hauptkommissar standen Larsson und Kurt. Thore war mit seinem Team bereits dabei, Spuren des sichergestellten Materials in den Kisten zu sichern. Erst dann konnten sie darangehen, sie auf verwertbare Informationen zu sichten. Stine und die kurzfristig eingesetzte Beamtin des TSB halfen ihm dabei.

»Gut. Dann …«, murmelte Kollerup. Sekunden später betrat er den Raum.

»Moin, Herr Nansen«, begrüßte er seinen Gast. Der schien langsam nüchtern zu werden. Sein Blick wurde jetzt klarer. Kerzengerade saß er am Tisch und hielt mit beiden Händen den Kaffeebecher fest. Kollerup setzte sich und warf einige Bilder achtlos vor Nansen hin. Farmsen und er. Claas Horn und Reimers. Und eines mit Farmsen, Nansen, Horn und Reimers, auf einem Segelboot offenbar. Lachende Sommergesichter.

»Hat doch sicher Jule Reimers gemacht, oder?«, begann Kollerup das Gespräch, indem er auf das Gruppenbild deutete.

Nansen reagierte mit einer Frage: »Bin ich verhaftet?«

»Ach nein! Wir unterhalten uns nur! Nur vorläufig festgenommen. Verstehen Sie den Unterschied? Sie sind ja ein wichtiger Zeuge, wie diese Bilder deutlich zeigen. Nicht wahr?«

»Brauche ich einen Anwalt?«

»Sie sehen zu viele schlechte Krimiserien, Herr Nansen. Brauchen Sie denn einen?«

Nansen schien zu überlegen. Er blickte zur Decke. Atmete kräftig aus.

»Nein. Mal sehen, wohin das führt, Herr Kommissar. Schließlich will ich Ihnen helfen.«

»Sehr schön. Wir nehmen übrigens dieses Gespräch auf.« Kolle deutet in die Kamera. »Was dagegen?«

»Nein! Wenn es hilft, machen Sie nur!«

»Gut. Sehr gut.«

Kolle beugte sich vor. »Dann legen Sie mal los.«

Nansen sortierte die Bilder vor sich nebeneinander. Eine ganze Weile schwieg er, und es schien in ihm zu arbeiten. Sein Blick wanderte von einem Bild zum nächsten.

»Ja. Die hat Jule vor ihrem Tod gemacht. Aber auf einem Segeltörn lange vor ihrem … Unfall.«

Kolle ließ ihm Zeit und hielt sich zurück. Es war in bestimmten Verhörsituationen besser, dem Zeugen Zeit zu lassen. »Das hier.« Nansen deutete auf das Bild, auf dem er mit Farmsen, Claas Horn und Reimers zu sehen war. Mit Wehmut in der Stimme sagte er: »Da war die Welt noch in Ordnung. Kurz vor dem ersten Bürgerentscheid. Wir segelten von Husum nach Helgoland. Bestes Wetter, leichter Ostwind. Perfekt.« Er nickte traurig und war völlig vertieft in den Erinnerungen. »Und dann das knappe Ergebnis. Gegen die Inselvereinigung.«

Kolle war jetzt ganz der Mitfühlende. »Aber Sie haben nicht aufgegeben. Reimers hat dann mit Hilfe von Farmsen den Sender aufgebaut.«

»Ja. Wir dachten, dass ein so knappes Ergebnis leicht zu beeinflussen wäre. Eine Rieselfunkstation, die mit ihren Beiträgen die unentschlossenen Helgoländer auf unsere Seite holt. Faxe und Claas sollten das mit dem Sender machen und Jule sollte direkt die Leute überzeugen. Ich war für die Pressearbeit »Pro Vereinigung« zuständig.«

»Die Naturschutzverbände waren auf Ihrer Seite«, wandte Kollerup ein.

»Das war auch Jules Anteil. Sie war Rangerin auf der Düne. Reimers hatte das eingefädelt.«

»Und Faxe und Jule wurden ein Paar?«, fragte Kolle.

Nansen seufzte. »Oh ja.«

Kolle war jetzt verwirrt. Er fragte nach: »Farmsen war auf eurer Seite, Jule war auf eurer Seite. Warum haben die beiden sich dann getrennt?«

Sein Gegenüber machte eine wegwerfende Geste. »Später waren die Naturschutzverbände plötzlich Gegner des Plans. Reimers war der Meinung, dass Jule dort nichts mehr bewegen könne.«

Kolle ahnte es. Reimers hatte sie abgezogen. Damit die Verbindung zu ihm auf Helgoland nicht zu offensichtlich wurde, sollte Jule vom Festland die Pressearbeit der Kampagne übernehmen. »Ich wurde dann zum Magier ausgebildet.«

»Ausgebildet?«, hakte Kolle nach.

Nansen breitete seine Hände aus. »Naja … irgendwie schon. Ich musste klein anfangen und mich dann hocharbeiten.«

»Warum wurden Sie Illusionist, Magier, oder wie man das auch immer nennen mag?«, wollte Kolle wissen.

»Der Plan war, Jule durch ein fingiertes Unglück von der Bildfläche verschwinden zu lassen. Dann sollte ich unerkannt und inkognito das nächste Bürgerbegehren vorbereiten.«

»Und dann lief etwas schief …«, warf Kollerup lauernd ein.

Nansen sah ihn erstaunt an. »Ja. Plötzlich lief alles irgendwie aus dem Ruder.«

»Zum Beispiel?«

»Ich traf hier auf Helgoland die alte Jugendliebe meines Vaters. Sie hat mich sofort erkannt. Da war es vorbei mit dem Plan. Und dann … Farmsen tot. Als ich davon hörte, war es aus. Die Aktion wurde von Reimers komplett abgeblasen.«

Kolle sah ihn eindringlich an. »Haben Sie Jule in den letzten Tagen hier auf Helgoland gesehen?«

»Zuerst dachte ich es. Eine junge Frau, die mich an sie erinnert, stieß mit mir unten am Hafen zusammen. Aber das war wohl eine andere Frau. Jule überhaupt nicht ähnlich.« Nach einer Schweigeminute fügte er hinzu: »Außerdem hätte sie irgendjemand erkennen müssen. Sie war ja lange genug Thema der Helgoländer Tratsch- und Klatschszene.«

Kollerup gab ihm innerlich recht.

Es klopfte plötzlich. Larsson steckte seinen Kopf ins Zimmer.

»Wichtig«, sagte er nur.

»Tja, Herr Nansen!«, rief Kolle aufseufzend und erhob sich. »Vorerst dürfen Sie gehen. Aber bitte tun Sie sich und mir den Gefallen, vorerst die Insel nicht zu verlassen. Meine Kollegin wird Ihnen Ihre persönlichen Sachen aushändigen.« Nur zögernd verließ Nansen den Raum.

Als Nansen außer Hörweite war, fragte Kollerup seinen Assistenten, was es denn so Wichtiges gebe. Der erwiderte nur: »Lassen Sie sich überraschen.« Gemeinsam betraten sie den Raum, in dem Thores Leute den Inhalt der Kisten untersuchten.

»Moin, Thore! Was gefunden?«

»Ja, ne ganze Menge!«, freute sich Kolles Freund vom TSB und deutete auf einen Tisch mit den Dingen, die bereits behandelt waren. Stine stand dort und wies ihn ein. »Hier haben wir die gesammelten privaten Gegenstände des Toten. Auf dem Tisch dort«, sie deutete auf den Tisch in einer anderen Ecke, auf dem kleinere und größere Geräte lagen, »sehen Sie Laptop, Digitalkamera und das Smartphone des Toten. Dort … naja … das sehen Sie ja, ist die Spusi noch zugange.«

Sie zeigte jetzt auf das, was vor ihnen lag. Bilder, verschiedene Unterlagen über Versicherungen und anderen amtlichen Kram, der mit dem Sender zu tun hatte. Kolle fiel sofort ein Stapel Fotos auf, die Faxe Farmsen und eine junge Frau zeigten. Auf einem Bild war mit weißem Filzstift ein Herz mit dieser Inschrift gemalt: »In Liebe, Jule!«.

»Habt ihr auf dem Handy was gefunden? Videos oder Bilder?«

»Ja. Sehen Sie.« Sie wandte sich zum anderen Tisch und schaltete das Phone ein. »Nicht mit Passwort geschützt?«, wunderte sich der Kommissar.

»Nein. Hatten wir Glück.«

Stine erklärte ihm, dass man zwar Bilder und so weiter löschen kann, aber die meisten vergessen, den Ordner »gelöschte Bilder« zu leeren. Sie öffnete diesen Ordner. Etwa 300 Bilder und vielleicht genauso viele Kurzvideos öffneten sich.

Faxe am Strand mit Jule. Jule in einer Helgoländer Kneipe am Tresen. Jule und Faxe an der Bar im

»Atoll«, vermutlich von einem Gast aufgenommen. Und so weiter. Alles Relikte einer vergangenen, glücklichen Zeit. Das jüngste Bild zeigte Jule nachdenklich an einem Fenster, auf die Helgoländer Winterlandschaft blickend.

»Gut. Sehr gut!« lobte Kolle alle Anwesenden laut. »Laptop schon gesichtet? Thore?« Der angesprochene schüttelte bedauernd den Kopf. »Hey Kolle, wir sind Polizisten! Keine Magier!«, womit für ihn die Sache zunächst erledigt war.

Kollerup wandte sich an Larsson: »Das Bild an alle verschicken. Wichtiger Zeuge!« Sein Assistent gab Stine einen Wink, und sie machten einen Schnappschuss mit ihren Phones und schickten es mit dem Hinweis »Wichtiger Zeuge« herum.

Jule

Das Börteboot tuckerte gemächlich auf der ruhigen Nordsee vor der Westseite Helgolands. Zehn Personen saßen auf den Holzbänken und lauschten konzentriert den Worten des Bootsführers. »Unter uns befindet sich das einzige Felsenwatt der Welt. Bei Niedrigwasser erstreckt sich hier eine riesige Steinwüste. Das sind die letzten sichtbaren Reste des Landes, das sich kurz nach der letzten großen Eiszeit vor 7000 Jahren zwischen der britischen Hauptinsel bis nach Skandinavien erstreckte.«

Jule kannte das alles in- und auswendig. Warum sie sich dieser Rundfahrt angeschlossen hatte, konnte sie rational nicht erklären. Sie wollte einfach das Risiko einer Entdeckung testen. Vielleicht auch das Schicksal herausfordern. Sie kannte sogar den Bootsführer noch. Ove Hansen hieß der, erinnerte sie sich jetzt wieder an den Namen.

Nach der Tat ging es ihr sehr gut. Selbst als sie das Haus auf der Düne ausgeräumt hatte, fühlte sie eine Art Befriedigung. Endlich hatte sie etwas abgeschlossen. Endgültig. Zwar fehlten noch einige Details, um das alles zu einem sinnvollen Ende zu bringen, aber das konnte noch warten.

Sie nahm die Sonnenbrille ab, steckte sie in die Manteltasche und kniff ihre Augen leicht zusammen. Aufmerksam lauschte sie Hansen, sah ihm direkt in die Augen und nickte wie eine brave Schülerin. Spielerisch zog sie die Hand in einem günstigen Moment mit der kleinen Waffe aus der Manteltasche, ließ ihre Hand durch das Wasser gleiten. Dabei musste sie sich etwas über die Bordwand beugen.

»Bitte NICHT über die Bordkante beugen!«, ermahnte sie Ove Hansen. »Schließlich ist es hier immerhin noch knapp drei Meter tief.« Schuldbewusst nahm sie den Arm wieder ins Boot. Ihre Hand war jetzt leer. Wäre das auch erledigt, dachte sie befriedigt, während sie die Hand mit einem Tuch trockenrieb.

Während Hansen weiter erklärte, wie groß das Felsenwatt war, deutete er zum Helgoländer Felsen rüber.

Sie langweilte sich jetzt ein wenig. Helgoland war für sie, seitdem sie mit Faxe im Streit auseinandergegangen war, nur noch ein normaler roter Felsen im Wasser, ein völlig von Vögeln zugekoteter, stinkender Felsen.

Was seit ihrem fingierten Tod zählte, war das Geld, das man mit dem Projekt machen könnte. Millionen! Das hatte sie angetrieben. Das Leben war doch viel schöner, wenn man sich ums Geld keine Sorgen machen musste!

Aber, nein! Herr Farmsen musste seine Meinung ändern! Er ist dann zur Gefahr für sie und ihren Lebensstil geworden.

Sie liefen jetzt wieder in den Nordosthafen ein. Als sie aussteigen wollte, bot Hansen ihr seine Hand an. Lächelnd nahm sie die Hilfe an. Als sie oben auf dem Kai stand, sprach er sie an: »Entschuldigung, aber kennen wir uns nicht?«

»Nein …«, sie sah ihn skeptisch-erstaunt an, wie jede Frau, die dem Gegenüber sagen wollte, ob das schon alles sei und was zur Hölle diese platte Anmache solle.

»Och … nicht falsch verstehen, ich bin verheiratet.« Grinsend zeigte er ihr seinen Ehering. »Trotzdem«, fuhr er fort, »Sie kommen mir irgendwie bekannt vor. Und ich weiß nicht, woher.«

»Tut mir leid. Ich bin das erste Mal auf Ihrer schönen Insel.« Sie wandte sich lächelnd um und entfernte sich schnell. Puh, Schwein gehabt, dachte sie erleichtert. Die Operationen haben sich wirklich bezahlt gemacht. Andere Nase, Wangenknochen verändert und am Kinn ein wenig gehobelt.

Sie erreichte das Hotel »Atoll« gerade, als das Einbooten mit den Börtebooten begann. Heute lagen nur zwei Schiffe vor Helgoland. Und die waren auch nicht voll ausgelastet. Weiter hinten lag die MS Helgoland und eines dieser schnellen, modernen Katamarane im Hafen. War ihr auch egal. Hauptsache, sie würde das, was sie noch vorhatte, erledigen.

Sie bemerkte mehrere Menschen, teils in Polizeiuniform und andere in Zivilkleidung, die Kisten schleppten, die ihr sehr bekannt vorkamen. Neugierig ging sie näher. Ihre Knie wurden weich, als sie sah, welche Kisten es waren. Nein! Entsetzt weiteten sich ihre Augen. Wie konnte es ein … »Bitte Platz da!«, fuhr sie eine männliche Stimme von der Seite an. Impulsiv rief sie grob: »Geh doch außen herum, du Depp!«, bevor sie überhaupt sehen konnte, wer sie angeblafft hatte. »Gnädigste, wären Sie bitte so freundlich und würden mich mit diesem unheimlich schweren Bierfass durchlassen?« Sie musste ihren Blick etwas senken, um die Quelle dieser tiefen, männlichen Stimme zu erkennen. Ein schwitzender kleiner Mann mit einem Fass auf der Schulter stand vor ihr.

»Oh ja! Natürlich. Entschuldigung. Ich war in Gedanken.«

»Habe ich bemerkt«, grummelte der Mann und wankte zum Restaurantbereich des Hotels.

Ihre Gedanken schlugen Purzelbäume, während sie zu ihrem Zimmer ging. Bedeutet das, dass sie Nansen auch haben? Sie hatte die Aktivitäten der Polizei aus sicherer Entfernung verfolgt. Auch, dass die Leiche von Faxe mit dem Hubschrauber ausgeflogen wurde, hatte sie bemerkt. Aber dass Nansen von der Polizei geschnappt wurde, war ihr entgangen.

Sie legte sich aufs Bett und dachte nach. Auf keinen Fall durfte der Name ihres Vaters in diesen Mord verwickelt werden! Andererseits hatte die Polizei sicher schon über den Sender eine Verbindung zu ihm gezogen. Und wenn ihr Vater Teil der Ermittlungen war, dauerte es nicht lange, bis man in der Legende ihres Todes herumwühlte.

Warte! Sie musste sich bremsen. Keine Panik! Die Waffe ist weg. Auf den Videos kann man sie nicht erkennen. Ein intelligenter Ermittler würde höchstens erkennen, dass eine Frau auf den Überwachungsvideos zu sehen war.

Und sie war bereits mehrere Wochen unerkannt auf Helgoland. Selbst Faxe hatte sie nicht im Menschengewühl erkannt. Und Nansen schon mal gar nicht. Schließlich wurde sie selbst von ihm während einer Vorstellung auf die Bühne gerufen. An diesem Abend waren alle anwesend, die sie als Jule kannten und hätten erkennen müssen. Warum sich also Sorgen machen? Sie beruhigte sich wieder. Alles gut, sagte sie sich.

Jetzt musste Teil zwei ihres Planes umgesetzt werden.

Die Bombenattrappen waren platziert. War super gelaufen, rief sie sich in Erinnerung. Einfach bei einer Bunkerführung unbemerkt versteckt. Dann schlief sie ein.

Als es draußen dunkelte, wachte sie aus einem kurzen Traum auf. Zunächst etwas orientierungslos, dann wurde ihr klar, wo sie war, was geschehen ist und was sie als nächstes machen musste.

Sie ging duschen und anschließend runter, um eine Kleinigkeit zu essen. Nach dem Essen ging es ihr viel besser. Sie flirtete sogar mit dem Barkeeper, den sie heute als Muskelpaket erlebt hatte. Onne hieß der. Süß.

Bevor sie zu Bett ging, machte sie einen ausgiebigen Spaziergang auf dem Unterland. Sie genoss jetzt die Ruhe, die Stille und die kühle Luft der Nacht.

Bald ist alles vorbei, Papa, flüsterte sie leise, dann machen wir deinen Traum wahr.

Gerade, als sie um eine Hausecke bog, kam ihr ein kleiner weißer Hund entgegen. Misstrauisch blieb er stehen und setzte sich. Als sie näherkam, schnupperte er in der Luft herum, als ob er einen bekannten Geruch wahrnehmen würde. Jetzt erkannte sie den Hund! Es war der Hund einer Helgoländerin, die sie beim Einkaufen oft getroffen und mit der sie auch schon mal einige freundliche Worte gewechselt hatte. Der Hund war eine Mischung Marke »Querbeet«. Jetzt fiel ihr der Name ein. Watzmann. »Watzi« gerufen. Auf gleicher Höhe erhob sich Watzi und wedelte ganz leicht mit seinem Schwanz. Sie blickte um sich, niemand zu sehen. Neugierig kam er näher und schnupperte wedelnd an ihrer Hand, die sie ihm vor die Nase hielt. »Na?«, sprach sie ihn leise an. Er zuckte kurz mit dem Kopf zurück und freute sich plötzlich sehr laut, eine alte Freundin wieder getroffen zu haben. Er begann freudig zu bellen, sprang an ihr hoch und drehte jetzt völlig durch vor Freude. Aus der Nebengasse rief eine Frau seinen Namen. »Watzi! Watzi, wo bist du?

Komm!« Aber er ließ nicht locker und bellte und freute sich. Jetzt musste Jule sehen, dass sie wegkam. Aber wie? Plötzlich stand die Frau vor ihr. Beide Hände in die Hüften gestemmt und sah sie an. »Was machen sie mit Watzi?« und an ihren Hund gerichtet: »Watzi, was machst du da? Lass die Dame zufrieden! Aus!«

»Ich habe keine Ahnung, warum Watzmann so …«, zu spät bemerkte sie ihren Fehler.

»Woher kennen Sie seinen Namen?«

»Ach, ich weiß nicht …«

»Ah! Die Stimme kenne ich doch! Ich bin zwar so gut wie blind, aber diese Stimme … Jule?«

»Äh … nein … Verwechslung!«, rief Jule und lief so schnell sie konnte fort. Selbst Watzi war so perplex, dass er nicht wusste … sollte er der Jule hinterher oder besser auf Frauchen aufpassen? Die rief jetzt ihren Namen. »Jule! Wohin läufst du denn! Gibt's doch nicht, Watzi, was? Jule lebt!«

Alexander

Nansen stand an der Kaimauer des Binnenhafens, wo um diese Zeit die Börteboote festmachten, und starrte deprimiert ins Wasser. Alles vorbei. Jahre der Vorbereitung umsonst.

Wie konnte er Käthe unbefangen wieder unter die Augen treten? Gerade hatten sie eine Beziehung aufgebaut. Und nun war er kopflos geflüchtet, bereit, alles hinter sich abzubrechen. Seufzend und mit schweren Beinen ging er zurück in die Pension. Reinen Tisch machen.

Als er die Unterkunft betrat, traf er mit den letzten Gästen zusammen, die sich hastig auf den Weg zum Katamaran machen wollten. Tine Rickels, ihre Enkelin, stand hinter dem Tresen der Rezeption. Sie bediente gerade einen Gast. Hinten im Büro sah er Käthe am Schreibtisch sitzen. Zufällig trafen sich ihre Blicke. Sofort schoss sie aus dem Stuhl, sah ihn dabei mit traurigen Augen an. Als der Gast fort war, sagte er leise: »Wir müssen reden, Käthe.« Als Tine sich aus dem Staub machen wollte, weil sie die beiden alleine lassen wollte, hielt sie Käthe zurück. »Bleib ruhig hier. Ich denke, dass die Zeit der Geheimnisse jetzt vorbei ist.«

Die nächste Stunde war die schwerste in Alexanders Leben. Sie saßen schweigsam in der Küche.

Käthe war erstaunlicherweise sehr verständnisvoll, fand er, als sie sich ausgesprochen hatten. Sie sah ihn an und sagte: »So ist das also.«

Alexander nahm ihre Hand, die sie ihm nicht entzog, und sagte sanft: »Ja, so ist das. Ich wollte dich nur schützen, dich nicht in diese Sache hineinziehen.« Mit Blick auf Tine fügte er hinzu: »Und dich natürlich auch.«

»Was wird dann jetzt? Wie geht's weiter?«, weckte ihn Tines Frage aus seinen düsteren Gedanken.

»Ich muss jetzt solange auf der Insel bleiben, bis der Fall abgeschlossen ist.«

Sie saßen zusammen, bis es draußen dunkel wurde. Redeten, tranken Kaffee und rauchten gemeinsam.

»Was wäre, wenn du ganz hier auf Helgoland bleiben würdest?«

Tines Frage traf ihn wie ein Hammerschlag.

»Du meinst, hier leben?« Er sah sie an.

»Ja. Warum nicht? Ich meine … du hast ja nichts verbrochen. Oder? Und auf dem Festland? Was erwartet dich da?«

Sie hatte Recht, fand er. Als Magier hatte er einiges auf dem Kasten. Und so schlecht ließ es sich hier nicht leben. Im Sommer konnte er Geld dazuverdienen. Das einzige Problem war das Hotel, das dem Reimers gehörte. Da würde er sicher nicht wieder spielen können. Aber es gab ja noch viele Möglichkeiten, hier aufzutreten.

Käthe und Tine sahen ihn erwartungsvoll an, während er nachdachte. Sie konnten erkennen, wie es in ihm arbeitete. Und wie sich seine Falten glätteten, bemerkten sie auch.

Er gab sich einen Ruck und rief: »Klar! Was soll's! Ich bleibe hier!« Bevor die beiden in Jubel ausbrachen, setzte er augenzwinkernd hinzu: »Aber meinen Künstlernamen behalte ich!«

»Fritz Maier? Ernsthaft?« Die beiden Frauen lachten.

»Hey, was ist an dem Namen Fritz auszusetzen?« Aber er wusste, dass er auch mit seinem falschen Namen Schluss machen sollte. Reinen Tisch machen.

So verbrachten sie einen Abend mit Lachen und in friedlicher Stimmung. Sie aßen ihr selbst gekochtes Essen, tranken Wein. Alexander sagte sich, dass das Leben so einfach sein könnte. Und die Schatten der Vergangenheit verblassten.

Nach dem Essen vertrat er sich die Beine, wanderte durch die verlassenen Straßen und Gassen der Insel. Plötzlich hörte er eine Stimme rufen. Ganz in der Nähe: »Jule! Wohin läufst du denn!« Sein neues Kartenhaus fiel mit einem Schlag in sich zusammen. Er hastete zur Quelle dieser Stimme. Er fand eine ältere Dame mit einem kleinen weißen Hund in einer Seitengasse vor. Sie redete mit dem Tier wie mit einem Kind. »Watzi, du musst jetzt nach Hause kommen! Jule kommt bestimmt zurück.«

»Entschuldigung. Haben sie eben den Namen Jule gerufen?«

»Ja. Wer sind Sie?«

»Ich bin ein alter Freund von Jule. Alexander heiße ich. Wohin ist sie denn gelaufen?«

»Da lang!« Sie wies ihm den Weg. »Gerade eben! Ich sehe nicht mehr so gut, aber hören kann ich sehr gut. Das war die Jule Reimers. Watzi hat sie auch erkannt! Nicht wahr, Watzi?«

Wortlos lief er in die angegebene Richtung. Dann blieb er stehen. Er vernahm schnelle Schritte. Irgendwo da vorne. Auf seinen Gummisohlen war er absolut nicht zu hören. Fast geräuschlos rannte er los. Eine Gestalt kreuzte in etwa 50 Meter seinen Weg und war wie der Blitz in einer Seitenstraße verschwunden, die zum Südhafen führte. Er hatte den Straßenplan im Kopf und wusste, wie man vielleicht den Weg abkürzen konnte.

Völlig außer Atem erreichte er den Südhafen. Keine Sekunde zu spät! Er kauerte sich an einem Holzzaun, der den Außenbereich eines Hotels begrenzte. Durch die Lücken der Holzverkleidung konnte er eine Gestalt erkennen, die aus der anderen Gasse gelaufen kam und stehenblieb. Sichtlich außer Atem, wie die pumpenden Bewegungen ihrer Brust zeigten. Sie stand jetzt da und sah sich um. Alexander formte seine Hände zu einem Trichter und rief: »Jule!« Die Frau erstarrte in ihren Bewegungen.

Gerade so, dass er es hören konnte, sagte sie tonlos: »Alexander?« Er antwortete mit einem langgezogenen »Jaaa.«

»Zeig dich, du Feigling. Wo bist du?« Panisch bewegte sich ihr Kopf in alle Richtungen.

»Hier bin ich.«

»Wo!«, schrie sie verzweifelt in die Nacht.

Mit gezücktem Smartphone sprang er lautlos über den Zaun.

»Hinter dir, Jule.« Sie wandte sich um, und als der Mann in Schwarz auf den Auslöser tippte ließ sie ein greller Blitz für zwei Sekunden blind werden. Als sie wieder ihre Umgebung wahrnehmen konnte, war er verschwunden. Als wäre er nie hier gewesen.

Letzter Akt, erster Aufzug

Die morgendliche Besprechung zog sich in die Länge. Kollerup wurde ungeduldig, als bei der Live-Videoschaltung Staatsanwalt Eysenhard darüber schwadronierte, wie sehr ihm die Presse zusetze. »Und was haben Sie denn nun so tolle Neuigkeiten? Das ist jetzt der dritte Tag nach der Tat! So langsam brauche ich etwas, das ich der Presse sagen kann!«

Kollerup stand auf und hob eine Hand. »Herr Eysenhard ... wir haben den Fall so gut wie aufgeklärt. Fehlt nur noch die Täterin.«

»Wie? Die Täterin?«

Kolle erklärte langsam und im Detail, was sie bisher hatten. Er ließ sich gerade darüber aus, was in den Kisten gefunden wurde, als Thore hektisch winkte. Der Chef des TSB wandte sich an den Staatsanwalt auf dem riesigen Monitor. »Tut mir leid, dass ich unterbrechen muss, aber wir haben gerade eine Bombendrohung bekommen.«

»Moment, die Kollegin der Wasserschutzpolizei hat es aufgenommen.«

Jetzt tönte eine kalte, weibliche Stimme durchs Zelt: »Hier ist Jule Reimers. Ich habe drei Bomben auf Helgoland deponiert. Wo genau, sage ich erst, wenn Sie mir ein Flugzeug, vollgetankt natürlich, bereitstellen. Ich melde mich wieder.«

»Ist das echt? Oder nur eine Trittbrettfahrerin?«, wollte Eysenhard wissen.

»Da wir keine Stimmaufzeichnungen von Jule haben, wissen wir das nicht«, gab Thore zu.

»Das Bombenräumkommando loszuschicken wäre vielleicht zu früh«, gab Kolle zu bedenken. »Und eine Panik hätte sicher viele Verletzte zur Folge. Wenn nicht sogar Tote.«

»Was schlagen Sie also vor?« fragte Eysenhardt.

»Wir sind an dieser Jule dran. Vielleicht ist sie nicht auf der Insel. Wir wissen es nicht. Alle möglichen Aufzeichnungen von den Überwachungskameras, so viele sind es ja doch nicht hier, haben keinen Hinweis ergeben, dass sie hier auf Helgoland ist.«

»Machen Sie also weiter, Kollerup. Brauchen Sie einen Haftbefehl für diese Dame?«

»Noch nicht, Herr Staatsanwalt. Momentan wird sie als wichtige Zeugin gesucht. Wenn wir sie heute Abend nicht gefunden haben, melde ich mich noch einmal.«

Mit einem »Lassen sie mich nicht im Stich, Kollerup!«, schaltete sich Eysenhardt weg.

»Also gut, Leute …«, begann er, als sein Telefon ihn unterbrach. Es war Nansen, wie Kolle dem Display entnahm. »Moment, Leute!«, rief er mit erhobenem Arm, als sich Unruhe breit machte. »Nansen! Haben Sie was zu beichten?« bellte er ins Handy. Er hörte aufmerksam zu, kommentierte mit »Aha« oder »Soso« und »Das ist interessant!« Beendet wurde das Gespräch mit »Dann schicken Sie mir das Bild! Und … heute Nachmittag brauche ich Ihre Aussage. Ja, wieder da unten bei der Wasserschutzpolizei, 15 Uhr.«

Kollerup hielt das Smartphone so, dass es jeder sehen konnte. Ein bleiches, von einem Blitz erhelltes Gesicht einer jungen Frau. Aufgerissene Augen, offener Mund. »Das …«, er zeigte es erneut allen und fuhr fort, »… ist Jule Reimers heute!«

Als er sicher war, dass es jeder gesehen hatte, schickte er es Thore als Beweismittel.

»Jeder bekommt wieder das Bild auf seinem Diensthandy. Wichtige Zeugin!« rief er. »Aber bevor Sie jetzt alle auf ihre Phones starren, hören Sie zu!«

Er hatte jetzt die volle Aufmerksamkeit.

»Sie wohnt im Hotel ›Atoll‹. Ich werde jetzt mit Larsson dorthin gehen. Zur Unterstützung möchte ich zwei Beamte mitnehmen. Das war es fürs Erste. Thore, hast du noch etwas?«

»Wir sind momentan voll mit der Sichtung des Kistenmaterials beschäftigt. Bisher wird alles, was wir auch so über Farmsen erfahren haben, durch die gefundenen Unterlagen bestätigt. Auch haben wir Material über Farmsens Familie gefunden sowie weitere persönliche amtliche Unterlagen. Ein Tagebuch ist besonders interessant, das die Beziehung zu Jule beschreibt.«

»Aber alles VOR ihrem Tod oder Verschwinden?«, fragte Kolle.

»Ja, nichts, was mit Jule zu tun hat, das nach ihrem Verschwinden wichtig wäre.«

»Okay, Leute!«, rief Kollerup. »Wir gehen dann jetzt und suchen die Reimers. Larsson! Stine! Mitkommen.«

An Kurt gewandt sagte er: »Deine beiden Vorzeigepolizisten, Meier Eins und Zwo, kannst du die mir ausleihen?«

»Klar. Soll ich dann den Nansen heute Nachmittag empfangen, um seine Aussage zu protokollieren?«

»Das wäre furchtbar nett.«, säuselte Kolle zum Abschied.

Als sie an der Rezeption dem Angestellten das Foto zeigten, erkannte der die Frau sofort. Er tippte kurz etwas auf seiner Tastatur. »Frau Nena Sittensen. Zimmer

223. Zweiter Stock …« Weiter kam er nicht. »Larsson, mitkommen, Sie beide zu den Ausgängen. Einer hier, einer hinten am Restaurant, und Sie Stine, fahren mit dem Fahrstuhl in den zweiten Stock und blockieren ihn. Alles klar?« Alle nickte mit ernster Miene. »Dann los!«

Als er mit Larsson vor der Tür stand, gaben sie sich Zeichen, wer die Tür eintreten sollte. Schließlich brachen sie gemeinsam die Tür ein. Kollerup sprang als erster mit gezogener Waffe ins Zimmer. »Polizei, Polizei!« riefen beide, als sie im Zimmer waren und sich nach allen Seiten absicherten. »Badezimmer«, flüsterte Kolle. Auch hier gähnende Leere.

Sie stürmten auf den Flur, als sie Kampfgeräusche hörten.

Scheinbar hatte Jule sich in einem »Serviceraum« versteckt, wie eine offene Tür vermuten ließ. Sie hatte aber nicht damit gerechnet, dass hier eine Beamtin Wache hielt. Als sie hörte, wie Kolle und Larsson die Tür aufbrachen, verließ sie den Raum und wurde von Stine überwältigt.

Mit wutverzerrtem Gesicht lag sie in Handschellen am Boden, und Stine hielt eine Waffe auf sie gerichtet. »Holla, Frau Reimers! Angriff auf eine Polizeibeamtin!«, sagte Kolle. Er versuchte ihr aufzuhelfen, aber sie schüttelte seine Hand ab.

An Stine gewandt fragte er: »Sind Sie verletzt, Stine?« Ihre Nase blutete, und auf der Stirn bemerkte er einen Kratzer, wahrscheinlich von Fingernägeln. »Nein. Geht schon«, tat sie seine Fürsorge lächelnd ab.

Er rief Thore an. Er solle sofort ins Zimmer 223 kommen.

Als sie unten den Fahrstuhl verließen, kam zufällig Onne vorbei. Auf der rechten Schulter trug er einen riesigen Behälter mit Eis. Mit lockeren und federnden Schritten wollte er gerade an ihnen vorbei und hatte bereits ein »Moin Kolle und Larsson. Ein bisschen früh für Bier …« auf den Lippen, als er stockte und die Situation erfasste. »Einen Fall ohne mich gelöst. So, so. Na, wir sprechen uns noch!« Er spielte den Beleidigten.

»Woher weiß du, dass der Fall gelöst ist?«, wollte Kolle wissen. Onne drehte sich um und tippte an seine Nase. Dann verschwand er rückwärts durch die Tür zur Küche, indem er sie mit der Eiskiste aufstieß.

»Personal!« Kolle verdrehte die Augen. Meier Eins und Zwo nahmen Jule in die Mitte. »Ach ja!«, rief Kolle. »Das hätte ich ja beinahe vergessen.« Er sah Jule Reimers ins Gesicht und sagte: »Sie sind vorläufig festgenommen. Angriff auf einen Beamten, Gefährdung durch eine Bombendrohung und wegen des Verdachtes, Faxe Farmsen erschossen zu haben. Alles Weitere in der Polizeiwache. Nach Ihnen!« Galant hielt er die Tür auf, und sie hatten sofort die volle Aufmerksamkeit der Menschen. So eine Zusammenballung von Polizei gab es eher selten auf Helgoland. Mit großen Augen wurden sie angestarrt. Maier und Meyer reckten sich um einige Zentimeter und ließen ihren amtlichen Blick über die Leute schweifen. Einige hielten ihr Phone in die Luft und machten Selfies, Schnappschüsse. Erinnerungsfotos. Und einige sind sicher jetzt auf den sozialen Medien zu sehen, dachte Kolle. »Machen Sie Platz da, bitte!«, dröhnte die Stimme von Meier Zwo über den Vorplatz. »Lassen Sie uns durch!«, rief Meier Eins. Als sie gerade an den Hummerbuden waren, flogen förmlich zwei Polizeiwagen lautlos an ihnen vorbei. Mit Blaulicht kamen sie vom Oberland und schalteten die Sirene ein. Thore und seine Truppe.

Letzter Akt, letzter Aufzug

Es war totenstill in der Wache. Alles starrte auf den Monitor, der eine junge Frau zeigte, die zusammengesunken auf einem Stuhl saß. Die ganze Wasserschutzpolizei war versammelt. Sie hielten sich im Hintergrund und tranken Kaffee. Kurt, Kollerup und Larsson standen hinter Ilka, die Kamera und Ton steuerte.

»Gut, Ilka. Wenn ich Ihnen das Zeichen gebe, spielen Sie die Bombendrohung ab.«

Er begab sich in den Verhörraum. Kurz danach war es auf dem Monitor zu sehen.

»Also …«, Kolle setzte sich und knallte einen wie immer leeren Aktendeckel auf den Tisch.

Er sah Jule an. »Name, Wohnort?« leierte er.

»Habe ich vergessen.«

»Sind Sie Nena Sittensen?«

»Habe ich vergessen.« Ablehnende Körperhaltung, abwehrend. Arme verschränkt. Schutzhaltung.

Kolle gab ein Zeichen in die Kamera.

»Hier ist Jule Reimers. Ich habe drei Bomben …« Jule schlug auf den Tisch. »Ja! Das bin ich!«, schrie sie mit verzerrtem Gesicht.

Ganz ruhig fragte Kolle: »Name, Adresse?«

»Jule Reimers, Sie verdammtes Arschloch! Ja, ja, ja! Ich bin Jule Reimers. Wohnhaft hier und da!«

»Wo haben Sie die Bomben versteckt?«

»Es gibt keine Bomben.« Ganz ruhig und plötzlich sehr freundlich.

»Keine Bomben?«

»Nein.«

»Und die Drohung? Die Forderung mit dem Flugzeug?«

»Das war ich nicht.« Unsicher, ihre Hände verknoteten sich.

»Nicht?« Er gab noch einmal ein Zeichen in die Kamera.

»Hier ist Jule Reimers. Ich habe drei Bomben auf Helgoland deponiert. Wo genau, sage ich erst, wenn Sie mir ein Flugzeug, vollgetankt natürlich, bereitstellen. Ich melde mich wieder.«

»Das ... war ich nicht. Das ist eine andere.« Aha. Plädiert auf unzurechnungsfähig? Nicht sein Problem. Weiter.

»Wir haben drüben«, er wies in eine unbestimmte Richtung »... einen Stimmexperten, der mit seiner Software herausfinden wird, dass Sie es sind.« Er beobachtete sie. Ein wahres Konzert von Emotionen durchlief ihr Gesicht.

Und wieder gab er ein Zeichen.

Die Befragung von Alexander Nansen war zu hören. Auf ihrem Gesicht liefen nun Tränen hinunter.

Als die Stelle kam, an der Nansen Jules Beziehung zu Farmsen erwähnte, weinte Sie aufschluchzend.

Erbarmungslos lief die Aufzeichnung weiter.

»Der Plan war, Jule durch ein fingiertes Unglück von der Bildfläche verschwinden zu lassen. Dann sollte ich unerkannt und inkognito das nächste Bürgerbegehren vorbereiten.«

Jule verlor die Beherrschung. »Was denkt dieser Sack Nansen sich eigentlich? Ich habe alles geplant, ICH und mein Vater! Nansen war nur eine Figur und Faxe genauso! Ja, ich habe ihn geliebt. Aber das ist nicht wichtig für das große Ziel!« Sie lief wie ein Raubtier in einem Käfig herum, hämmerte gegen die Wand.

»Wo sind die Bomben?« Ganz ruhig stellte Kolle die Frage.

»Ach!«, sie machte eine wegwerfende Geste. »Scheiß auf die Bomben! Es gibt keine!« Sie setzte sich und murmelte: »Jedenfalls keine echten.«

Kollerup hielt sich zurück, weil er ahnte, dass er auf dem richtigen Pfad war. Zwar ein undeutlicher und noch kein Weg, aber die Richtung konnte er deutlich vor Augen sehen.

»Jetzt ist auch alles egal«, sagte sie matt und knabberte an einem Daumennagel.

»Wollen Sie uns mehr erzählen?« Kolle zündete sich eine Zigarette an, bot ihr auch eine an. »Kann uns mal jemand einen Kaffee bringen?« Der Hauptkommissar sah zur Kamera. Eine Minute später brachte Larsson zwei Kaffee. Schwarz.

Beide saßen schweigsam vor sich hin rauchend am Tisch. Nach einer Weile fragte Kollerup: »Kaffee gut?«

Sie nickte nur ins Leere.

»Übrigens …«, begann er im Plauderton. Trank einen Schluck und fuhr fort: »Der Ganzkörperanzug stand dir sehr gut.«

»Finden Sie?«

»Ja. Wirklich.«

Sie schnippte die Asche der Zigarette auf den Boden, zog einmal, blies den Rauch gedankenverloren gegen die Decke.

»Habe auch lange danach gesucht.« Sie nickte versonnen. »Gab es im Internet. Faschingskostüm.«

»Die 9-Millimeter auch?«, fragte Kolle nach.

»Nee!«, empört sah sie ihn an. »Ach was! Hat ein Freund von mir besorgt. Musst du doch auch kennen!« Jetzt waren sie also beim »Du«, freute sich Kolle.

»Ja? Wer denn?« hakte er nach. Er trank seine Tasse leer. »Noch einen?«, fragte er.

»Ja, gerne!«

»Finde ich echt toll, dass wir uns so nett unterhalten.«

Jule lächelte und räckelte sich auf dem Stuhl. »Ja. Mit Faxe war es auch immer nett«, seufzte sie.

»Aber ...«, sie beugte sich vor und flüsterte laut: »Aber er musste sterben. Er hatte unsere Ziele verraten!«

»Das geht natürlich nicht!«, empörte sich Kollerup kopfschüttelnd.

»Nein! Das war gemein!« Als der Kaffee kam, setzte sie die Tasse sofort an den Mund und trank sie komplett aus. Larsson war noch im Raum.

»Ah! Der ist echt lecker!« Sie knallte die Tasse auf den Tisch. Plötzlich rülpste sie laut und kicherte wie ein Kind.

»Sag mal, Jule, was geschah in jener Nacht? Oben im Studio?« So ganz nebenbei, als ob er sich nach ihren letzten Erlebnissen im Urlaub erkundigen würde.

Sie überlegte kurz und begann zu weinen.

»Ich wollte das doch nicht! Aber er hat mir keine Wahl gelassen!«

Und dann erzählte sie vom ersten Einbruch in den Serverraum. Wie sie ins Studio gelangte. Und dann beschrieb sie die Tat, so wie sie weltweit als skurrilmakabres »Hörspiel« zu hören war, und so wie es auf dem Video festgehalten wurde.

Den Code für die Tür kannte sie noch. Auch die Positionen der Kameras waren ihr noch bekannt.

Drei Tassen Kaffee und zwei Zigaretten später kam ein erschöpfter Kommissar zurück in das Büro.

»Kurt, fordere bitte Taucher an, um die Waffe auf dem Felsenwatt zu suchen. Larsson, geben Sie Thore Bescheid. Er soll alles einpacken, abbauen und … naja … Sie wissen schon, was zu tun ist. Der Fall ist für uns erledigt.«

Er schaute auf den Monitor. »Den Rest soll ein Psychologe machen.«

Fünf Menschen saßen mit jeweils einer Bierflasche in der Hand nebeneinander auf Holzstühlen auf dem Helgoländer Oberland. Ihre von der untergehenden Sonne rot beleuchteten Gesichter waren exakt nach Westen ausgerichtet. Vor ihnen eine Kiste Bier, in der fünf Flaschen fehlten.

Als die Sonnenscheibe gerade den Horizont berührte, rief Kollerup: »Jetzt!« Ein fünffaches »Plopp« folgte. Onne war als Erster fertig. Dann Kollerup, danach Larsson. Kurt und Stine waren gleichzeitig die letzten. Onne hob einen Arm und zählte mit den Fingern von fünf auf null runter. Dann rülpsten alle. Stine hinkte hinterher. »Na. Das müssen wir aber noch üben, Stine!«, lachte Onne. Kolle schaltete den Gettoblaster ein und, das Intro des Titels »In a gadda da vida« von Iron Butterfly dröhnte über die Nordsee.

»Das muss sie auch üben, wenn sie weiter in unserer Truppe arbeiten will!«, rief Kollerup.

Larsson übersetzte: »Du bist gerade zur Mordkommission nach Husum versetzt worden. Willkommen im Klub.« Er prostete mit einer neuen Flasche seiner neuen Kollegin zu. Na prima, dachte sich Kollerup, da haben sich ja zwei gefunden.

Während vor Helgoland die rote Sonne im Meer versank, lagen sich Max Morlock und Jens Prigge weinend in der Kneipe »Zum bunten Seehund« in den Armen und grölten einen nicht jugendfreien Shanty.

Frieden auf Helgoland.

Nachwort

Meine Familie ist eng mit Helgoland verbunden. Mein Vater wurde 1928 auf der Insel geboren. Als Jugendlicher wurde er mit 16 Jahren in den Krieg geschickt. Als die Insel wieder besiedelt werden durfte – die Briten hatten erfolglos versucht, Helgoland einzuebnen – begann der Wiederaufstieg dieses »Felsens in der Brandung«.

Nach jetzt über 70 Jahren haben Hunderttausende die Insel besucht. Die meisten als Tagesurlauber und viele für eine Woche. Als Kind fand ich Helgoland öde, kalt und sehr windig. Außerdem war mir völlig unverständlich, warum so viele Menschen sich freiwillig auf den Schiffen einpferchen ließen. Dann drei Stunden Fahrt, um sich in einem kleinen Holzboot die letzten 500 Meter durchschaukeln zu lassen. Nach anderthalb oder zwei Stunden dann wieder. Durchschaukeln lassen, einpferchen auf dem Schiff, drei Stunden Fahrt.

Für die Helgoländer hat es sich auf jeden Fall gelohnt. Einst eine Hochburg der Piraten, hatte ich immer das Gefühl, dass auf Helgoland diese Tradition mit modernen Mitteln weitergeführt wird. Anlocken, ausnehmen und dann wieder mit leeren Taschen ziehen lassen.

Inzwischen sehe ich Helgoland natürlich mit anderen Augen. Ich kenne die Geschichte der Insel, und auch die Menschen auf dem Felsen verstehe ich langsam. Aber so ganz wird man als Festländer diesen Menschenschlag nie verstehen. Selbst meinen Vater habe ich nie richtig verstanden.

Der vorliegende Krimi soll auch zeigen, dass auf Helgoland das Leben genauso schnell umschlagen kann wie das Wetter. Weil dort extreme Menschen leben. Extrem aufbrausend aber auch extrem gemütlich und freundlich.

Und wenn dann noch ein heikles Thema die Insel-Gesellschaft spaltet, fliegen nicht nur böse Worte.

Personen der Handlung

Faxe Farmsen
Radiomoderator, Chef des »Felsenfunks«

Kriminalhauptkommissar Kollerup
Kriminalkommissar Sigur Larsson
(Beide Mordkommission Husum)

Staatsanwalt Eysenhardt

Doktor Lührssen
Gerichtsmediziner, Pathologe und Forensiker

Thore Carstensen
Leiter der neuen TSB (Tatort-Spurensicherung und Beweismittelauswertung), deutsche Variante des amerikanischen CSI

Onne
Barkeeper im »Atoll«

Fritz Maier
Illusionist, »The Man In Black«

Rune Reimers
Millionär

Jule Reimers
Tochter von Rune Reimers

Polizeihauptkommissar Kurt Hinrichsen
(Wasserschutzpolizei Helgoland)

Danksagung

Den auf Helgoland geborenen, lebenden und verstorbenen Menschen gewidmet.

Wieder einmal möchte ich mich bei meiner Frau und meinem Kater Leo bedanken. Ihrer Geduld, Einsicht und ihrem fordernden Drängeln habe ich es zu verdanken, dass ich durch die gesellschaftlichen Folgen der Pandemie, durch eine dumpfe Lethargie, gekommen bin.

Und ohne die MitarbeiterInnen der Bedey & Thoms Media GmbH und ihre wirklich tolle, freundliche und professionelle Arbeit wäre dieser Krimi nie entstanden.

Besonders danken möchte ich Sandra Thoms, Katharina Breu, Rita Tiemann und allen anderen im Verlag edition krimi.

Günter Wendt

DIE LETZTE FÄHRE GING UM FÜNF

Ein Krimi von den Halligen

kartoniertes Buch
216 Seiten
12,00 EUR [D]
ISBN 978-3-946734-89-5
lieferbar

Ebook epub
ISBN 978-3-946734-97-0
Ebook PDF
ISBN 978-3-948972-07-3

Eigentlich sollte es ein ruhiger, erholsamer Urlaub auf der Hallig Grienoog im nordfriesischen Wattenmeer werden. So dachte es sich jedenfalls Kommissar Kollerup aus Husum. Doch die beschauliche Idylle wird recht bald gestört – zuerst von einem landesuntypischen Hurrikan und dann von einem toten Wattführer. Zusammen mit Onne, dem kauzigen Bewohner der Hallig, übernimmt Kollerup notgedrungen die Ermittlungen. Jeder ist verdächtig: Hotelgäste wie Angestellte. Wenigstens kann sich keiner durch Flucht entziehen, denn die letzte Fähre ging um fünf.